Nellja Veremej

Berlin liegt im Osten

atb aufbau taschenbuch

Nellja Veremej, 1963 in der Sowjetunion geboren, Studium an der Leningrader Universität, lebt seit 1994 als Altenpflegerin, Russischlehrerin, Journalistin und Literatin in Berlin. Publikationen in der Wochenzeitschrift »Freitag«. Sie wurde vielfach ausgezeichnet, u. a. 2014 mit dem Adelbert-von-Chamisso-Förderpreis.

Aus einem kaukasischen Städtchen über Leningrad bis nach Berlin führt der grandiose Roman Nellja Veremejs. Er erzählt von kaukasischen Kindheiten und deutschen Hoffnungen, von gescheiterten Träumen und von ungeahnten Glücksmomenten. Und von einem Berlin, in dem Westen und Osten auf magische Weise eins sind. Der Schauplatz dieses Romans wird durch die unnachahmliche Stimme einer Ich-Erzählerin lebendig, die den nur scheinbar unspektakulären Beruf einer Altenpflegerin ausübt. Durch sie hindurch wandern die Lebensgeschichten der Klienten und verbinden sich mit ihrer eigenen Biografie. Und so entwirft der Roman ein großes Panorama aus Geschichten und Geschichte.

»Bildgewaltig und detailgenau.« *Deutschlandradio*

»Präzise erzählt, hochkomplex, klug komponiert, gelungen und überzeugend.« *hr2*

Nellja Veremej

Berlin liegt im Osten

Roman

aufbau taschenbuch

FSC
www.fsc.org
MIX
Papier aus verantwortungsvollen Quellen
FSC® C083411

ISBN 978-3-7466-3122-6

Aufbau Taschenbuch ist eine Marke der Aufbau Verlag GmbH & Co. KG

1. Auflage 2015

Umschlaggestaltung capa Design, Anke Fesel
unter Verwendung eines Motivs von © Amelie Losier, bobsairport
Druck und Binden CPI books GmbH, Leck, Germany
Printed in Germany

www.aufbau-verlag.de

Den Schatten hab ich, der mir angeboren,
Ich habe meinen Schatten nie verloren.

Adelbert von Chamisso

Auffällig viele unserer Ansiedlungen sind ausgerichtet und verschieben sich, wo die Verhältnisse es erlauben, nach Westen.

W. G. Sebald

Erster Teil

1

Die Entfernungen waren riesig, Umzüge ultimativ. Es gab keine Rückkehr in die verlassenen Orte, daher waren sie auch schnell mit Efeu und Moos überwuchert. Die Konturen und Farben schmolzen dahin, bis die Erinnerung an das Städtchen nur noch aus ein paar grauen Aufnahmen bestand: Das lange, niedrige Haus aus rauen Kopfsteinen. Mit weißem Mörtel nachgezogene, tief sitzende Fensterlider. Spärliche Blumenbeete in alten, mit Kalk geweißten Lastwagenreifen. Ein Kinderwagen, hoch und geräumig wie eine königliche Kutsche. Vaters Hand, wie sie das Motorrad an den Hörnern fasst. Es ähnelt mit seinen glatten schwarzen Körperteilen einer gigantischen Ameise. Die einst in die Linse einer *Zenit*-Kamera geratenen Details sind die einzigen Beweise, dass Kema überhaupt existiert hat. Es war eine kleine Siedlung beim Militärflughafen am Rand des endlosen, verschneiten, ehemaligen Imperiums, und für dieses Städtchen habe ich meinen ganzen Vorrat an Heimweh verbraucht. Alle anderen Orte auf meinem langen Weg habe ich leichten Herzens verlassen.

Wie viele Kindheiten war auch meine von einem Fluss durchströmt. Unser Fluss war zahm und ruhig. Im Frühling laichten dort Lachse, und unsere Väter wurden zu Neandertalern, wenn sie die schweren und trächtigen Fische auf spitze Stöcke spießten. Im Sommer gehörte der Fluss mit seinen Wasserkäfern und Würmchen uns, den Kindern. Der erste Frost fesselte das Wasser schlagartig und überrumpelte all das kleine Flussgetier. Wir räumten einen kleinen Bildschirm vom Schneegrieß frei und schauten hinein: Der in metertiefem Eis eingemeißelte Frosch, die Beine wie im Flug vereist; ein verdutzter Fisch mit verrosteten Schuppen und rötlichen, scheinbar entzündeten Flossen; eine schwarze Schlange, die mit ihrem kleinen glatten Kopf einer bösen Frau ähnelte. In steife Filzstiefel und krause Lammmäntel eingepackt, lagen wir stundenlang auf dem Eis und versuchten mit der Wärme unserer Finger einen Tunnel zu den erstarrten Lebewesen zu bahnen. Wir träumten davon, sie berühren und wiederbeleben zu können. Es klappte nie – zu kurz waren unsere Finger, zu tief waren die Chimären in ihren Schlaf versunken. Ihre letzten Atemzüge jedoch hingen immer noch im Eis eingesperrt, und manchmal gelang es, bis zu diesen weißen Luftblasen vorzudringen.

Dick eingemummt stolperten wir nach Hause durch den Schnee, und dieser reichte oft bis zu den blau vereisten Fenstern. Drinnen flüsterte das Ofenfeuer, und wir saßen dann unter der Lampe und malten Raketen, aus deren winzigen Öffnungen uns unsere tapferen Väter winkten. Im wirklichen Leben flogen sie MIGs entlang der sowjetisch-japanischen Grenze, und abends tappten sie im Club um den Billardtisch – leicht betrunken, gestiefelt, und eingeschnürt in mächtiges Gurtzeug, das derb und angenehm nach neuem Leder roch. Unsere Mütter, mit babylonischen Wicklertürmen im Haar und mit hautfarbenen, dick gerillten Strümpfen an den jungen, straffen Waden, mühten sich singend rund um die

Petroleumkocher in den Gemeinschaftsküchen, und sie sehnten sich aus unserem Fernen Osten nach Westen, wo man, wie sie meinten, nicht sät, nicht sichelt, nicht kränkelt und nicht stirbt. Da muss man sich nicht dutzendmal hinknien, um ein Bündel Kartoffeln aus der Erde zu gewinnen, und nicht dutzendmal die Axt über dem Kopf schwingen, um den eisernen Kanonenofen mit Holz füttern zu können – das Paradies lag immer westwärts. Und der Westen fing für uns damals schon am Fuße der verwitterten Kette des Ural-Gebirges an.

2

Erst am Ende der Wolfsstunde, als im Osten schon ein vages Licht entfacht wird, schlafe ich ein und stehe viel später als sonst auf. Es ist heller Tag, ich schiebe die orangefarbenen Gardinen auseinander. Über meinem Haus in der Nähe des Berliner Alexanderplatzes schwebt der Fernsehturm, immer noch ein Meilenstein an der unsicher punktierten und imaginären Grenze zwischen dem Osten und dem Westen. Zwischen zwei Hemisphären? Vielleicht.

Im Bad ist es dunkel und kühl. Die Füße frieren auf dem karierten Boden, der Griff zum Lichtschalter macht der Glühbirne den Garaus. Erschrocken durch die kleine Explosion tappe ich durchs gekachelte Dunkle und vermeine wieder eine Botschaft aus der fernen Kindheit zu spüren, aus jenem Pionierlagermorgen, wo es nach bulgarischer Zahnpasta duftete, wo die Wasserhähne eiserne Kreuze trugen und die emaillierten Becken ihre rostigen Tränen fließen ließen. Die abgeschabten Holzdielen der Terrasse waren samtig wie die Haut eines Säugers, und sie wärmten die kalten Fußsohlen. Wenn die Sonne meiner Kindheit hoch stand, rochen die staubigen Haare nach Spatzen, und die junge Indianerhaut schimmerte mit leisem Goldflaum im Gegenlicht, als ich, erstarrte Wachhabende, meine Hand an den Pony warf: *Die Pioniergruppe ‚Richard Sorge' ist zum Morgenappell bereit! Unsere Losung ist: ‚Nicht schwelen! Brennen! Leuchten!'*

Damals wollte ich, dass das Leben so schnell wie möglich passiert. Und hier, im verschwitzten Morgenspiegel, komme ich mir wie eine alte Tante vor, mit Rinnen an den Schultern, die mir Hunderte BH-Träger in die Haut geschnitten haben. Noch gestern hieß es, es liegt alles vor mir und alles ist möglich, und über die Nacht stehen mir keine Wunder und Überraschungen mehr bevor. Ich bin ausgewachsen, fertig gestellt. Ich werde keine Stewardess mehr, keine Professorin, keine Diva. Diese Optionen stehen aber Marina, meiner Tochter, noch offen: Sie ist achtzehn, sie will irgendwann Regisseurin werden oder Designerin, und nicht Altenpflegerin wie ich. Tag für Tag drehe ich große und kleine Runden um den Alexanderplatz, besuche die alten Menschen und fange ihre schwindenden Schatten auf. Während ich ihren Erinnerungen zuhöre, kämme ich ihre schwachen Nylonhaare oder schneide ihre zähen Plastiknägel. Manchmal mag ich meine Arbeit sogar. Meiner Mutter aber, die jetzt bei mir zu Besuch war, habe ich gesagt, dass ich als Russischlehrerin arbeite. Nicht viele Stunden, aber es ist nette Kundschaft und so.

Mir ist es peinlich, dass ich hier im Paradies nicht so weit gekommen bin wie erhofft. Und dass ich die fremden Alten mit dem Löffel füttere, während meine eigene Mutter irgendwo im weiten Osten allein in ihrem weißen Häuschen sitzt.

Sie besucht uns immer im Winter, wenn der Garten ihre Fürsorge nicht braucht. Jedes Jahr, wenn wir uns sehen, hat ihr Körper weiter nachgegeben. Dieses Mal war es die rechte Hand – wie ein bräunliches Ziegeldach verkrümmt ist sie, und steif wie eine Krebsschere. Das war das erste, was mir auffiel, als Marina und ich sie am Ostbahnhof abholten. Sie stand auf der hohen eisernen Waggontreppe und streckte uns ihre alten Hände entgegen, so wie es kleine Kinder tun, die im Begriff sind, sich in die Arme der Großen fallen zu lassen.

In meinem Erwachsenen-Leben war meine Mutter kaum präsent: Früh entschlüpfte ich dem Elternhaus, weil ich nicht so werden wollte wie meine peinlich provinziellen Ahnen, Verwandten und Nachbarn. Ich eilte weg, den wunderbaren Dingen entgegen, die mein Herz im Voraus zu schmecken glaubte. Mit Siebenmeilenstiefeln habe ich etliche Grenzen und Gräben überquert, eine Revolution gefeiert, meinen Kaschmirmantel abgetragen, tausende Avocados verzehrt, Dutzende von Wurstsorten gekostet, und nun bleibe ich immer öfter stehen und schaue zurück.

Plötzlich werden mir viele Menschen aus meinem ehemaligen Leben wieder wichtig, und ich schaue nach Osten, wo sich verschwommene, vage Gesichter tummeln. Es sind die Onkel mit den weißen

Hemden und den beißenden Papirossy, oder rundliche, scheue Tanten mit dicken Waden und geblümten Kleidern, die sich um eine festliche Tafel reihen. Auf dem Tisch Tomaten, Gurken, erschwingliche Cervelatwurst, Hähnchen mit obszön ausgebreiteten Schenkeln und eine langhalsige, mit einer silbernen Schirmmütze gekrönte Flasche. Wenn die Flasche leer ist, rücken die Frauen enger zusammen und singen, während die Männer sich um eine Sensation sammeln: Ein nagelneuer Moskwitsch mit kecken und spitzen Trabant-Flossen am Heck.

Die Menschen erscheinen mir immer zusammen zu sein wie die Beeren bei den Weintrauben. Einsamkeit war ein rares Gut in den übervölkerten Räumlichkeiten, und ich phantasiere mir zusammen, dass sie sich alle auch wirklich geliebt haben. Das muss aber nicht wahr sein, denn das Ganze ist nicht mehr als ein Stummfilm, an dessen Montage mein launisches Gedächtnis jahrelang hartnäckig gearbeitet hat. Aus diesem Film scheint mir die Mutter ihre alten, verbogenen Hände entgegengestreckt zu haben, heraus ins heutige Berlin. Ich nahm sie in meine, und sie landete auf dem Bahnsteig des leeren Ostbahnhofes. Die Griffe ihrer schweren Taschen teilten wir uns, und so, verbunden wie die Glieder einer Kette, zwängten wir uns in den S-Bahn-Waggon.

Zu Hause aßen wir erst eine dicke, mohnrote Kürbissuppe und dann kleine, weiße Nürnberger Würstchen. Meine Mutter isst sie sehr gerne, Marina rümpft dabei immer ihre Nase. Was Augen hat, isst man nicht!

Ich habe etwas für euch! Meine Mutter ging ins

Zimmer und händigte uns jeweils einen chinesischen Fächer aus dünnem Holz aus.

Sie können ganz nützlich sein bei der Hitze, sagte sie, wegen der Klimaerwärmung. Ein gewaltiger Riss breitet sich schon unaufhaltsam im Gletschereis aus, demnächst wird ein Riesenstück von der Antarktis abbrechen!

Sie redet viel über den Weltuntergang, detailgetreu und glaubwürdig. Wie Inseln in erwärmten Gewässern versinken, Küsten von Stürmen weggefegt werden, das Binnenland verbrennt. Selig sind die Erstgestorbenen, denn diese können noch anständig begraben und beweint werden. Selig werden die Vernachlässigten und geistig Armen sein, denn im Kampf um den letzten Brotkrümel wird ihnen die ungehemmte Kraft ihrer Ellbogen zum Vorteil gereichen – die Letzten werden die Ersten sein. Das Salzwasser wird unsere Quellen und Flüsse vergiften, Fische werden in den zu warmen Gewässern ersticken, Bienen sterben, Bären und Rehe auch – nur der Menschenschwarm wird sich auf der schrumpfenden Erde immer dichter zusammendrängen und immer eifriger an rasenden und fliegenden Maschinen schmieden, und diese werden wie Insektenschädlinge mit harten glatten Chitinrücken die restliche Erde befallen, um den letzten Hinterbliebenen Profit, Mobilität und Komfort zu gewährleisten.

Beim Weltuntergang kommt es sowohl aufs Auto als auch auf das Fleisch an! Ich wünschte mir, dass die Fleischfresserei mit dem Kannibalismus gleichgesetzt wird! – Marina löffelte die rote Suppe und schaute dabei verächtlich mein angebissenes Würstchen an. Wieder entflammt eine feurige Diskussion.

Marina sagt, es sei dringend ein Paradigmenwechsel erforderlich, denn unsere heutige Lebensweise sei unzeitgemäß und so empörend, wie es seinerzeit Inquisition und Sklaverei waren. Oder nehmen wir nur die kommunistischen oder faschistischen Regime in ihren Endphasen, als schon offensichtlich wurde, dass das alles moralisch nicht trägt, dass das Schiff eine fatale Schlagseite bekommt. Trotzdem haben fast alle mitgemacht … So wie die heutigen Autofahrer, Spaßflieger und Fleischfresser!

Worauf ich meine Gabel auf den Teller warf und Marina mit vor Wut gedämpfter Stimme fragte, ob sie mich mit einer Faschistin gleichsetzten wolle?

Da eilte mir meine Mutter zur Hilfe und leitete die Diskussion von meinem Würstchen weg zum durchschnittlichen amerikanischen Bürger, der ein Champion im Wasser-, Strom-, Benzin- und Fleischverbrauch ist und der das Klimaabkommen nicht unterschreiben will.

Einkaufspaläste, tausende Quadratkilometer lang, offene Tiefkühltruhen, bescheuerte Kreuzfahrten! Amerikanischer Traum für alle! Und *notabene* – sie befördern ihre wohlgenährten Körper ausschließlich mit Personenkraftwagen!

Das zählt alles nicht! Was zählt, ist mein Würstchen!, biss ich erbost in das weiche Ding auf meiner Gabel, und es blieb mir buchstäblich im Hals stecken.

Um uns abzulenken oder zu beschwichtigen, legte meine Mutter ihre gekrümmten Hände auf unsere und berichtete, dass wir hier ganz nah an Satans Thron sitzen, und dieser befinde sich, laut Bibel, im Tempel von Pergamon. Es sei auch bewiesen, dass da Menschenopfer dargebracht wurden – für ein

Huftier ist die Treppe zum Altar zu steil, die Stiege zu kurz. Kein Wunder, dass die zwei Weltkriege von Berlin aus angestiftet wurden – das Ungetüm strahle immer noch Unheil aus und sei gefährlich, vor allem wenn die letzten Tage so nah seien, orakelte meine Mutter. Das Fegefeuer kommt bald, sagt Vater Michail. Am 15. Mai des nächsten Jahres? Oder am 29. April? Weiß ich nicht mehr genau, flüsterte die Mutter, kratzte sich am Kopf und versteckte gleich darauf ihre Hände unter der Tischplatte, weil das Henna von ihrem frisch gefärbten Haar unter ihren Fingernägeln zu sehen war.

Oma, wie kannst du solche wichtigen Termine vergessen!, kicherte Marina.

Ich finde das gar nicht lustig!, sagte meine Mutter mit schmallippigem Lächeln. – Eure Zukunft macht mir große Sorgen.

Und deine Zukunft beunruhigt dich nicht?, setzte Marina nach.

Ich bin froh, dass ich mein Leben hinter mir habe.

In Wirklichkeit aber war sie gar nicht froh darüber und redete über den Weltuntergang, um die Angst vor ihrem eigenen Ende zu beschwichtigen.

Stirbt ein Mensch, stirbt auch eine ganze Welt: Die Erinnerung an den Geruch von Mutterschweiß und die Erinnerung an die Hand des Vaters oder an deren Abwesenheit. Es stirbt die Erinnerung an den ersten Schnee und an die ersten lästigen Schamhärchen. An die glatte Haut der ersten Krawatte und an die ersten Erwachsenenpumps mit hohen Absätzen. Meine Mutter entsann sich oft, wie sie, Nachkriegskinder, die sie waren, dicke schwarze Stücke von Gummireifen an ihre Füße gebunden hatten, um in die Schule zu gehen – es war schlimm. Das Schlimmste aber war der Hunger. Hunger, Hunger, Hunger überall. Je älter meine Mutter wird, desto tiefer und pietätvoller beugt sie ihren Kopf über das Essen und hält dabei neuerdings eine Hand schützend um den Teller. Früher war es anders. Früher gab es viele Dinge, die sie von den Kindheitserinnerungen fern hielten. Mit dem Alter jedoch rückt die Vergangenheit immer näher: der lange Weg liegt nun hinter ihr, der große Bogen ist geschlagen und schließt sich da, wo er seinen Anfang nahm: an der Türschwelle zum schwarzen Abgrund.

Ihre Art zu essen nervt mich gelegentlich, genauso wie ihre Sturheit und ihre düsteren Prophezeiungen. Schließlich wohnten wir den ganzen Monat zu dritt in nur zwei Zimmern – so dass ich sogar etwas erleichtert war, als sie gestern wieder nach Russland fuhr. Es war aber eine peinliche Erleichterung, die gleich verflogen war: Wir sind hier zusammen, und sie sitzt nun wieder allein in ihrem weißen Haus, wo sie langsam eingehen wird, ohne uns. Ich will nicht, dass sie ohne mich stirbt – obwohl oder gerade weil ich den Großteil meines Lebens so weit entfernt von ihr verbracht habe. Und sie ist der Mensch, den ich am längsten kenne.

„Ich bin im Häuschen", sagt ein Kind und fügt seine Fingerspitzen über dem Kopf zusammen, wie einen Dachgiebel, wenn es um Auszeit oder um Gnade im Spiel bittet – ich will nicht, dass meine Mutter stirbt: Denn ohne den Schatten, den die schützende Hand der Älteren bietet, wird meine Haut rasch schlaff und der Kopf grau.

Ich trinke meinen ersten Kaffee, schaue aus dem Fenster zum Alexanderplatz hinunter, aber meine Gedanken sind irgendwo an der russisch-polnischen Grenze, wo meine Mutter gerade im Zug sitzt, der auf die Umspurung wartet. Bevor ich die Wohnung verlasse, bleibe ich im dunklen Korridor länger als sonst vor dem Spiegel stehen: Mein Leben lang leugnete ich die Ähnlichkeit mit der Mutter, jetzt aber entwickeln sich in den Spiegeltiefen immer deutlicher ihre hohen Wangenknochen, ihre Augen, mal braun, mal ocker – je nach Beleuchtung. Vielleicht soll ich meine grauen Haare, die neuerdings hier und da schimmern, auch mit Henna kaschieren? Die Augenlider blau nachziehen oder den Mund rot malen? Ich betaste flüchtig Marinas Lippenstifte auf dem Spiegelbrett und verlasse endlich die wie leer wirkende Wohnung.

Draußen ist es hell, vom gestrigen Schnee ist nichts übrig geblieben. Feuchte Steinschuppen glänzen in der Sonne. Ich bleibe an der Ampel bei der Karl-Liebknecht-Straße stehen. Die Autos bewegen sich langsam, wie eine dichte Herde bunter, satter Säue. Die heiße Luft über ihren gepanzerten Rücken schmilzt und bebt. Hochhäuser, Kaufhof, Glasärmel des Bahnhofs, Betonboden – alles hier am Alex ist aus grauen Vierecken zusammengebaut – der ungemütliche Platz selbst hat sich in einem karogemusterten Netz verfangen. Windig und öde ist es hier um diese späte Morgenstunde – die fleißigen Frühmenschen haben sich schon in alle Himmelsrichtungen zerstreut, die Stunde der Freien hat geschlagen. Die wachen Rentner mit den Pusteblumenköpfen suchen ihre Zerstreuung vor der üppigen Kaufhofwursttheke; dicke und gepiercte Mütter schieben ihre Kinderwagen ins Handgemenge um die täglichen Supersonderangebote. Der weihnachtliche Schund im Inneren der provisorischen Marktbuden bleibt in dieser Morgenstunde noch hinter Fensterklappen versteckt. Die ersten fliegenden Wurstverkäufer legen schon weiche, blasse Würste auf die heißen Grillstäbe ihrer Bauchläden auf, und die kräftigen Ausdünstungen schweben über den Platz. Es ist ganz so, wie wir es uns einst erträumt haben: Wir säen nicht und ernten nicht, Licht und Wärme kriegen wir auf Knopfdruck, Liebe und Fürsorge per gesellschaftlichem Vertrag.

Ich kaufe ein dickes Bündel wohlduftender Tannenzweige und schwebe hoch zu den Gleisen. Der S-Bahn-Waggon ist nicht voll, trotzdem bleibe ich an der Tür stehen. Im Abteil zu meiner Linken sitzen zwei junge Menschen einander gegenüber und lesen: weiße Zähne, zartbronzene Haut (Berge und Meer), wohltemperierte Glieder und Gedanken – eine Menschenspezies, die irgendwo in grünen Stadtvororten gezüchtet wird und liebevollen Eltern entspringt, die ihre Kinder bewundern und fördern. Solche Jungen und Mädchen werden selbst von den sonst so allmächtigen Pickeln gemieden. Er starrt in das Buch ‚Fucking Berlin. Studentin und Teilzeit-Hure' von Sonja Rossi, sie liest das Buch ‚Merde'. Ihr glatt gekämmtes Haar schimmert wie die Oberfläche eines edlen Streichinstrumentes, der kleine freche Haarknoten sitzt hoch auf dem Wirbel. Die Köpfe der beiden Lesenden neigen sich zueinander wie die beiden Seiten eines Giebels, und es ist zu spüren, dass sie sich zwar nicht anschauen, aber wahrnehmen und mögen.

An der Friedrichstraße schiebt sich eine Frau im Rollstuhl in den Waggon, die ihre aufgedunsenen und fußlosen Stümpfe den Fahrgästen entgegenhält. Als der Zug losfährt, rollt sie ungewollt zurück und prallt gegen die Haltestange. Die jungen Leser springen hoch zum Rollstuhl, und als ihre Hände über dem Kopf der Beinlosen in Berührung kommen, lächeln sie einander zu, um dann fürsorglich zur Frau zu sagen: Alles o. k.?

Der junge Mann beugt sich zu dem Buch mit dem Titel ‚Merde', das bäuchlings auf dem Boden liegt, reicht es der jungen Frau und setzt sich wieder neben sie. Die Beinlose presst ihre Lippen vor Wut zusammen, eine Abstoßende, Ausgestoßene, Nichtgeliebte, vielleicht auch von Kindheit an. Die Frau im Rollstuhl spuckt auf den Boden vor den Füßen der jungen Menschen, denen sie wider Willen zueinander geholfen hat. Sie schimpft auf die Ungerechtigkeit dieser Welt und rudert davon. Ich wende mich zum Fenster.

Der Zug schwebt über der Museumsinsel. In den Schießscharten ihrer majestätischen Tempel öffnen sich flüchtige Einblicke in die kühlen Welten des eingesperrten Altertums: Mal ein Weiberbein aus Marmor, mal ein trauriger, verbannter Heiland. Reichstag. Die schiefe Sony-Zeltkuppel hinter dem Tiergarten.

Rechts unter dem S-Bahn-Viadukt huscht der anachronistische Campus der Charité vorüber: Rotsteinige Villen mit pittoresken Spitzengiebeln und schmalen Türmen, in die wir so gerne das düstere

Mittelalter hineinträumen. Ganz vorne buhlt das Medizinischhistorische Museum mit seinen makabren und heißen Versprechungen um die Gunst der potenziellen Besucher: ‚Schmerz', ‚Stigmata', ‚Scham', ‚Sex brennt', ‚platz.wunden' – die geschickt komponierten Titel verwandeln sich in eindringliche, lästige Kopfwürmer, und sie suggerieren unappetitliche Visionen von eingelegten Drüsen und gedörrten Sehnen – diesmal lädt das Museum zum ‚Tanz mit Totentanz'.

Unser Waggon rollt unterm überdimensionierten Dach des Hauptbahnhofs ein. Tief unter den S-Bahn-Gleisen wimmelt ein mehrschichtig futuristisches Tohuwabohu: Die Rolltreppen, die auf unterschiedlichen Ebenen in unterschiedliche Richtungen gleiten, ergeben eine sinnestäuschende Escher-Welt. Das klein facettierte Glasfirmament ist mit einem gigantischen Werbeposter bezogen: Eine blondierte Riesin im Unterhemd und mit spitzabsätzigen Schuhen wälzt sich auf seidig schimmernden Bettlaken, vorgetäuschte Lust in den auffällig hellen Augen mit großen schwarzen Pupillen: *Ihr Hotel: Die schmutzigsten Fantasien kommen in sauberen Betten.* Wie die Ägyptische Himmelskuh wölbt sich die Blondine über dem märkischen Ninive an der Spree, wie ein belesener Bekannter Berlin nennt.

3

Herr Struck, mein Pflegefall, für den ich heute die Tannenzweige gekauft habe, wohnt in einem Appartementhaus für Senioren. Im Gebäude riecht es stark nach lange warm gehaltenen, abgestandenen Menüs – ineinander geschachtelt ergeben die Gerüche den muffig-süßlichen Duft von zivilisierter Einsamkeit.

Es ist ein langes Haus mit einem Treffpunkt namens *Oase der Liebe* im Erdgeschoss, wo auch die Verwaltung untergebracht ist. Im Büro ist keiner, außer meiner Kollegin Maria Benvenista. Ich bin froh, sie zu sehen: Maria ist in meinem Alter, wir verstehen uns gut und treffen uns gelegentlich auch nach der Arbeit.

Maria ist eine Brasilianerin. Polen, Ukrainer, Bosnier, Mexikaner – hier im Berliner Appartementhaus für Senioren hat sich die proletarische Internationale wieder zusammengefunden. Altenpflege ist der Job der Ausgewanderten oder von gescheiterten Einheimischen. Unter meinen Kollegen sind viele Gelehrte: Theaterwissenschaftler, Geographen, Schauspieler oder Philologen; oder die Ungeduldigen, die von allem ein bisschen gelernt haben, so wie Maria: Sie hat fast zehn Jahre lang in allen möglichen Fächern studiert und weiß über viele nutzlose Dinge Bescheid. Ich mag sie gerne, mehr als die anderen Kollegen. Sie ist eine schöne Frau – mit ihren gewölbten breiten Wangen und dem etwas vorstehenden Unterkiefer erinnert sie mich an einen Panther. Ihren dunklen Teint besonderer Art, der wie mit Asche hinterlegt wirkt, verdankt sie ihren indianischen Vorfahren, ihre Offenheit und ihren Mut, die ich so schätze, auch.

Er ist tot. Am Samstag gestorben, flüstert sie mir ins Ohr.

Schon vor zwei Monaten hat mich Herr Struck

gebeten, ihm Tannenzweige zu kaufen. Er wollte unbedingt die sterbenden roten Blumen in den Balkonkästen damit bedecken. Ich vergaß es immer wieder. Nun sind sie endlich da, und er ist weg.

Die spitzen Nadeln der Tannenzweige stechen mir in die bloßen Handflächen.

Ich habe meine Handschuhe bei ihm vergessen. Kannst du mir den Schlüssel geben?

Gut. Ich komme mit. Da können wir gleich etwas aufräumen, sagt Maria.

Wir steigen die Treppe hoch und laufen durch den langen Korridor. Auf dem glatten Linoleum gleiten unsere schrägen unsicheren Schatten voraus. Maria steckt den Schlüssel ins Loch. Ich stehe auf der Türschwelle, die Tannenzweige in meinen Händen wie einen Totenkranz. Ohne ihren Herrn wirkt die Stube entstellt, ich erkenne sie kaum wieder. *Herein, meene Kleene!*, hatte er sonst immer gerufen. Ich trat dann vor ihn hin, er saß auf dem Sofa und streckte mir mit der Geste eines Betenden oder Sinkenden seine zitternden Hände entgegen. Herr Struck, früher Schlosser, war ein korpulenter Mann: Ein fleischiges Gesicht mit vielen winzigen Korallenzweigen geplatzter Gefäße, einer großen pflaumenfarbigen Unterlippe, dazu ungehorsame, zitternde Scherenhände.

Tag, mein lieber Herr Struck, alles in Ordnung? Ich ließ mich neben ihn auf den speckigen Plüsch sinken.

Er erzählte von der quälenden Nacht, über gemeine Zigaretten, die seinen Fingern entglitten waren, und immer wieder von den geilen russischen Frauen, die er erlebt zu haben glaubte. Währenddessen schnitt ich ihm, als seine russische Pflegerin, die Fingernägel und scharrte die harten Halbmonde auf der Glaspatte des niedrigen Sofatisches zusammen. Neben ihnen lag eine große silberne Weihnachtskugel, auf deren glänzender Oberfläche sich die ganze Stube verkleinert spiegelte, auch wir beide winzig, verzerrt, eng aneinander gerückt.

Frau Lena, bitte kaufen Sie mir Tannenzweige! Es kommt bald Frost.

Der war nun gekommen. Meine Handschuhe liegen neben der Weihnachtskugel. Hinter dem Fenster die welken, gefrorenen Geranien in den Kästen. Ich öffne die Balkontür, um die Zweige auf die toten Blumen zu legen, die silberne Kugel rollt vom Tisch und zerspringt.

In der Mitte des Tisches liegt ein Adventskranz. Es wunderte mich immer aufs Neue, dass Herr Struck, der sonst Wochentage, Monate, Jahre, Jahrhunderte nicht mehr auseinanderhalten konnte, ab dem ersten Advent die Tage einzeln zählte, wie ein fleißiger Betender die Perlen seines Rosenkranzes. Nach Weihnachten beendete er den Countdown, und seine Zeit verwandelte sich wieder in chaotisch-buntes Garn. Wenn ich mich langweilte, zupfte ich mir aus dem Knäuel einige besonders schöne Fäden und flocht sie nach meinem eigenen Gusto neu zusammen.

Herr Struck hieß mit Vornamen Günter. Als Junge hatte er mit seiner Mutter im Souterrain eines Berliner Hauses gewohnt. Eine winzige Küche gleich beim Eingang und eine Stube dahinter. Die Mutter putzte in gut bestellten Haushalten, der Vater, ein

Schneider, wohnte mit einer anderen Frau und deren Tochter in Oranienburg vor Berlin und besuchte seinen Sohn einmal im Jahr – zu Weihnachten. Günter mochte es, sich an die Militärschiffchenmütze zu erinnern, die sein Vater eigenhändig angefertigt hatte und die er ihm 1939 zu Weihnachten schenkte. Der Junge liebte die Mütze über alles und trug sie sogar zu Hause, was der Mutter auf die Nerven ging. Sie arbeitete viel, oft brachte sie Sachen zum Waschen und Bügeln mit in die eigenen vier Wände. Die Wohnung war feucht, bei frostigen Temperaturen überzogen sich die Stubenfenster, die hoch, fast unter der Decke lagen, mit Eisblumen, üppig wie Federbüsche.

Federbüsche? Das Wort hatte ich nie zuvor gehört.

Det trägt ein Krieger auf dem Helm, meene Kleene, so ein krauses Ding.

Am frühen Nachmittag wurden die Glasscheiben blau, von der niedrigen Decke hing ein gelber Lichttropfen. Die Mutter wusch fremde Wäsche im Holztrog, und Günter starrte in den dreiteiligen Spiegel, in dessen vernebelten Abgründen er und seine Mütze sich, immer kleiner werdend, vermehrten. Im Sommer wurde der Vater in den Krieg einberufen. Der Sohn war stolz auf ihn und froh, dass er nun weg war von seiner Stieftochter, Günters Rivalin. Zu Weihnachten bekam der Vater Urlaub, und er wollte den Sohn wie gewohnt am Heiligen Abend besuchen.

Nach langen Beratungen mit dem Spiegel zog die Mutter ein schönes Sommerkleid an. In der kalten Stube am Tisch wirkten ihre bloßen Arme unangenehm blass und die Hände fast lila. Als sie in die Küche ging, um nach dem mageren Kuchen zu sehen, malte sie ihre blauen Lippen rot an, was sie kein bisschen schöner machte. Der Vater dagegen sah in seiner Uniform prachtvoll aus. Er schenkte Günter ein Indianerfigürchen mit einem Kopfschmuck aus echtem Fell. Das wunderbare Männeken war sehr fein angemalt, bis hin zu den Augenbrauen und den Hosennähten.

Günter wollte den Vater unbedingt bis zur Kreuzung begleiten, Hand in Hand gingen sie aus dem Haus. Es war dunkel, die mit Metall beschlagenen Stiefelabsätze schlugen auf dem Steinpflaster winzige Funken. Als Günter zu seinem Vater aufschaute, rutschte ihm die zu klein gewordene Schiffchenmütze vom Kopf. Sie verabschiedeten sich an der Kreuzung für immer. Mit dem kleinen Holzindianer spielte Günter sehr lange, auch wenn der Fellschmuck zerfiel, die Farben abblätterten und das Gesicht des Kriegers bald flach und abgegriffen war wie das Konterfei eines Helden auf einer antiken Münze.

Wenn Herr Struck sprach, bildeten sich in den Mundecken weiße Sahneklümpchen, als ob sein Speichel beim Reden steif geschlagen würde. Sein Atem war säuerlich und muffig, ich drückte meinen Körper tiefer in die Sofaecke. Wenn ich etwas sagte, fragte Herr Struck immer nach und lehnte sich mit seinem rechten Ohr noch näher gegen mich, sein linkes Ohr war fast taub.

Wegen einem Insekt, kicherte er, so eine Dummheit! Mitten im Krieg.

Ohrwurm? So einer, dunkelbraun, wie lackiert, mit einem Zweizack am Schwanz?

Ich weiß nicht mehr, es war wohl eher ein Feuerkäfer.

Günter hatte den Käfer mit dem Zeigefinger tiefer ins Ohr geschoben, bemerkte es aber nicht. Erst hatte es bloß gejuckt, und dann, einige Tage später, tat es plötzlich weh, als sie alle gerade das große Feuer zu löschen versuchten.

Die Phosphatbomben, Frau Lena, die waren gemein! Det Zeug ist nicht zu löschen!

Die Nachbarn trugen heraus, was zu retten war, und Günter heulte immer lauter.

Stell dich nicht so an, schon ohne dich ist es schlimm genug!, schrie die Mutter, schüttelte Günters Hand von ihrem Handgelenk und gab dem Sohn eine Ohrfeige. Als Günter in Ohnmacht fiel, heulte nun die Mutter und schleppte den Sohn zu Frau Roth, einer Frauenärztin, die um die Ecke wohnte. Die bekam es irgendwie hin. Das Ohr blieb noch lange geschwollen und stand fürchterlich ab. Bezahlen konnten sie Frau Roth nicht, und später, als die Stadt völlig kaputt war und die Läden geplündert, ergatterten Mutter und Sohn eine Schürze voll winziger Dosen mit französischen Gänseleberpasteten. Drei davon schenkten sie der Ärztin, Frau Roth, die dann später die Russenkinder abtreiben musste, für ganz Reinickendorf.

Es gab bei uns keine Bastarde, nicht dass ich wüsste, sagte Herr Struck, hustete und schluckte seinen dicken Speichel.

Det mit dem Ohr war schon ganz zum Schluss. Der Vater war schon gefallen und die ersten Russen kamen in die Stadt – Herr Struck musterte mich von Kopf bis Fuß –, wir hatten schon Schiss vor ihnen.

Als der erste Russe zu ihnen kam, schob die Mutter Günter unter das Bett. Günter hat den Mann nicht gesehen. Nur seine Füße, die mit abgewetzten Lappen umwickelt waren. Der Russe versuchte seine geschwollenen Füße in Mutters Schuhe zu zwängen, sie waren ihm aber viel zu klein.

Die Amerikaner aber waren schick gekleidet. 1948 habe ich mein erstes Cowboyhemd, kariert natürlich, auf dem Schwarzmarkt gekauft. Es gab damals weder Schuhe noch genug Seife, und das war ein Hemd, das so viel wie ein Mantel kostete. Cowboy, das war mein Jugendtraum. Cowboys, Arizona und so ein Kram. Und Sie, was wollten Sie früher werden? Kosmonautin?, lachte Herr Struck, und die Zigarette zitterte in seiner Hand wie der Schornstein eines fleißigen Lastkahns.

Das grausige Vorspiel, der Krieg, war vorbei, aber da, wo das richtige, große Leben beginnen sollte, ging dem Erzähler immer die Puste aus – seine Erinnerung schrumpfte und reichte gerade mal für ein mageres, einaktiges Theaterstück, dessen Inhalt ihm fast entschwunden zu sein schien.

Günter Struck heiratete früh seine Erna, er hatte eine Schlosserwerkstatt in einer Markthalle in Moabit, das Ehepaar logierte in einer benachbarten Nebenstraße.

Ja, zwei Zimmer und noch ein Kämmerchen, sagte Herr Struck.

Es war eine gepflegte Wohnung, die seine Erna fegte und schmückte. In jedem noch so kleinen Winkel gab es Kunstblumen und Aschenbecher – die beiden rauchten im Gehen, im Liegen, im Sitzen. Erna machte alles schnell und geschickt. Tagsüber saß sie hinter der Kasse bei Edeka, abends stellte sie einen Teller mit Wurstscheiben, einen mit Käse und noch einen mit Sauergurken, Radieschen und Tomaten auf den Tisch. Erna und Günter nahmen jeweils vier Stullen zu sich, dann zwei Biere, sie rauchten und sahen dabei fern.

Aber natürlich sind wir in den Urlaub gefahren, überall hin, sehen Sie?, zeigte Herr Struck stolz auf die Schranknische, in der sich Dutzende blauer Eierbecher in jeder nur denkbaren Ausführung (Steingut, Plastik, Porzellan, Holz, Plastik und wieder Plastik) tummelten.

Die anderen ham Kaffeelöffel oder Untertassen gesammelt, wir wollten was Besonderes haben.

Schön, sagte ich, obwohl es eine der charmelosesten Sammlungen war, die ich je gesehen hatte. – Wir müssten die Dinger mal entstauben.

Günter sah fern und aß dabei Kartoffelchips. Ich wischte an den blauen Eierbechern herum und schaute gelegentlich über Günters Schultern zum bunt flimmernden Bildschirm: Ein Wald, nein, ein unüberschaubarer Dschungel ausgestreckter schwarzer Arme und darüber ein Paar strahlend weiß behandschuhter Hände, die von oben Essen in die Menge werfen. Dann: Wie ein gewaltiger Trichter saugt der Tunnel verschwitzte Love Parade-Besucher auf, die offensichtlich nicht merken, wo die Lust aufhört und der Tod lauert. Dann: Unzählige weiße krumme Rücken betender Muslime, gestützt gegen Fersen in weißen Socken. So ein Quatsch!, sagte Herr Struck immer zu den Tagesnachrichten. Sie langweilten und irritierten ihn sehr.

Oft gingen wir nach unten und spielten Schwarzer Peter im Seniorentreffpunkt. Die Tische standen in

Reihen, auf jedem lag in der Mitte eine Spitzendeckchensimulation aus Papier, und darauf stand eine Vase mit künstlichen Blumen. Herr Struck ärgerte sich bis zu den Tränen, wenn er auf dem Schwarzen Peter sitzen blieb, bemühte sich aber kaum, das Pech zu vermeiden: Er zog immer die Karte, die der Gegner ihm hinhielt.

Dann gingen wir manchmal einkaufen. Cervelat, Jagdwurst, Kommissbrot, flüsterte Herr Struck und griff unsicher und unpräzise wie mit einem Bulldozerarm in die Regale, er verfehlte sein Ziel und fluchte.

Zimbo, hier lag immer *Zimbo*-Blutwurst, empörte er sich. Seine großen nassen Lippen zitterten, die Augen rollten vor Verzweiflung. Im Geschäft war er nervös, aufgeregt, ungeduldig. Das Einkaufen war der Höhepunkt des Tages. An der Kasse hielt er mir sein Portemonnaie entgegen, und ich pickte aus dem Münzhaufen die nötige Summe heraus. Dann verstauten wir die Würste in die Einkauftasche mit den Rädern und zogen die Beute in Herrn Strucks Zuhause.

Jetzt ist das Namensschild unter der Türklingel leer. Maria steckt die toten Geranien in einen schwarzen Sack. Ich fege die Scherben der Weihnachtskugel in die Kehrschaufel. Im Flausch des braunen Bodenteppichs schimmert etwas silberner Staub. Als ich den Karton mit dem Cowboyhut aufmache, flattern winzige, hechtgraue Motten heraus.

4

Maria geht arbeiten, und ich sitze in der *Oase der Liebe*. Meine Hände kleben an der rotweiß karierten Plastikdecke, die bis ins mikroskopische Detail die Fadenverflechtungen von Baumwollstoff nachahmt, sich aber ganz anders anfühlt: glitschig und klebrig. Es ist nicht klar, wie mein Arbeitstag heute aussehen wird, denn Herr Struck ist tot und ich bin trotzdem da. Die Chefin geht ins Büro, um zu schauen, was für mich heute zu tun ist. In der Tischmitte, vor meinen Augen, liegt ein grüner Tannenzweig, geschmückt mit einer silbernen Kugel und knallroten Beeren. Erst neulich habe ich von Marina erfahren, dass die Pflanze „Stechpalme" heißt – die Namen der Bäume und der Tiere lernt man sonst in der Kindheit. Die immergrüne Stechpalme gedeiht gut auf Friedhöfen. Herr Struck, Günter Struck ist nicht mehr da. Und auch seine Träume sind nicht mehr da. Hat er je bereut, dass er Erna geheiratet hat, eine Brünette mit flacher Brust und borstigem dickem Haar, obwohl er immer eine blonde Frau mit großem Busen haben wollte? Ahnte er, dass sein Liebesleben in Wirklichkeit gar keines war? Hat er je bedauert, dass er statt eines prachtvoll schimmernden Hengstes am Ende eine dicke Scheibe Wurst in die Hand bekam und Ernas Kollektion blauer Eierbecher dazu?

Wir vergessen unsere Träume, schieben sie in eine entlegene Ecke, vernachlässigen sie, um sie zu bewundern und zu beweinen, wenn ihre Haltbarkeitsfrist längst abgelaufen ist.

Ich will ein Generalissimus so wie Breschnjew werden!, sagte ich als Fünfjährige.

Wir haben schon einen, und er ist für ewig!

Dann werde ich Putzfrau und finde irgendwo in der Ecke ein Bonbon oder einen Diamanten.

Meine noch jungen Eltern lachten. Sie lachten auch sonst viel, weil sie in die Not hineingeboren worden waren, und nun sah es so aus, als würde das Leben immer besser werden. Und es wurde. Nun reichte es für das Essen und sogar für etwas mehr. Die Frau des Kompaniechefs hatte einen Pudel und eine Perücke, mein Vater hatte ein Motorrad und unser Nachbar Kotov eine *Zenit*-Kamera, die in Kema die Fotos von mir gemacht hat.

Mit dem Ehepaar Kotov teilten wir die Küche: ein gemeinsamer Ofen und zwei Tische in einander gegenüberliegenden Ecken. Der große Ofen hatte etwas Märchenhaftes, Frau Kotov mit ihren ausgefallenen Schlafröcken auch. Sie erinnerte mich an eine der fiesen Stiefschwestern von Aschenputtel, weil sie tagsüber schlief und schlampig kochte. In ihrer Kohlsuppe schwebten immer grobe, braune Zwiebelstücke. Ich kann diesen angebrannten Gestank nicht leiden!, zischte meine Mutter wütend hinter Frau Kotovs Rücken. Herr Kotov aber aß die Suppen seiner Frau gerne, danach rülpste er immer gutgelaunt. Er hatte einen blauen wollenen Trainingsanzug an, mit dünnen weißen Seitenstreifen und einem kurzen weißen Reißverschluss unter dem Hals. Es war die einzig mögliche Variante der Sport- und Freizeit-Bekleidung für Groß und Klein, unsere einheitliche zweite Haut. Wenn ich jetzt an Herrn Kotov in seinem blauen Trikot denke, spüre ich, wie der eng anliegende elastische Stehkragen sich um meinen Hals zusammenzieht.

Wann immer es das Wetter erlaubte, spielten wir draußen. Im Winter gab es Schnee und Eis, im Sommer gab es Beeren und Mücken. Im Frühsommer fielen in Kema kahle, großmäulige Küken von den Bäumen. Waren sie von der eigenen Neugier an den Rand ihrer Existenz getrieben? Oder von den harten Mutterkrallen aus dem Nest gefegt? Die Jungen in Kema fädelten biegsame Gerten durch die blinden Augenhöhlen der Küken und machten Halsketten daraus: Mit diesen Trophäen versuchten sie, uns Mädchen zu beeindrucken. Gerieten die zappelnden Küken in die Hände der Mädchen, wurden sie gepflegt, was aber nichts daran änderte, dass sie auch bald eingingen. Die kalten Leichname legten wir in mit Perlen, Steinen und bunten Federn geschmückte Kuhlen und bedeckten sie mit einer Glasscheibe. Meine erste Vögelchenleiche schmückte ich mit einer Hingabe, die der unserer skythischen Vorfahren glich. Am nächsten Tag schob ich die Erde vom Glas, um das Werk des Todes zu besichtigen. Die Grube schimmerte von den Perlen und dem Gold, in der Mitte lag das Vöglein, dem ein kleines Würmchen aus der Augenhöhle kroch. Im noch gestern eingefallenen Bauch wimmelte es von Leben, es schien fast, dass das Vöglein noch atmete.

Einmal schaffte ich es, einen kleinen Stieglitz gesund zu pflegen. Der Abstand zwischen den zwei Fensterrahmen war groß genug, so dass er dort sogar probefliegen konnte. Die Nahrung reichte ich meinem Zögling durch die Lüftungsklappe, und eben diesen Weg nahm auch eine Katze. Ich kam ins Zimmer und sah, wie zwischen den Fensterscheiben gelbe, rote und weiße Federchen schwebten, langsam wie die Flocken in einer Schneekugel. Die Katze saß unten mit eng angelegten Ohren. Sie blickte mich verächtlich an, biss mit lautem Knacken in den kleinen Vogelschädel und leckte geduldig und geschäftig sein Inneres aus.

Unsere Katzen und Hunde hatten keine Besitzer, außer dem hässlichen weißen Pudel. Das Fell um seine Körperöffnungen war rosig, wie entzündet – es war ein wollüstiges und alles fressendes Tier. Die Niemandshunde lebten im Rudel, alle hatten abgehackte Schwänze, und im Sommer hingen auf ihren Ohren in Reihen, wie die Perlen einer Kette, reife, knackige Zecken. Wir Mädchen überließen den Jungen die staubigen Hunde, aber all die Flusskäfer und die kleinen Wasserscheusale waren unsere. Wir zogen die blassen Köcherfliegenlarven aus ihren Rohrgehäusen und trugen sie davon. (Wohin? Das weiß ich nicht mehr.) Wir jagten Babykröten, sammelten sie in einer Pfütze und spielten Pionierlager mit ihnen. Für die Feuerkäfer, die wir wegen ihrer schmucken rot-schwarzen Muster *Gardisten* nannten, arrangierten wir Kinderkrippen. Erst trieben wir sie in ein Glas, wo sie Brotkrümel essen sollten, was sie aber nicht taten, weil sie sich eigentlich von Kadavern ernähren. Dann improvisierten wir aus Blattwerk Betten für die Mittagsruhe. Die Gardisten wollten nicht in ihren Betten bleiben, also rissen wir ihnen die Beine weg und bedeckten die beinlosen Körper der Schlafenden behutsam mit Kleeblättern bis zum Hals. Wenn wir Lazarett spielten, dann bekamen die armen Gardisten Spritzen oder Nasentropfen aus einer Pipette. Die Käferköpfchen versanken in den Tropfen, und unter dieser Wasserlupe war gut zu sehen, wie ihre Fühler vor Schreck zuckten und zitterten.

So ungefähr stellte ich mir auch die Arbeit meiner Mutter im Lazarett vor, wo sie eine steif gestärkte Haube trug. Die Haube ähnelte einem Schornstein und ließ sich mit zwei Litzen zusammenbinden, die wie die Fühlfäden eines Insekts an Mutters Hinterkopf hingen.

Er darf nicht wieder in die Kaserne zurück! – Die Mutter rollte den Teig auf dem Tisch aus.

Die gemeinen Soldaten wohnten gewöhnlich in abgelegenen Kasernen und zeigten sich selten in unserer kleinen Siedlung, wo die Offiziere mit ihren Familien wohnten. Wir Kinder sahen die Soldaten selten. Sie erschienen immer in kleinen Scharen und ähnelten mit ihren schlammgrünen Uniformen großen, seltsamen Tieren. Die Gerüchte, sie würden untereinander grausam gegen Schwache vorgehen, verstärkten diese Ähnlichkeit. Die Schwächlinge versuchten dann im Sanitätshaus Zuflucht zu finden.

Er ist ein Soldat, und er gehört dazu. Und bei dir sind schon alle Betten mit Simulanten belegt!, erwiderte der Vater.

Er ist so provokant zahm, sie quälen ihn zu Tode, wie einen Käfer, sagte die Mutter, und auf dem bemehlten Fladen entwickelten sich dunkle Flecken, wie die ersten Tropfen eines Sommerregens auf einer staubigen Landstraße.

Mit den Tränen wirst du mir den Teig versalzen!, lächelte der Vater und schaute in die gegenüberliegende Küchenecke zu unserer Nachbarin, die auf ihrer weichen Wange noch einen rosafarbenen Abdruck der Kopfkissenfalten hatte. So blieben sie in meiner Erinnerung: Frau Kotov mit ihrem luftigen Schlafrock, Herr Kotov mit seiner *Zenit.* Die Kamera saß fest in einem harten, orangen Lederetui mit einer beweglichen Schnauze aus dickem, braunem Schweineleder.

Manchmal denke ich, es wäre besser, wenn es diese Fotos nicht gäbe, denn sie besetzen den ganzen Platz der Erinnerung an Kema. Ich sehe zum Beispiel ein Fenster, in acht Kästen geteilt, aber ich weiß nicht mehr, wie das ganze Haus ausgesehen hat und wie viele es davon in Kema gab. Ein Dutzend? Und dazu einen Klub. Die unscheinbaren, runden Blumenbeete, bewachsen mit Beifußgras. Ein Lautsprecher auf einem hohen Mast. Wenn ich lange auf das Bild starre, weiß ich, dass an dem Mast vorbei die Schlange eines Kerosinrohres geschlichen sein muss. Auf ihrem Weg zum Flughafen lief sie durch die ganze Siedlung und verschwand im zerzausten Gras einer Brache mit den alten Fahrerhäusern. Ich kann die Speichen des Kinderwagenrades zählen, ich kann deutlich und bis ins Detail die entblößten Eingeweide eines Motorrads studieren, und ich sehe Vaters Hand auf dem Lenker. Der Vater selbst aber entkommt meinem Blick. Von ihm ist mir bloß diese Hand übriggeblieben. Und so ist meine Erinnerung an ihn fest an die Ohrfeige gebunden, die diese Hand einst auf meine Backe gestempelt hat. Es hat nicht wehgetan. Aber es war schmerzlich. Und ihm, meinem Vater, wäre es sicher ebenso schmerzlich, zu erfahren, dass seine Hand und die Ohrfeige in meinem Gedächtnis unzertrennlich geblieben sind. Denn er war gutherzig. So gutherzig wie uns alle Väter erscheinen, die uns zu früh verlassen.

Die Chefin kommt zurück und macht sich auch eine Tasse Kaffee.

Lena, Denis ist krank, du kannst heute Frau Gnuschke übernehmen, die in der fünften Etage, links. Frau Gnuschke ist sehr enttäuscht, dass ihr Denis nicht da ist, und unsere Zweisamkeit fällt für uns beide etwas quälend aus. Die alte Dame leidet an Inkontinenz, will aber auf keinen Fall Windeln tragen. Ihr Bettzeug muss täglich gewechselt werden, tagsüber gelingt es ihr manchmal, sich an die Kloschüssel zu erinnern. Meistens aber nicht.

Mensch! Frau Gnuschke! Schon wieder! Warum weigern Sie sich, Windeln zu tragen?

Wenn Denis noch leben würde, müsste ich hier nicht Ihre Schikanen über mich ergehen lassen!

Er ist nicht tot! Er ist nur krank. Gehen wir ins Bad.

Als ich sie wasche, empört sie sich, dass ich Gummihandschuhe anhabe:

Es fühlt sich so unangenehm an. Denis trägt nie welche!

Vielleicht ziehen Sie doch die Windel an? Oder nehmen die Binden? Sie fühlen sich so seidig und trocken an!

Dann empfehle ich sie Ihnen herzlich!

Ich mache ja nicht in die Hose! Sehen Sie, wie viel schmutzige Wäsche im Korb ist!

Es ist doch Ihre Arbeit, oder?

Aber es riecht hier doch auch so, ist Ihnen das nicht unangenehm?

Wenn Denis nicht tot wäre, würden Sie mich hier nicht so quälen dürfen!

Als ich zur S-Bahn die Treppe hochfahre, fällt die Dämmerung über die Stadt, deren Lichter wie glimmende Kohlen im dichten Nebel stehen. Der Waggon ist voll. Wie unterschiedlich gepolte Magnete stehen die Menschen eng aneinandergedrückt, die Arme unten. Kaum entkommt man einem Blick, stößt man erneut auf fremde Augen und dreht sich weg. In Strömen fließen wir aus dem Zug und stauen uns vor den Rolltreppen. Dicht aneinander tappen wir auf dem Bahnsteig, am Alexanderplatz laufen wir schnell auseinander.

Der pechschwarze, wie eingefettete Asphalt kompromittiert die Darstellung eines Wintermärchens. Die bunten Gassen des Weihnachtsbasars um den Kaufhof herum sind übervölkert, die verdrossene Menge strömt durch die engen Gedärme des Marktes, kauft und kaut. Gut riecht es hier. Nach Mais, nach Mandeln, nach Zucker und Würstchen, die so klein wie ein Babydaumen sind oder meterweise angeboten werden. Ich kaufe mir eine mittelgroße, die rosig ist, und als ich daran kaue, denke ich wieder an Herrn Struck, denke, dass er in seinem Jenseits die Würste sehr vermissen wird. Sechs Jahre waren wir zusammen, wenn man das so sagen kann. In unserem Beruf empfiehlt es sich nicht, außerdienstliche Kontakte zu den Kunden zu pflegen, sonst kann es Abhängigkeiten geben. Es wird Aufmerksamkeit verlangt, und wenn man die Angebote ablehnt, fühlen sich die Pfleglinge verraten und ausgesetzt. Besser einsam als verlassen – also ging ich mit Herrn Struck nicht aus und gab ihm meine Telefonnummer nicht. Er war bloß ein Pflegefall, sage ich mir, und trotzdem geht er mir nicht aus dem Sinn. Wenn er am Freitag verbrannt wird, wo werden die Eisfarnfedern hin sein? Und seine Schiffchenmütze, vom Vater genäht? Wo werden die Erinnerungen an die großen, zerlumpten Siegerfüße sein, die sich in die kleinen Damenschuhe zwängen? Der Ausflug zur Scheune, wo der Trödler mit seinem Pferd wohnte – vom kleinen Günter angeführt, krochen die Jungen durch das hohe Unkraut ganz nah zum Verschlag und sahen durch die Türritze, wie der Trödler sein entblößtes und erregtes Geschlecht am Pferdebein rieb. Mit einer Hand streichelte er den rauen kastanienroten Schenkel, und das Pferd schielte zu ihm hinunter, ungeduldig und nachsichtig wie eine Frau, die den ungeliebten Ehemann unwillig an sich machen lässt. Eines Tages sahen die Kinder, wie der Trödler von zwei Polizisten abgeführt wurde. Der Mann tauchte nie wieder auf. Mit dem perversen und asozialen Kerl hatten die Jungen kein bisschen Mitleid. Und der alte Herr Struck dann erst recht nicht, wie er mir mehrmals versicherte.

Im gleichen Sommer zündeten die Jungen statt Zigarren dicke braune Rohkolben an, um Passanten zu ärgern, der Spaß jedoch endete bitter: Die erboste Mutter zerrte Günter in die Küche und schlug ihm mit einem Tuch ins Gesicht. Bevor das feuchte Tuch gegen die Wange schmatzte, kippte Günter die heiße Kaffeekanne vom Herd, verbrühte sich und schrie wie am Spieß.

Es ist wieder Krieg mit den Russen, wir werden nun sicher alle zu Grunde gehen, verstümmelt zu

Grunde gehen! Hörst du, Günter?, tupfte die Mutter schluchzend die dunkle Brühe von der mageren Kinderbrust. Die Brandwunde, die wie ein verkleinertes Afrika aussah, verkrustete bald, dann wurde sie rosig und empfindlich, sie vernarbte, und in der Pubertät verschwand sie spurlos. Hier, siehst du, meine Kleine, hier war sie. Herr Struck öffnete sein Hemd, und mir stieg ein übler Duft von altem, abgestandenem Schweiß entgegen.

Jetzt liegt sein Körper in der Kühltruhe, steif, entseelt, ohne Bewusstsein. Ich bin die einzige Hüterin seiner Erinnerungen. Wie eifrig und eilig versuchen die Alten ihr Leben nachzuerzählen – die Todesangst mit Wörtern zu bannen, das Nicht-Sein zu überlisten, wohl ahnend, dass das Wort länger lebt als das Fleisch. Wie viele Wörter gibt es, die ich mit niemandem teilen kann – ich bin voll davon. Ich muss die Arbeit wechseln, denke ich wieder. Ich schiebe mein angebissenes Würstchen in das enge Maul der Müllbox und eile weg, zu meinem nächsten Kunden, der ganz anders ist als Herr Struck.

5

Ulf Seitz, den ehemaligen Journalisten einer Ostberliner Zeitung, habe ich vom ersten Blick an gemocht, weil er sehr deutsch auf mich wirkte: Er ist nüchtern im Gemüt, beherrscht und auch etwas pedantisch – er ist genau so, wie wir Russen uns einen kultivierten Deutschen vorstellen. Er wohnt in der Torstraße in einem alten Haus: verstaubter, wie mit Ekzemen befallener Putz; schief aufgesetzte, eckige Giebel auf der linken Seite des Dachs; eine abgeschabte und furunkulöse zweiflügelige Tür. Durch die Tafel *Denkmal* veredelt, gleicht dieses wahnsinnige und dennoch majestätische Monster einem König aus einem Shakespeare-Stück. Mit all seinen großzügigen Ungereimtheiten, die von smarten Neuberlinern besonders geschätzt werden, wurde es zum Opfer einer um sich greifenden Stadtnahme – Herr Seitz ist einer der wenigen übriggebliebenen Eingeborenen hier.

Von den Alteingesessenen wohnt hier auch eine alte Frau mit ihrem geistig behinderten, erwachsenen Sohn. Beide tragen Brille und Sporthosen und haben die gleichen Jacken an. Der Sohn hat eine sandfarbene Mähne um die Glatze und die Mutter einen Pferdeschwanz im Nacken. Die Jahrzehnte erzwungener Zweisamkeit haben aus ihnen ein Zwillingspaar gemacht – sie wirken gleichaltrig, gleichgeschlechtlich und gleichgesinnt. Ich habe die Frau nie mit jemandem reden sehen, sie wirkt völlig versunken im lebenslangen Dialog mit ihrem sprachlosen Sohn.

Ein anderer Nachbar, der alte Herr Dreschke, kommuniziert dagegen ununterbrochen mit seiner Umgebung. Er bemüht sich sehr, gepflegt auszusehen, wirkt aber in seinen bunten Kleidern aus den wilden Siebzigern wie ein Narr. Er war früher Wächter im Pergamon-Museum, vielleicht ist er deshalb immer auf der Hut. Unermüdlich scheint er die Torstraße zu vermessen, geht sie hinauf und hinunter und grüßt großherzoglich all die Bürger, mit denen er Blickkontakt hat. Wenn ein Passant dann seinen Gang verlangsamt, verwickelt Herr Dreschke den Unvorsichtigen in ein endloses Gespräch. Von seiner

Geselligkeit sind aber an erster Stelle Kassiererinnen in Supermärkten und Drogerien betroffen. Herr Seitz grüßt Herrn Dreschke sehr leise und wendet sein Gesicht gleich ab, als ob er sich seines lächerlichen Nachbarn schämen würde.

Guten Tag, Fräulein Lena, guten Tag, schüttelt er hektisch und zart meine Hand und nimmt mir den Mantel ab. Wir umarmen uns leicht, und seine durchsichtigen Ohren, die wie zwei Flügelchen abstehen, fangen Feuer und leuchten im Gegenlicht rot. Er ist nicht groß und gut temperiert, das spärliche graue Haar hat er sorgfältig zur Seite gekämmt, er ist korrekt gekleidet, unten dunkel, oben hell. Über der blassen Oberlippe läuft mit etwas Abstand ein anachronistisch schmaler Schnurrbart, wie ihn oft Bösewichte in alten Schwarzweiß-Filmen tragen. Seine hellen Augen sind stahlgrau. Als ich mir dieser Tage das neue Wort *adrett* zu merken versuchte, dachte ich gleich an Herrn Seitz. An sein gebügeltes, steifes Hemd, an den Duft seines Rasierwassers – irgendetwas Frisches und Einfaches, wie ein Segel auf dem Meer … Genau so würde mein Vater duften, wenn er noch lebte.

Die Wohnung wirkt altmodisch. Wuchtige, dunkle Vorkriegsmöbel. Krause Spitzenschleier. Dezent geblümte Tapeten. Dicke, kleinwüchsige Bücherregale. Eine Kopie des Bildes ‚Lange Brücke', mit Wilhelm hoch zu Ross, am prominentesten Stück Wand – so haben die Kulissen sowjetischer Filme ausgesehen, wenn es um solide deutsche Bürger ging.

Auf der niedrigen Anrichte steht eine Tischuhr. In einem viereckigen Glasgehäuse ist ein durchsichtiges Zifferblatt eingeschlossen, hinter dem ein Haufen unterschiedlich großer Zahnräder zu sehen ist. Ich mag die Uhr nicht – die Zeiger, wie die Zahnräder aus Messing, sind schlecht zu erkennen, und überhaupt ist mir der Anblick dieser offengelegten Eingeweide, die meine Zeit fleißig und unaufhörlich verdauen, unheimlich.

Es ist hell hier, wegen der großen Fenster fast zu hell, in den Sonnenstrahlen tanzen kleine Lichtsprossen und verstärken die Ähnlichkeit des Raums mit einem Aquarium. Es gibt keine zufälligen Dinge hier, die Umwelt des alten Herrn Seitz ist steril und statisch, als ob hier keiner wohnte, und das fasziniert mich. Ich bin unter lauten chaotischen Frauen aufgewachsen, die sich den ganzen Tag mit dem Essen bemühten, und wo aus jeder Ecke bunte Stoffe und Lumpen quollen, unter denen sich die verzweifelt gesuchte Schere oder ein Kugelschreiber monatelang versteckt hielten. Bei Herrn Seitz dagegen herrscht Ordnung. Die Sachen ruhen gehorsam auf ihren Plätzen, und sie warten nur, bis du die Hand nach ihnen ausstreckst. Mir gefällt, dass Herr Seitz schnell und sehr akkurat isst – er isst nicht, er nimmt Essen zu sich, die Prozedur ist sachlich, wie Auftanken. Es bleibt kein Krümel auf dem Tisch, und die lästigen Essensdüfte werden fleißig weggelüftet.

Warten Sie eine Sekunde, der Tee ist gleich fertig, ruft Herr Seitz aus der Küche.

Soll ich helfen?

Nein, danke! Setzen Sie sich, lassen Sie uns erst Tee trinken!

Ich setze mich zum runden Tisch, vor meinen Augen liegt die aufgeschlagene Zeitung: *Tod im Kleiderschrank*.

Der am Donnerstag in seinem Hotelzimmer in Bangkok

tot aufgefundene Hollywood-Star David Carradine ist möglicherweise bei einem Sexspiel ums Leben gekommen. Sein Tod scheine bei einem selbstverschuldeten Unfall beim Liebesspiel eingetreten zu sein, sagte Gerichtsmedizinerin Porntip Rojanasunan. Auch Polizeichef Worapong Siewpreecha äußerte vor der Presse die Vermutung, der 72-jährige sei beim Masturbieren gestorben: Es war weder Selbstmord noch Mord, er starb, nachdem er sich selbst befriedigt hatte. Laut einem ersten Autopsiebefund starb Carradine an Sauerstoffmangel. Bei dem Butler, der kurz davor eine Flasche Whiskey ins Zimmer gebracht hatte, hatte sich Carradine noch über seine Einsamkeit beklagt.

Als Herr Seitz neben mir erscheint, klappe ich hastig die Zeitung zusammen. Tödliche Einsamkeit. Einsame Peinlichkeit. Peinliche Einsamkeit überall. In mir und neben mir. Der Dampf aus dem heißen Teekessel steigt auf, und das Gesicht des Alten wird rot und feucht. Er nimmt seine vernebelte Brille ab, und sein nacktes, ganz neues Gesicht verrät, dass er in diesem Moment um jeden Preis der Welt seine leichte Hand auf meinen gebeugten Kopf legen zu dürfen wünscht. Ich weiß, dass er mich mag, und bin ihm dafür sehr dankbar, da ich mich in seiner Anwesenheit auch mag.

Der Kühlschrank, den ich heute putzen soll, hat einen großen Bauch und heißt ZIL MOSKWA – genau so einer steht in der Küche meiner Mutter: mein Jahrgang, ein Zeuge der goldenen Ära der sozialistischen Zivilisation. Das erste, was ich tat, als ich die Küche von Herrn Seitz zum ersten Mal betreten habe: Ich legte meine Hand auf den cremeweißen Kühlschrankbauch.

Fast ein halbes Jahrhundert alt, immer noch taff!

Ich mag das Ding auch, hustete Herr Seitz stolz. Der Dichtungsgummi gibt nach, ansonsten alles noch in Gang. Gute Arbeit, notabene hat Moskau mit seinen Maschinen damals, in den Sechzigern, General Electric ernst herausgefordert.

Warum fühlte ich mich stellvertretend für dieses brummende Monster geschmeichelt? Herr Seitz sagte nichts weiter, und es war auch nicht nötig – in diesem Moment wusste ich, dass er, wie ich, ein Fan der Kosmonauten war, und nicht der Astronauten, und dass er auch nicht an die Mondlandung der Amerikaner glaubte. Dass wir beide zu den Menschen gehören, die es empörend finden, wenn jemand Maxim Gorki nicht gelesen hat oder das Wort *Chatschaturjan* nicht aussprechen konnte. Wir haben immer noch nicht kapiert, warum die sowjetische Invasion in Afghanistan Krieg war und die von der NATO als Friedensmission gilt. Das selbstgefällige Amerika ist uns in vieler Hinsicht suspekt, gleichzeitig aber schämen wir uns insgeheim über unsere miserablen Englischkenntnisse. Wir beide haben einen Großteil unseres Lebens unter roten Fahnen verbracht, unsere Sensoren und Antennen bleiben wohl für immer nach links gekippt, selbst wenn wir uns ehrlich bemühen, sie aufrecht und in der Mitte zu halten. Wir sind halt Ossis, und wie viele andere Ossis auch müssen wir uns mit der schizophrenen Zwiespältigkeit der Erinnerung abfinden: Der Verstand weiß Bescheid, die Seele aber zweifelt und will nicht glauben, dass all die Erfahrungen der untergegangenen Zivilisation nutzlos und lächerlich waren. Wir vermissen nicht das damalige Leben, sondern den Zeitgeist, mit dem man Adam Smith, den

Wohlstand und den Komfort verachtete und auf eine vage und helle Zukunft schwor. Wir selbst spotten gerne über diesen naiven Glauben oder über die Realien des sozialistischen Lebens, ärgern uns aber, wenn die Leute aus dem Westen das tun. Für sie war das Leben hinter dem eisernen Vorhang entweder verbrecherisch, miserabel oder anekdotisch ulkig. Für uns ist es im Rückblick vielleicht auch so, aber es war unser Leben, und nicht ihres.

In der horizontalen Metallklinke des Kühlschranks ZIL MOSKWA gibt es ein winziges Schloss: War das Essen sehr wertvoll damals, oder waren die Kinder zu frech und zu hungrig? Oder war die prachtvolle Maschine für kommunale Küchen konzipiert? Meine Oma hat die beiden mikroskopisch kleinen Schlüsselchen gleich verloren, Herr Seitz besitzt sie immer noch, ein verliebtes Pärchen, in einem winzigen Ring liiert. Ich wische die gewölbte Kühlschranktür, schrubbe an den Seitenwänden und schiebe das alte Monster heraus.

Herr Seitz, wo ist die Küchenpapierrolle? Lag die nicht hier?

Ich bringe sie Ihnen, kleinen Moment!

Bleiben Sie sitzen, ich bin schneller!, rufe ich und hole den langsamen Herrn Seitz auf der Schwelle seines Schlafzimmers ein.

Das große Bett unter der cremeweißen glatten Decke ist majestätisch und monströs, wie ein königlicher Sarkophag, seitlich stehen, wie leere Denkmalsockel, zwei kleine Nachttische. Bewohnt ist im Bett nur eine Seite, die von der Türe weiter entfernte, beim Fenster. Auf dem Nachttisch liegen eine Lesebrille und ‚Berlin Alexanderplatz', ein dickes, zerzaustes Buch. Berührt man es, fliegen seine vergilbten Seiten wie trockenes Laub in alle Himmelsrichtungen. Herr Seitz aber setzt sie wieder zusammen, seine Finger sind dabei schnell und sicher, wie die eines Blinden, der Kartonstücke tausendmal am Tag zur immer gleichen Box zusammenfaltet. Herr Seitz liest viel und leidenschaftlich, in diesem Buch liest er aber besonders gerne, weil der Papierziegel das Universum in sich birgt, in das auch der kleine Ulf dann hineingeboren werden wird.

Aus ebendiesem Grund liebe ich die Filme innig, die Mitte der sechziger Jahre gedreht wurden. Darin, so scheint es mir jedenfalls, erkenne ich die Frisur meiner Mutter oder den Mantel meines Vaters. Ich war noch nicht da, meine Welt aber schon. Sprudelwasser-Automaten (ohne Sirup eine Kopeke, mit Sirup drei). Breite, frisch gewässerte Straßen und Prospekte. Die Busse mit rundlichen und dicken Elefantenrücken – alles ist schon da, sogar meine Eltern bewegen sich irgendwo in dieser Welt schon aufeinander zu. Das toupierte Haar meiner Mutter wird von einem breiten, gestreiften Band über der Stirn gehalten, ihr Kleid ist elegant und schlicht, wie das Etui eines Regenschirms. Mein Vater trägt sein Sakko am Zeigefinger, es hängt ihm über die Schulter. Oben ragen Baukräne in den Himmel, unten schlagen weiche Setzlinge ihre Wurzeln in die junge Erde – die Dinge, die das Paar umgeben, sind beseelt und wertvoll. Alles ist bereit, bald ist mein Auftritt.

Das ist, natürlich, eine fiktive, nur für mich geltende Vision, der Vater von Herrn Seitz aber, Konrad Seitz, ist tatsächlich in ein Kunstwerk geraten, eben in das Buch ‚Berlin Alexanderplatz' – als jener Mann, der mitten auf dem Rosenthaler Platz mit zwei gelben Paketen von der Linie 41 abspringt: … *eine leere Autodroschke rutscht noch grade an ihm vorbei, der Schupo sieht ihm nach, ein Straßenbahnkontrolleur taucht auf, Schupo und Kontrolleur geben sich die Hand: Der hat aber mal Schwein gehabt mit seine Pakete.*

Als Konrad Seitz das Buch las, erkannte er sich in der Figur wegen der zwei gelben Pakete wieder, mit denen er tatsächlich einmal von der 41 abgesprungen und beinahe unter eine Droschke geraten war. Der Vorfall hatte sich sieben Jahre vor Ulfs Geburt ereignet. Als Kleinkind wurde ihm die Geschichte oft erzählt, ihm wurde sogar die Stelle an der grauen Jacke des Vaters gezeigt, wo die Droschkenräder die zwei Knöpfe abgerissen haben. An den beiden geflickten Stellen wuchsen später champignonähnliche neue Metallknöpfe.

Als ich ‚Berlin Alexanderplatz' las, dachte ich, dass Franz Biberkopf in seinen hohen Jahren genauso wie der Schlosser Struck gewesen sein muss, und diese Vorstellung machte meine Stunden bei diesem um vieles erträglicher und veredelte mir seine Erscheinung.

Neben dem Buch auf dem Nachttischchen liegt eine Pralinenschachtel, daneben eine weiße Küchenpapierrolle. Bettaccessoire der einsamen Männer. Herr Seitz ist bald achtzig, läuft es denn so lange mit dem Liebesleben bei den Alten? Als meine Oma in meinem heutigen Alter war, hielt ich sie schon für ein geschlechtsloses Wesen. Damals war ich fest davon überzeugt, dass körperliches Verlangen ein Privileg der Verliebten ist, der jungen Verliebten, nicht der Alten. Peinliche Einsamkeit. Einsame Peinlichkeit.

Neben der Rolle krümmen sich ekelerregende, wie abgetrennte Hautauswüchse wirkende Klümpchen – zwei gebrauchte rosafarbene Ohrstöpsel.

Die Rückseite des Kühlschranks ist sehr warm, es ist ihm deutlich zu viel, heute oder morgen wird er abdanken. Seine Organe sind schwach geworden, ich wische die verstaubten Kiemen auf seinem Rücken ab, und seine Atmung wird leichter.

Eine Stunde später stehe ich mit der Räder-Tasche im Korridor. Ich hasse solche Taschen, weil sie ein Inbegriff von Schwäche und Resignation sind. Mit einer solchen Tasche fühlt man sich wie an einer Karre angekettet. Mit dem Rucksack fühle ich mich viel jünger, Herr Seitz aber insistiert, dass ich mit DIESER Tasche seine Einkäufe mache. Kaufen Sie mir bitte ein paar Tannenzweige zu Weihnachten.

Viele? Um die Blumen abzudecken?, frage ich und denke wieder an den verstorbenen Herrn Struck und seine erfrorenen Geranien. Und an mich, wie ich mit meinen verspäteten Gaben vor der versiegelten Tür stand.

Nein, nur ein paar, statt einem Weihnachtsbaum.

Vielleicht kaufe ich eine richtige Tanne, und wir verbringen Heiligen Abend zusammen?, sage ich selbst für mich unerwartet. Der alte Mann wirkt auch etwas verblüfft.

Wir?

Ja, sage ich entschlossen. Wenn Sie nichts dagegen haben. Meine Tochter ist Heiligabend nicht zu Hause. Ich könnte zu Ihnen kommen.

Na sowas … Das freut mich aber sehr. Herr Seitz glättet mit unsicherer Hand sein schütteres graues

Haar. Dann warten Sie, wir müssen überlegen, was wir alles noch kaufen sollen. Und ich komme mit!, sagt er und blickt verstohlen in den Spiegel.

6

Wir sitzen am Tisch, Kopf neben Kopf, wie zwei Seiten eines Dachgiebels, und machen eine neue, feierliche Einkaufsliste. Plötzlich von weihnachtlicher Freude ergriffen, sind wir aufgeregt wie die Kinder. Ich verfehle mit dem linken Fuß die Stiefelöffnung, klammere mich an Herrn Seitz fest, und wir beide kippen lachend zur Wand. Dann versuche ich, dem alten Herrn in seinen Mantel zu helfen. Er lehnt meine Hand ab und hält mir galant die Jacke über die Schulter. Wir gehen zusammen einkaufen, er zieht die Einkaufstasche mit den Rädern, und ich hake mich bei meinem Begleiter ein – heute ist alles anders als sonst.

Ich war nie bei einem richtigen deutschen Heiligabend dabei, abgesehen von den Weihnachtsveranstaltungen in Altersheimen. Zwar schmücke auch ich an diesem Tag einen Tannenbaum und brate eine polnische Ente, komme mir dabei aber etwas komisch vor, als ob ich schauspielern würde.

In meiner Familie gab es nur Silvester.

Aber es war fast das Gleiche, oder? Tannenbaum, Geschenke und so.

Ja, fast das Gleiche, aber ohne Krippen, Engel und Enten. Zu Silvester essen alle bei uns Salat *Olivje*. Oft auch Hering unter einer Schicht aus Roter Beete,

Kaviar und marokkanischen Orangen. Auch schön, aber halt anders.

In der Tram ist es warm und eng, wir sind dicht aneinandergedrückt, Gesicht neben Gesicht. Durch die Stoffschichten spüre ich die Wärme des Körpers von Herrn Seitz. Als Herr Struck starb, so Maria, war sein Bauch noch über längere Zeit warm, auch wenn die Hände schon kalt wurden, so wie jetzt Herrn Seitz' Finger, die ich zufällig in der Enge berühre. Wegen der ungewohnten Körpernähe verlegen, hält er seinen Atem zurück und wendet sein Gesicht von mir ab. Ich schaue zum Fenster in die andere Richtung, im Fenster spiegeln sich unsere Profile wie ein Januskopf.

In den Menschenstrom eingeschlossen, tappen wir aus der Tram in die bunten Gänge des Weihnachtsmarktes. Unter dem Riesenkessel lodert Feuer, es riecht nach angebranntem Zucker und Fleisch. Wir drängen uns durch die engen Gassen des Basargewinkels. Links und rechts baumeln riesige, mit ätzenden und verlogenen Farben verzierte Lebkuchenherzen: *Ich bin froh, dass es dich gibt* und *Alles was ich brauch, bist du* oder *Ich will nur dich!* und *Trau dich!* Wenn der Windzug durch die engen Gassen huscht, klopfen die baumelnden Herzen leicht gegeneinander, das Geräusch, das dabei entsteht, ist dumpf und trocken.

In einem improvisierten Stall an der Biegung der bunten Gasse steht ein Esel mit einem dunklen Fleck an der grauen Hüfte, dort, wo ihn die vorbeiziehenden Menschen mit ihren speckigen Händen streicheln. In einer Kaufhausvitrine veranstalten die Plüschtiere Berlinale, in einem anderen stürzen Affen die Mauer am Brandenburger Tor.

Und hier, Lena, schau mal hin!, zerrt mich Herr Seitz zum nächsten Fenster. Seine Aufregung, sein unabsichtliches *Du* und sein Wunsch, mich zu beeindrucken oder zum Lachen zu bringen, könnte mich an einen Zirkusbesuch mit meinem Vater erinnern – wenn wir denn je einen gemacht hätten.

Im Ort meiner Kindheit war nie ein Zirkus. Es gab auch keine Kirche und keinen Markt. Fleischkonserven, Kondensmilch, Kartoffeln, Nudeln und getrocknetes Obst bekamen wir einmal monatlich aus dem Lager; Beeren und Pilze kamen aus dem Wald, Fische aus dem Fluss, und gelegentlich kam ein Helikopter mit Leckereien angeflogen, den wir *Büffet* nannten.

Wenn die riesige Libelle über Kema in der Luft hing, schrien die Kinder in den Himmel und winkten.

Die Verkäuferin glättete ihr vom Wind zerzaustes Haar und setzte sich eine steife, weiße Mütze auf den Kopf. Dann zog sie die Waage aus dem Bauch der Maschine und schöpfte mit einer Schaufel Bonbons aus den Leinensäcken in die Pergamenttüten. Im Winter fielen Bonbons vom Himmel, im Sommer war es Obst. Ich schrie und warf mich auf den Boden, weil ich die große Wassermelone tragen wollte. Aber diese rutschte aus meiner Hand und zerschellte am Boden. Da stempelte Vaters Hand eine Ohrfeige auf meine Backe. Wassermelonen wurden nur einmal im Jahr geliefert, jede Familie bekam nur eine davon. Habe ich diese restriktiven Modalitäten später und nachträglich erfunden, um Vaters Hand zu rehabilitieren?

Ich nehme die Hand von Herrn Seitz in meine,

damit wir uns hier, im Gedränge der Schlemmerparadiese, nicht verlieren. Er trägt einen altmodischen Mantel und eine Pelzschapka mit ausklappbaren Ohrenschützern. Es ist sehr warm drinnen, mein Sputnik nimmt seine anachronistische, deplatzierte Kopfbedeckung ab und wischt sich die Stirn mit dem schneeweißen, von mir gebügelten Taschentuch.

Kiwano, Guave, Granadilla, Feijoa, Passionsfrucht, rote, schwarze und weiße Kartoffeln und deren, ebenso per Jet eingeflogene Verwandte Maniok *(eine tropische Nutzpflanze, Grundnahrung armer süd- und mittelamerikanischer Waldbewohner)*: Das Essen in diesem Paradies ist keine Nahrung, hier ist es Zerstreuung, Antidepressivum, Spielzeug. Was uns umgibt, lässt an eine mittelalterliche Tafel denken, wo im Laufe des Abends Dutzende Gäste *einen Bottich Eiermus mit Pfefferkorn, Safran, Hirse und Honig darein, ein Lamm mit Zwiebel und Gemüse, Brathähnchen mit Pflaumen, gedörrten Kabeljau mit Rosinen und Butter, knusprig gebratene Brachsen, gekochte Aale mit Pfeffer, gebratene Heringe mit Senf, Schlangeneier, gebackene Ranettäpfel, Drosseln, gebacken im Speck und mit Meerrettich serviert, und Ferkel mit Gurken* verzehrten, um dann sich an die Nachtigallenzungen zu machen – das erzählt mir mein belesener Begleiter, während wir uns durchs Nahrungsparadies arbeiten. Da es hier tropisch heiß ist, knöpft Herr Seitz seinen Lammfellmantel auf. Auf seiner Brust sträubt sich kriegerisch ein flauschiger Mohairschal.

Wir kaufen einen Karpfen, eine Flasche Krimsekt und eine winzige Dose Malossol-Kaviar. Die Blechdose ist klein wie eine Penatencreme-Dose und kostet 25 Euro. Herr Seitz geht davon aus, dass ich wie alle Russen Kaviar mag. Er schubst mich sanft von der Kasse weg und legt stolz 52 Euro und 17 Cent in bar hin.

Geld (ein für das Paradies eher irrelevanter Begriff) hatte kaum Umlauf in unserem damaligen Leben und konnte bis zum Sommerurlaub friedlich in den knorrigen Wattematratzen ruhen. Bei Auszahlung der Monatslöhne flog ein Helikopter in eine größere Siedlung. Viele wollten mit, um Einkäufe zu machen, und so wurden die Plätze verlost. Ich war gerade im Schulalter, als sieben Insassen und der Pilot, mein Vater, tödlich verunglückten. Die Maschine war die raue Küste entlang geflogen und gegen einen Felsen geprallt. Die Unglücksstelle ist dicht mit roten 10-Rubel-Scheinen bedeckt gewesen, und ein gut gefederter nagelneuer Kinderwagen rollte nach dem Absturz den Hügel hinunter, wie in einem Film. Die Toten wurden zum Abschied im Klub aufgebahrt. Auf drei Billardtischen standen sieben Särge. Der Sarg meines Vaters ruhte auf Hockern, die niedriger waren als die Tische. Und trotzdem kann ich mich an das Gesicht des Toten nicht erinnern. Nur an den herben Duft des frisch zersägten Kiefernholzes, dessen Harztränen noch nicht getrocknet waren. Auf den Felsen stellte man neun silbern glänzende Stelen, in deren runde Fensterchen Fotos der Verunglückten eingemauert waren. Schon nach dem ersten Regen wurde das schwarzweiße Bild meines Vaters trüb und unklar.

Unter den Fotos lagen Kränze aus bemalten Blechblumen. Der steile Berghang war mit wilden Hagebutten bewachsen. Die Früchte waren riesig, und das süße Fleisch konnte man wie Apfelfleisch drumherum abknabbern. Man durfte bloß nicht die mit haarigen Samen prall gefüllte Hülle in der Mitte durchbeißen: die fiesen allgegenwärtigen Härchen drangen in und durch die Kleider, und den Juckreiz konnte man nur im Waschtrog wieder loswerden. Die kräftigen Stacheln der Hagebutte waren scharf wie Säbel, und sie ließen in der Haut nicht nur Kratzer zurück, sondern richtige Schnittwunden. In diesem Sommer heilten sie nicht: Kaum hatte sich eine Wunde mit dunkler Kruste überzogen, kratzte ich sie wieder auf, bis Blut kam.

Der Verkäufer zwingt den stacheligen Tannenbaum in das Plastiknetz, und als wir, voll beladen, zurück nach Hause gehen, versucht Herr Seitz mir immer wieder die schwere Last abzunehmen, was ihm aber kaum gelingt, weil seine Kräfte gerade dazu reichen, ihn selbst im langsamen Schritt vorwärts zu bewegen. Wir laden unsere Einkäufe bei ihm zu Hause ab, und als wir uns im Flur bis zum nächsten Tag verabschieden, fällt plötzlich die grüne Kaufhaustüte mit dem Karpfen vom Schuhregal herunter, und sie zetert und bebt verzweifelt zu unseren Füßen.

Machen Sie was, man muss etwas machen! Ich reiße meine Hand aus seiner und stürze zur Eingangstür. Herr Seitz sammelt die Tüte auf und drückt sie fest an sich.

Er ist tot, es sind nur seine Muskeln! Machen Sie sich keine Sorgen, überlassen Sie es mir, gehen Sie nur!

Ich reiße die Tür auf, Herr Seitz bleibt im Korridor stehen – ein Terminator, ein Held, ein Mann mit einem großen Herzen, das, in der raschelnden Tüte gefangen, verzweifelt und laut pocht. Ich ziehe die Tür zu und sause die Treppe hinunter, schnell wie eine Lawine.

Mama! Was Augen hat, isst man nicht!, sagt Marina, als ich ihr die Geschichte vom springenden Karpfen erzähle.

Stimmt. Es war furchtbar, wie er zeterte, nicke ich und denke wieder an die Fotos, wo nackte Menschen mit Säcken auf den Köpfen verzweifelt und grotesk durch die Korridore eines Kerkers irgendwo zwischen Tigris und Euphrat manövrieren.

Ist es nass draußen?

Es ist nass und dunkel.

Sie knöpft ihre weiße zottige Kunstfelljacke zu.

Ich gehe.

Wann kommst du?

Wir wollen an einem Projekt arbeiten, vielleicht bis spät in die Nacht. Vielleicht komme ich auch nicht nach Hause.

Rufst du dann an?

Mama, mach etwas Schönes und warte nicht auf mich! Geh mal ins Kino, besuch deine Freunde. Ich glaube, du musst dein Leben ein bisschen ändern.

In meinem siebzehnten Lebensjahr fühlte ich mich meiner Mutter endgültig und verzweifelt überlegen. Meine Tochter hatte dieses Gefühl schon als Grundschulkind, wie es in vielen Migrantenfamilien der Fall ist, wo die Eltern in der Kommunikation mit der Umwelt oft auf die Hilfe ihrer Kinder angewiesen sind: *Liebe Frau Flügel, meine Tochter Marina hat heute Termin bei einem Arzt um 12 Uhr. – Einen* Termin, *den* Termin?, quälte ich mich über dem Papierblatt, während die kleine Marina neben mir stand und ihre Augen gen Himmel rollte: Einen Termin! Und hier schreibst du bitte etwa so: *Sie wird um 11 Uhr abgeholt und ich bitte dies zu entschuldigen.* Und Datum. Sie riss mir das Blatt aus der Hand, las es und schob es mir unter die Nase: abgeholt – zusammengeschrieben!

Gehorsam zog ich eine dünne wackelige Brücke zwischen ab und geholt. Gut gemacht!, sagte sie und streichelte meine Schulter. Sie war meinen Schwächen gegenüber immer nachsichtig, unsere Beziehung kollidierte schon damals mit dem üblichen gesellschaftlichen Axiom *Eltern haften für ihre Kinder.*

Mein Deutsch ist immer noch nicht fehlerfrei, aber fließend. Ich sage aber nie *Danke schön!*, sondern *Vielen Dank!,* weil ich die tückischen Umlaute nicht bewältigen kann, und das wohl auch nie können werde. Auch zu schimpfen und mich zu empören, will mir auf Deutsch nicht gelingen. Marina dagegen hantiert sehr souverän mit ihren beiden Muttersprachen und mit zwei Fremdsprachen. In ihrer Klasse ist sie sehr beliebt, hat für Weihnachten eine Verabredung, und sie freut sich, dass ich zum Heiligabend eingeladen bin. Sie will mich loswerden, denn wenn sie weggeht, tue ich ihr leid. Sie meint, ich bin deshalb allein, weil ich nicht selbstsicher genug bin. Zu träge. Zu ordinär?

Sie ist ein zielstrebiges Mädchen. Sie will Filmemacherin werden, irgendwann wird sie es sein, das traue ich ihr zu.

Ich bin stolz auf sie. Der Sohn meiner Chefin sitzt an der Kassa des *Netto*-Marktes, und meine Tochter ist im Gymnasium. Sie engagiert sich für den Umweltschutz und jobbt fleißig, weil sie ihr nächstes Schuljahr in Amerika verbringen will. Es wird sicher klappen, und ich werde hier, im Osten, bleiben und um den Fernsehturm große und kleine Runden machen, wie ein blinder Esel, der die Mühlsteine ankurbelt.

Gut siehst du aus!, sage ich zu meiner Tochter, als ich die Tür hinter ihr zuziehe.

Ihr schweres, kinnlanges Haar trägt sie momentan mit kecken Spitzen nach vorne, ein glatter Pony über den Augenbrauen, die dunklen Augen meiner Oma, warm schimmernd wie überreife Kirschen – sie ist entzückend, meine Tochter Marina.

An Heiligabend ziehe ich einen alten Glockenrock an und dazu hohe weinrote Schuhe. Meine Beine haben die dazu passenden Schritte (die einer aufrecht gehenden Ziege) verlernt, es fühlt sich merkwürdig an. Das Knirschen der Streukiesel auf dem Gehweg hallt in der feuchten Luft. Der nasse Asphalt scheint klebrig zu sein. Schon wieder ein schneeloser Winter – verdammter Klimawandel!

Herr Seitz ist heute auch sehr schick: Weißes Hemd, glatt rasierte Wangen, eine Fliege unter dem morschen Hals. Wir machen heute das Weihnachtsgericht der Mutter von Herrn Seitz – *Betrunkener Karpfen.* Man mischt Reis mit gedünsteten Zwiebeln, übergießt das Ganze mit einer Mixtur aus Weißwein, Öl und Wasser, würzt mit süßem Paprika und legt einen ausgenommenen gewürzten Karpfen drauf. Dann ab damit in den Ofen.

Ulfs Großeltern mütterlicherseits sind aus Neusatz

nach Berlin gekommen, aus einer netten Stadt am südlichen Rand der Donaumonarchie. Die Mutter war als Kind zu Besuch bei Verwandten da, und der betrunkene Karpfen blieb für sie eine Erinnerung an das weite Goldene Zeitalter, das es irgendwo hinter den Sieben Bergen einmal gegeben haben muss.

Das habe ich seit Ewigkeiten nicht mehr gemacht, sagt Herr Seitz, und wir schieben die Kasserolle in den Ofen.

Man macht es immer für mehrere Menschen, ich bin aber seit fast zwanzig Jahren hier allein.

Den Weihnachtsschmuck, in einer alten Holzkiste aufbewahrt, kennt Herr Seitz seit seiner Kindheit. Es sind Kugeln, Eiszapfen aus Glas, eine Porzellanglocke, abgewetzte Paradiesvögel mit echten Federn, verwitterte Engel aus Holz und auch einige invalide Schneeflocken, aus Stroh gemacht. Wie durch ein Wunder sind all diese zarten Dinge den ganzen Krieg über unversehrt geblieben, und auch danach haben sie die Zeiten überstanden. Auch die Möbel hier haben überlebt.

Wird man angesichts all der Relikte aus vergangenen Tagen in eine permanente Erinnerung verwickelt? Ich zeige auf die alte Anrichte, den runden Tisch, die Stühle mit den hohen Lehnen, den dunkelroten Schrank, der protzig und geräumig ist wie eine Gruft.

Nein. Sie altern so mit mir dahin. So wie auch wir Menschen können sie sich nicht an alles erinnern. Herr Seitz fängt meinen Blick auf und schaut ebenfalls zum trüben Schrankspiegel, der uns beide zeigt, wie wir friedlich und geschäftig den antiken Schmuck auf dem Tisch ausbreiten.

Aber wo Sie mich jetzt fragen, da erinnere ich mich sofort, dass ich als Kleinkind oft in dem großen Schrank gespielt habe. Ich fühlte mich da geborgen und sicher, einmal bin ich darin sogar eingeschlafen, und die Eltern haben verzweifelt nach mir gesucht. Ich bekam dann Ärger, war aber sehr glücklich, als ich hörte, wie furchtbar sie mich vermisst hatten. Diese Spiele haben dann aufgehört, als ein Freund meiner Eltern sich in dem Schrank versteckt hat …

Warum?

Wenn es Sie nicht langweilt, kann ich es Ihnen erzählen.

Sprechen Sie nur!

Es war an dem Tag, als der fünfjährige Ulf zum ersten Mal das Kino besuchte. Der Vater brachte ihn ins *Babylon*-Kino, er versprach, ihn nach der Vorstellung abzuholen, und ging selbst wieder nach Hause. Eine große Frau mit einer weißen Schürze schloss Ulfs Finger in ihre feuchte Hand und führte ihn durch die sanft geneigte, mit Plüsch eingefasste Dunkelheit. Die Taschenlampe in ihrer Hand entriss der Finsternis unheimliche Fragmente kaum sichtbarer Menschen. Der Saal war riesig und voll. Der Doofe schoss dem Dicken Pfeile in sein riesiges Hinterteil, als dieser sich bückte, und das ganze Kino grölte. Es war warm und muffig, und gelegentlich kam die große Dame mit der Schürze herein und versprühte Rosenduft. Als der Film plötzlich riss, dachte Ulf, das sei das Ende, und ging hinaus. Der Vater war natürlich noch nicht da, also ging er allein nach Hause. Er klopfte an die Wohnungstür, und es passierte nichts. Er schlug mit den Fäusten, und dann, ganz aufgeregt und verzweifelt, mit den Füßen gegen die Tür. Dann ging er ein paar Schritte zurück, und als er gerade seinen kleinen Körper gegen das Hindernis werfen wollte, öffnete sich dieses, und er stolperte mit seinem verweinten Gesicht in den weichen Schoß der Mutter. Mein Igelchen, was ist los? Die Mutter wischte ihm die Tränen ab und brachte den Jungen ins Zimmer. Zugezogene Gardinen, sachtes Halbdunkel, am runden Tisch unter dem Luster saßen der Vater und noch vier Männer. Sie wirkten angespannt und etwas erschrocken. Und dann sprang Herr Grund, ein Freund des Vaters, plötzlich aus dem Schrank und grollte *grrrrr*. Ulf drückte sich wieder an den Rock der Mutter, und die Männer lachten vor Erleichterung, weil sie dachten, es sei die Gestapo, die Herrn Grund seit Wochen schon auf den Fersen war.

Und Weihnachten? Unser Tannenbaum ist mittlerweile geschmückt. Wie haben Sie damals gefeiert?

Mehrere Tage vorher haben meine Mutter und unser Dienstmädchen alle gläsernen Gegenstände hier geputzt. Auch die Fenster und auch den Luster, jedes einzelne Kristallglassteinchen wurde vom Fliegendreck gereinigt. Der Vater und ich waren in dieser Zeit spazieren, und überall hinter den Fenstern herrschte das gleiche große Purgatorium. Und wenn es so weit war, richtete die Mutter den Gabentisch her, sie legte eine Schürze an und machte sich an den Karpfen. Als wir dann die Krippe aufstellten, rochen ihre Hände immer noch nach dem Karpfen. Oder, besser gesagt, nach einem Fluss und nach dessen Gräsern. Dann machte sie sich schön, und als sie dann dem Vater die Bibel reichte, war an ihren Händen schon frisches Lavendelwasser.

Und was hat er gelesen?

Das Übliche, ich kenne es immer noch auswendig: *Es begab sich aber zu der Zeit* …. Bald unterbricht Herr Seitz sein flüchtiges Rezitativ, entzündet die vierte Kerze auf dem Kranz und reicht mir ein Päckchen: Hier ein Geschenk für Sie. Frohe Weihnachten!

Es sind flauschige Wollhandschuhe, grau, von weißen Schneeflocken umsäumt.

Und ich habe gar nichts für Sie dabei. Es tut mir so leid …

Es macht ja nichts. Die Bescherung gilt ja vor allem Kindern, und Sie sind für mich so etwas wie ein Kind …

Als ich Herrn Seitz sachte an mein Herz drücke, sehe ich, dass uns die Glaskugel reflektiert, und für einen Augenblick scheint mir, dass dieser zusammengeschrumpfte, in der Länge verzerrte Mann mein verlorener Vater ist.

Zweiter Teil

1

Bald nach dem Tod meines Vaters zogen wir zur Oma in eine kaukasische Stadt. Es war Herbst, im Beifußgras unter den Bäumen lagen große, frisch entpuppte Walnüsse – wie kleine Elfenbeinnippes mit verdunkelten Runzeln. Es war eine südliche, protzige Stadt. Blüten und Blattwerk in gewölbten runden Beeten steigerten sich zu verschnörkelten orientalischen Teppichmustern. Es gab karamellfarbene, weiß eingefasste stalinistische Paläste. Paradiesische Brunnen. Kerzenpappeln. Die allgegenwärtigen Büsten bärtiger Denker ergänzten die antike Erscheinung der Stadt. Das in grünen Baumschwaden versunkene Sanatorium, wo meine Mutter nun arbeitete, glich dem Landhaus eines römischen Patriziers; und der Basar im Zentrum einem Kolosseum. Der Basar war wohl ein paar Nummern zu groß und zu pompös für die kleine Stadt. Aus den Nischen seiner dicken rosa Mauern boten uns weiße Statuen ihre Weizengarben und Weintrauben dar. Der Basar war eine Art Tauschbörse der Stämme: Die Talbewohner brachten ihre Früchte und Kälber hierher, das Bergvolk Käse und Wolle. Die scheuen kleinen Koreaner boten ihre Zwiebeln feil, die kartoffelnasigen Russen ihre Kartoffeln. Und das schlichte, abgetragene Schuhwerk all der dunkelhändigen fleißigen Menschen flickten die Assyrer, sie waren in stickigen, dunklen Buden thronende Nachfahren von Nebukadnezar.

Das prachtvolle Eingangstor zum babylonischen Turm wurde von einer alten Frau in Schwarz bewacht. Sie saß auf einem kleinen Fischerhocker, daneben ein Eimer mit gerösteten schwarzen Sonnenblumenkernen. Für fünf Kopeken schöpfte sie mit einem Schnapsglas rasselnde Kerne und schüttete sie in eine Tüte aus Zeitungspapier. Ihre Hände waren knotige Baumwurzeln, ihr Gesicht eine Morchel. Die Frau hatte nur wenige Zähne, mit denen sie es dennoch schaffte, die Kerne schnell und geschickt zu schälen, und um ihren eingefallenen Mund wimmelte immer ein Bart aus feuchten Schalen.

Im Zentrum der Stadt konnte man auch Eis essen. Wir fuhren sechs Stationen mit der Tram, Hand in Hand mit meiner aufgeputzten Mutter. Der Vater war nicht besonders groß, und nach seinem Tod konnte sie endlich eine hohe, turmähnliche Frisur und hohe Absätze tragen. Gelegentlich hob sie ihren Fuß, wie es ein Pferd beim Beschlagen tut, und schaute nach, ob ihre dünnen Pfennigabsätze noch heil waren. Da wir am Stadtrand wohnten, nicht weit vom Fleischkombinat, waren die Ausflüge zu den paradiesischen Brunnen immer etwas Besonderes.

Unseren U-förmigen Hof bildeten drei einstöckige Mietskasernen. Gebaut gleich nach dem letzten Krieg, wucherten die Häuser allmählich nach außen, mit plumpen Terrassen, aufgesetzten Dachböden und verglasten Veranden und ähnelten so einer Termitenkolonie. Ein riesiger Walnussbaum mitten im Hof beschattete ein für den Kaukasus typisches Tohuwabohu der Menschen, die gerne draußen im sonnengetupften Schatten verweilten. An einem hellen Tag schienen die Zimmer hinter den geöffneten Fenstern immer tintendunkel zu sein – da saßen unsichtbare Hausgötzen, Idole und Totems eingekerkert, die aus dem öffentlichen Leben in karge private Gemächer vertrieben worden waren.

Die Sonne des Imperiums stand im Zenit. Der futuristische Staat lebte in seinem eigenen Zeitalter, nach eigenem, neu erschaffenem heidnischen Kalender, gesegnet vom eigenen atheistischen Pantheon – so glaubte das Ostimperium, seine bunten Völker unter einen gemeinsamen Nenner bringen zu können. Und es erreichte dabei viel: Auf einem Sechstel der Erdoberfläche beerdigten Menschen ihre Toten unter dem roten Stern, die Bürger gingen am 22. April, an Lenins Geburtstag, mit Besen und Schaufeln auf die Straßen und am 1. Mai mit Plakaten und Luftballons.

Am Silvesterabend wurden vom weißrussischen Brest bis ins fernöstliche Kamtschatka Gemüse und Fleischwurst für den Salat *Olivje* geschnitten, und um Mitternacht erstarrten die Bürger des Imperiums bei einem Glas Sowjetchampagner ehrfurchtsvoll vor den Schlägen der Kremlturmuhr. Das vorfestliche Fieber kündigte sich mit akkuraten Apfelsinenpyramiden in Schaufenstern an und zog sich durch den ganzen Dezember. Sonst kaum zu bekommende Leckereien erschienen plötzlich und unerwartet in den Regalen, frohe Botschaften flogen durch die Stadt und beflügelten die geschickten Wurst-Jäger. Ihr unter den Schapkas plattgedrücktes Haar war feucht von Schweiß; Matsch eroberte die Granitböden der Gastronomieläden und drang durch das schlechte Schuhwerk bis zu den Knöcheln der Könige mit ihren Gaben, die in löchrigen Netzen baumelten: Käse, Kaviar, Hering und Salami.

Der 26. Dezember, mein Geburtstag, fiel mitten in das glückliche Getümmel, gesegnet durch die Vorfreude auf das Neujahrsfest. Hier in Deutschland beschäftigt man sich in dieser Zeit mit dem Ausklang der Feierlichkeiten, die Stadt ist eine öde vermüllte Brache, wie wenn gerade ein Zirkus abgezogen wäre. Die festlichen Vorräte sind schon aufgebraucht, die Geschäfte sind immer noch zu, und so soll ich meinen Geburtstag feiern.

Ich werde in den Supermarkt am Bahnhof Zoo fahren, der rund um die Uhr geöffnet ist. Im Treppenhaus flattern bunte Papierfetzen, und es schlängeln sich Geschenkbänder, draußen ist kein Mensch zu sehen. An der großen schwarzen Mülltonne hängt ein angeknabbertes hartes Herz: *Starte mit mir ins Glück*. Um die Tonne herum liegen schon einige Tannenbäume mit abgeborkten Zweigen, es sieht aus, als hätte ein Meteorit in die Taiga eingeschlagen. Der Weihnachtsbaum hieß im Land meiner Kindheit Neujahrsbaum. Bis Silvester bleibt jetzt noch fast eine Woche, und die vorzeitig weggeworfenen Bäume tun mir leid, als wären sie Opfer einer Frühgeburt.

Im bedachten Durchgang zwischen dem *Kaufhof* und dem Rücken des Hotels *Park Inn* pfeift kalter Wind. Etwas weiter, vor dem *Burger King* sehe ich eine Gruppe, angeführt von einem Mann meines Alters mit einem netten altmodischen Schnurrbart, so wie der von Herrn Seitz. ‚Berlin Alexanderplatz' steht auf der Mappe in seiner Hand. Ich verlangsame meinen Schritt, menge mich in seine Herde, spitze die Ohren: Hier war einst das Restaurant des deutschen Fast-Food-Pioniers Aschinger, in dem Franz Biberkopf oft aß. *Aschinger hat ein großes Café und Restaurant. Wer keinen Bauch hat, kann einen kriegen, wer einen hat, kann ihn beliebig vergrößern. Die Natur läßt sich nicht betrügen! Wer glaubt, aus entwertetem Weizenmehl hergestellte Brote und Backwaren durch künstliche Zusätze verbessern zu können, der täuscht sich und die Verbraucher. Die Natur hat ihre Lebensgesetze und rächt jeden Mißbrauch. A. Döblin, Berlin Alexanderplatz, 1929.*

Dann berichtet der Fremdenführer, dass das „Kaufhaus" früher *Tietz* hieß und dass hier an der Ecke der Franz Biberkopf des Romans mit seinem Bauchladen gestanden hatte und Schnürsenkel verkaufte. Dazu liest er wieder die entsprechende Romanstelle vor und führt seine Gruppe weiter, um auf noch ein Döblin-Zitat hinzuweisen, das auf der geräumigen Fassade des Bürohauses in der Alexanderstraße angebracht ist. Die großen, jeweils auf einer Metallplatte angebrachten Buchstaben sehe ich fast täglich – warum habe ich mir nie die Mühe gemacht, sie in einen Zusammenhang zu bringen? Auch jetzt wird es nicht klappen, denn ich trenne mich von der Gruppe und laufe zum S-Bahnhof in die andere Richtung.

Der Weihnachtsbasar wird gerade abmontiert: Lastwagen brummen, fleißige Handwerker rufen einander zu, mit ihren kehligen Stimmen frecher exotischer Vögel, überall wirbeln kleine Mülltornados. Zwischen dem *Kaufhof* und *C&A*, Skylla und Charybdis, am Eingang zum Bahnhof, legt schon der erste Wurstmensch sein Netz aus. Ein sogenannter *Grill Walker* trägt sein Gerät auf ungewohnte Weise.

Es wird nicht nur an der Taille und an den Schultern befestigt, sondern auch mithilfe eines gebogenen Metallrohrs, das zwischen seinen Beinen verläuft und den dampfenden Bauchladen mit dem Gasbehälter an seinem Rücken verbindet. Dieses ulkige Geschirr fällt auf und sieht verblüffend dämlich aus, eines freien Menschen unwürdig. Neben dem Mann steht eine Frau, und neben ihr stehen drei Jungen. Die Frau des *Grill Walkers* ist ebenfalls jung, klein, rundlich, die Jeans spannen sich sehr eng um die kurzen Schenkel. Sie hat einen schrägen, lila gefärbten Pony und ein molliges Gesicht, blass und weich, wie roher Teig, in dem die Piercingkugeln unangenehm glänzen, wie feuchte Froschwarzen. Als sie dem Mann etwas ins Ohr flüstert, verzieht er verächtlich sein saures Gesicht.

Mann, bist du blöd! Er schaut weg von ihr und trommelt mit seiner Metallzange gegen die heiße Grillplatte. Leise, dicht aufeinander folgende leichte Schläge, wie ein Fiebernder mit den Zähnen klappern würde – gedämpfte Trommelwirbel eingesperrten Hasses. Als ich an ihnen vorbeigehe, muss ich an Charles Dickens denken, an seine kleinen Menschen und an düstere Weihnachten. Dann fahre ich mit der Rolltreppe hoch zum S-Bahnsteig, und die Familie bleibt da unten stehen, wie die Orgelpfeifen der Größe nach gereiht. Während die Eltern streiten, beißen die Jungen schweigend in ihre Bockwürstchen.

Damals bei uns in der Gegend um das Fleischkombinat drehte sich alles um die Wurst. Die Arbeiter versteckten die Fleischprodukte unter den Kleidern und verkauften draußen die herausgeschmuggelte

Ware. Die Oma beteiligte sich auch am illegalen Geschäft – sie hatte eine eigene Wurstträgerin namens Lydia, der wir ihre Beute abkauften. Die junge Frau hatte einen dicken goldenen Zopf und riesige Brüste, unter die sie viel Fleisch packen konnte. In der Küche legte die junge Frau dann ab. Die Beute baumelte auf der Federwaage mit dem vom Blut rostigen stumpfen Haken, und wir alle schauten auf die kleine rote Zunge, bis diese an der Zahlenskala erstarrte. Zufrieden, so wie sie auf die Flanke eines fleißigen Pferdes geklatscht hätte, schlug Oma auf die Filetstücke, sodass sie leise bebten. Dann wurde abgerechnet. Lydia rollte das Papiergeld zusammen und steckte es in ihren Büstenhalter. Das Kleingeld schüttelte sie in den Lederbeutel mit dem Metallmaul, das mit zwei glitzernden Kügelchen verschlossen wurde.

Lydia kämmte ihre dicken goldenen Zöpfe und schminkte die Lippen rot für ihren hageren Freund, der draußen auf sie wartete. Der Freund hieß Hamlet.

Ich machte mir Sorgen um die Liebe der beiden, denn Lydia roch so stark nach Blut und Cervelat. Es roch allerdings in der ganzen Gegend, selbst an den Büchern in der Bibliothek der Kombinatsverwaltung hing der Geruch von Wurst.

Wie alle öffentlichen Stellen in der Stadt, wo sogar die kleinen Läden wie griechische Tempel aussehen wollten, war auch die Verwaltung des Kombinats in einem Palais mit weißen Säulen untergebracht. Der Weg zum Eingang war mit Pappeln gesäumt. Diese angeberischen, raschelnden Ausrufezeichen betonten die mediterrane, heidnische Note der Landschaft sehr vorteilhaft. Die Bibliothek war im rechten Flügel des Palais.

Die Bücherhüterin, eine schöne junge Frau im offenherzigen, geblümten Kleid, saß am Tisch, neben ihr stand ein Schildchen: *Gutova, Vera Antonowna.* Sie füllte meine Karteikarte aus und ließ mich in ihren Irrgarten wandern.

Es war ein fünfzig Quadratmeter großer Raum mit etwa einem Dutzend Bücherregalen. Ich wollte etwas Heiteres lesen und griff zum Band ‚Der lachende Mann' von Victor Hugo.

Ist es ein lustiges Buch?

Nein. Aber ein gutes. Es spielt am Ende des 17. Jahrhunderts in England und Frankreich. Und es handelt von einem tapferen Menschen, der das Böse überlistete, weil er die Gabe des Mitleids und der Liebe nicht verloren hatte.

Drei Nächte lang wanderte ich Hand in Hand mit dem kleinen Guinplaine durch die von Machtgier, Lust und Spaß regierte Welt. Der kleine Junge gerät in die Hände von Menschenhändlern, den Comprachicos, die Kinder verstümmeln, um dann mit ihrem Aussehen das Publikum zu belustigen. Guinplaine, ein lachendes Monster, dessen Mund bis zu den Ohren aufgeschlitzt ist, wird seine Peiniger los, nimmt alle nur erdenklichen Hürden, macht eine politische Karriere, um die Armen und Rechtlosen im Parlament zu verteidigen. Als ich Vera das Buch zurückbrachte, schaute sie mir in die Augen und lächelte: Du musst dich nicht schämen, es waren edle Tränen, solche, die unsere Seelen bewässern und reinigen.

Sie legte ihre Arme auf meine Schulter und zog mich an sich. Die Haut unter ihren Achseln war glattrasiert und duftete nach Veilchen. Wenn meine Mutter ärmellose Kleider trug, bewegte sie beim Gehen ihre Arme am Körper wie eine Puppe – nach vor und zurück, um die kleinen dunklen Härchen nicht zu zeigen. Und Vera bewegte sich so frei!

Ich durfte sie mit ihrem Vornamen ansprechen, wie eine Gleichaltrige, und ohne den Vatersnamen, *Vera Antonowna*, wie es bei uns üblich wäre. Nach Victor Hugo folgten Puschkin, Tolstoi, Mark Twain, Dickens, Balzac, Stendhal, García Marquéz … Vieles verstand ich nicht, gab aber nicht auf – mir schmeichelte, wie sie alle zu mir sprachen: als ob sie einen besseren, höheren Menschen mit Halt und Würde in mir sähen. Einen, der für mich selbst und für den Rest der Welt unsichtbar war. Ich kam schr oft zu Vera, hungrig nach Zeit- und Weltreisen mit den Siebenmeilenstiefeln, die mir Vera auslieh – die wärmende, prickelnde Wonne dieser gebenden Hände werde ich nie vergessen.

Wenn Vera neue Bücher bekam, legte sie sie für mich beiseite, damit ich sie als Erste lesen konnte. Sie wartete ungeduldig, bis ich mit der Lektüre fertig war, und fragte dann nach – gierig, zu jedem Disput und zu allen Debatten bereit. Ihr fehlten offensichtlich Menschen, die ihren Lesewahn teilten.

Über sich erzählte sie nur wenig, ich aber schämte mich, sie nach ihrem Leben zu fragen, weil es manches üble Gerücht über sie gab. Daher habe ich nie erfahren, wie sich diese goldhaarige unzüchtige Fee mit dem absoluten Gehör für Literatur in die südliche und verschlafene Stadt verirrt hatte, eine Stadt, wo Bücher, durch Massenauflagen und Spottpreise diskreditiert, wie Parias lebten – ohne Not wollte man sie nicht anfassen. Die Provinzakademiker hier sammelten mitunter die Werke angesehener Autoren, allerdings nur, um mit den soliden Lederrücken den Wandschrank zu schmücken. Die Bücher verreckten jungfräulich in diesen Nekropolen, ohne je die Wärme menschlicher Hände erfahren zu haben. Im Norden des Imperiums, in seinen großen Städten, hatten die Bücher und ihre Liebhaber viel bessere Konjunktur. Vera war wie ich eine Zugereiste, und im Stillen hielten wir Lesende uns für eine eigene, für eine kultiviertere Menschenspezies.

Wir waren meistens zu zweit da. Gegen den Tisch gestützt, drehte Vera eine Haarsträhne um den Zeigefinger und las. Gelegentlich klapperte sie mit dem Schuh, der auf der Zehe ihres übergeschlagenen Beines hing, gegen die Ferse. Und ich mühte mich an einem Aufsatz ab für die literarische Olympiade zum Thema ‚Meine Stadt im Jahr 2000‘.

Ich beschrieb, wie uns die Marskinder im Rahmen eines interplanetarischen Schüleraustausches besuchen und sich wundern, dass unsere Häuser so hoch und durchsichtig sind, dass wir keinen Hunger, keine Not, keine schwere körperliche Arbeit, keinen Schmutz, keinen Schneematsch kennen, und dass die Zeit bei uns in Blumendüften gemessen wird: Um zwölf riecht es nach Lilien, um eins nach Rosen. Dann erdachte ich einen Helden, der meinem Vater sehr ähnelte, und schickte ihn zum Mars, wo er für die lichte Zukunft sorgen sollte.

Die Parkettdielen sahen in der Mittagssonne wie Honig aus, es war still. Nur wenn das Brüllen der Schlachttiere bis in die Bibliothek vordrang, wechselten wir flüchtige Blicke und beugten uns tiefer über den Tisch.

Da habe ich von mir geträumt … Ich sah mich, wie ich hinter der Glastüre meines Zimmers stand, irgendwo im Westen, in einem hohen, gläsernen Haus. Hinter dem großen Fenster säuselte die Metropole, unten in den Straßenschluchten brummten unzählige Autos; auf meinem weißen Sofa lag ein aufgeschlagenes Büchlein mit feiner Radierung, auf der eine seltsame Gestalt meinen unsicheren Schatten zusammenfaltet. Ich habe auch lange hingeschaut, um zu sehen, wie ich mein Zimmer betrete: Es war ein schneeloser Winter, ich hatte einen Trenchcoat und schicke Lederpumps an, wie die Französinnen in den Filmen. Und in meiner Hand hing kein Stoffnetz mit einer harten Stange Wurst, sondern eine große, bunte Plastiktasche, aus der zwei lange Baguettes herausragten.

2

Schön, dass du Baguettes gekauft hast – wir haben keinen Krümel Brot zu Hause, ein paar Gurken wären nicht schlecht, kleine Krabben. Marina nimmt mir die Tasche aus der Hand. Wer kommt morgen?

Wie jedes Jahr, seufze ich. Weihnachtsausschuss.

Kurz vor Weihnachten kommt hier alles in Bewegung: Es brummt, grölt, rollt, gleitet, saust – entschlossen und unabwendbar, wie laichende Lachse wallen die Menschenmengen durch die verstopften, unter dem hohen Druck leidenden Transportvenen. Und zum Heiligabend versammeln sie sich alle irgendwo im warmen Inneren eines beleuchteten Dampfers, der im großen kalten Dunkeln schwebt. Es soll wunderschön sein: eine symmetrische Pyramidentanne, ein Kamin, jung aussehende Großeltern, gepflegte Eltern und gesund ernährte, pfiffige Kinder. Alle tummeln sich um eine goldbekrustete Gans *(Maggiweihnachtsgeflügelgoldbackfix – Festliche Tafel, Gans leicht gemacht!)*, um anschließend zu goldenen *Ferrero*-Glückskügelchen zu greifen. Wenn die Menschen dann im Licht vieler Kerzen ihre Geschenke auspacken, tanzen ihre soliden Schatten um sie herum. Diejenigen, die in diesem jährlichen Weihnachtsabzählen (gerade-ungerade) übrig bleiben, stranden an meinem Geburtstagstisch.

Es sind einige russische Freunde oder Bekannte, die gerade in der Stadt sind. Manchmal kommt ein kubanischer Maler vorbei, der auch in Moskau studiert hat und Russisch spricht. Er malt ausschließlich spärlich bekleidete Frauen, die er dann in den Praxen von Physiotherapeuten oder Radiologen aufhängt. Wir lernten uns kennen, als er seine Schönheiten in der *Oase der Liebe* ausstellte (in diesem Fall hat er seine Models in Thüringer Tracht gekleidet). Er heißt Wladimir, weil er in den Jahren der heißen sowjetisch-kubanischen Liebesaffäre geboren wurde. Und, natürlich Maria, meine Kollegin.

Wir alle sind etwa Mitte der Neunziger nach Berlin gezogen. Wladimir via Polen, Ungarn, Spanien – auf den unsichtbaren Ameisen-Routen halblegaler Migranten. Die anderen Russen als Aussiedler. Ich mit meinem russischen Mann, der es geschafft hatte, bei den Behörden seine deutschen und jüdischen Wurzeln nachzuweisen. Maria kam nach Berlin zu ihrem deutschen Bräutigam, mit dem sie sich per Briefwechsel verlobt hatte. Er war ein Angestellter des Rechnungshofes – misstrauisch, ordentlich, angespannt. Jede Minute ihrer Zweisamkeit plante er Monate voraus und trug sie in den Terminkalender ein. Die Verlobung ging in die Brüche, und Maria hat immer wieder auf der Universität inskribiert, um ihren Aufenthalt hier zu verlängern. Sie schaute in die Tiefen der Philosophie und der vergleichenden Literaturwissenschaft, besuchte Vorlesungen der Sozialwissenschaft und der Völkerkunde. Leider versprachen solche und andere romantisch angehauchte Fächer keinen Wohlstand in der Zukunft, und diese Entdeckung nagte sehr an Marias Lernmotivation. Und dann kam ein Urknall, eine große Liebe. Ihr Deutschlehrer, der nur so tat, als sei er ein einfacher Deutschlehrer. Eigentlich war er ein großer Gelehrter, ein Sprachgenie, ein Romantiker, der seine Karriere aufgab und in die kahlen Berge des Orients fuhr, um die Lage der Leprakranken, der Eingekerkerten zu verbessern und um aussterbende Berg-Dialekte zu untersuchen. Seine Mission und sein mysteriöser Tod in den Bergen schienen mir einem Kostümschinken entsprungen zu sein, ich teilte aber Marias Pathos, um sie in ihren großen Gefühlen nicht zu beleidigen. Sie waren sich drei Monate vor seiner Abreise begegnet, er blieb ein Held für sie, ein mythisches Mischwesen. Humboldt und Mutter Theresa in einem.

Wenn er zurückkehren würde, dann würde er für immer bei mir bleiben, ich bin mir so sicher! Er war neunundzwanzig Jahre alt – so viel Zeit braucht Saturn für einen vollen Umlauf um die Sonne, in diesem Alter startet man die zweite große Runde –, tatkräftig, erfahren, aber immer noch jung und neugierig. Es hat alles nicht geklappt!, seufzte Maria, eine glühende Anhängerin der Astrologie.

Danach war Maria zwei Mal verheiratet. Ihre beiden Ehemänner waren philosophisch-musisch und links gefärbte Schwärmer mit etwas zu langen Haaren und etwas zu kurzen Socken. Die kapitalistischen Arbeitsmodalitäten und die trivialen Familienfreuden widerten diese Männer gleichermaßen an – selbst ein Atomeisbrecher wäre nicht imstande gewesen, die beiden kontemplativen Romantiker vom Sofa zu zerren. Die solide, zuverlässige Männlichkeit, auf die die reife Maria inzwischen so viel Wert legte, hat sich bei diesen Männern jedenfalls nicht entpuppt.

Nun lebt Maria allein. In ihrem Portemonnaie, im kleinen abgegriffenen Folienfenster, trägt sie das Foto des toten Bräutigams, dessen Hochzeitsanzug wohl allen lebenden Männern immer ein paar Nummern zu groß sein wird.

Es gab auch noch Gerald, der bei mir einst Russisch gelernt hat, wegen seiner Liebe zur verschwundenen mittelasiatischen Zivilisation. Gerald weiß alles über die alte Seidenstraße und die Timuriden und bringt immer ein ulkiges einsaitiges Zupfinstrument mit.

Es war keine fröhliche Party. Die Gäste kannten sich zu wenig untereinander, die Witze blieben oft unverstanden in der Luft hängen, das gemeinsame Gespräch versickerte immer wieder in kleinen Missverständnissen.

Alles ist da: Wurst, Tomaten, Käse, sagt Marina und krempelt ihre Ärmel hoch. Ich werde gleich Heringe ausnehmen und Rote Beete kochen. In dem Moment klingelt es. Vor der Tür steht unsere Nachbarin von unten, Elisabeth, und reicht mir ein Buch, eingewickelt in schwarzweiß gestreiftes Geschenkpapier.

Herzlichen Glückwunsch!

Danke, sage ich. Du hast dich aber geirrt. Morgen ist mein Geburtstag. Trotzdem danke für das Buch.

Gern geschehen, sagt die dicke Elisabeth und bleibt stehen.

Komm morgen vorbei, jetzt muss ich leider gleich aus dem Haus, lüge ich, um sie loszuwerden.

Ich war froh, als sie mich vor mehreren Jahren angesprochen hat. Sie war die einzige Nachbarin, mit der ich gelegentlich redete. Sie sagte, sie möge alles Russische: Schnee, Frost, Ballett, Gagarin ... Die Russen sind so musikalisch, ihr habt eine große Seele, gackerte Elisabeth und wiegte freundlich ihren Kopf. Zwar habe ich noch nie singen gekonnt, ihre Wörter aber schmeichelten mir, auch wenn ich bald merkte, dass sie in ihrem Kopf nicht ganz klar ist. Einmal hat sie mir erzählt, ihre Mutter wolle sie vergiften und ihren Sohn ins Heim stecken. Dann erzählte sie, dass sie sich von ihrem Lebenspartner trennen musste, weil er ihre kleine Tochter sexuell belästigte. Ein andres Mal sagte sie, dass sie sehr glücklich sei, dass ihre Kinder in einem Internat für musikalisch hochbegabte Jugendliche untergebracht sind. In Wirklichkeit aber hatte sie nie Kinder, und ihre Mutter ist längst tot, und die Geschichten, die sie mir erzählte, waren nicht mehr als Variationen zum aktuell laufenden ‚Tatort'. Abgesehen von diesen sagenhaften

Lügen ist sie ein normal funktionierender Mensch: Sie führt tadellos ihren Haushalt, in dem neben ihr auch Hasen, Meerschweinchen und ein Kater leben. Und sie hat einen passablen Job mit fester Anstellung. Sie arbeitet als Pförtnerin in einer Bibliothek, wo sie wie eine Birne an ihrem Tresen beim Eingang sitzt. Piepst es bei den Schleusen, steht sie auf, um einen Blick in die Taschen der Besucher zu werfen. Das geschieht allerdings nicht so oft – es ist keine gut besuchte Bibliothek, also sitzt sie den ganzen Tag da und liebt den Betreiber eines kleinen Cafés, einen jungen Türken. An seine Kaffeemaschine gekettet, ist er in der gegenüberliegenden Ecke des Foyers auch den ganzen Tag vor Elisabeths Augen. Er ist ihr Zinnsoldat und sie seine Pappballerina. Wenn die runde Elisabeth einen Espresso bestellt, zupft der hagere Zinnsoldat zackig und zornig an den Griffen der Kaffeemaschine. Dann stellt er den Espresso auf den Tresen, fegt die Münzen in die Schublade, ohne seine Pappballerina anzuschauen, und wendet sich der *BZ* mit dem Bibliotheksaufkleber in der oberen Ecke zu. Unvorteilhaft unterstreicht die winzige Tasse Elisabeths korpulente Erscheinung.

Elisabeth schenkt mir oft Bücher, die ihre Bibliothek nicht mehr braucht. Diesmal ist es eine alte, aber kaum berührte Ausgabe von ‚Peter Schlemihls wundersamer Geschichte'. Erst in Anbetracht der feinen Radierungen fällt mir ein, dass ich das Buch irgendwann gelesen habe, jedenfalls weiß ich immer noch, wie Vera es mir aushändigte: Hier, ganz neu. Riech mal!, flüsterte sie, als ob wir etwas Verbotenes täten, und schob mir einen blauen Band unter die Nase: ‚Ausgewählte Prosa von deutschen Romantikern‘. Das damalige Buch war mit den gleichen Bildern versehen wie dieses: Vorsichtig schleicht das gemeine Wesen dem Helden nach und ergreift seinen zappelnden Schatten am Bein. Diese alte unheimliche Radierung beeindruckte mich damals sehr. Aber die Geschichte selbst fand ich als Dreizehnjährige nicht spannend und fantastisch genug. Ich las sie (nur Vera zuliebe) fleißig durch und konnte dennoch nicht begreifen, was diesen Burschen bewegte und quälte. Leichten Herzens tauscht Peter Schlemihl seinen Schatten gegen einen immer vollen Goldsäckel; wie eine Sau im Matsch wühlt und wälzt er sich schwelgend im Gold und fühlt sich sehr wohl, bis irgendwelche Taugenichtse und Müßiggänger ihn wegen seines fehlenden Schattens verlachen. Von nun an wird etwas, dem er in seinem vorherigen Leben keine Aufmerksamkeit geschenkt hat, zu seiner Obsession.

Was hat er mit seinem Schatten verloren?, fragte ich Vera.

Schwer zu sagen, hob sie ihre schöne, geblümte Schulter. Ich habe auch darüber gerätselt. Es ist wohl etwas, das dem Menschen so nahe ist, dass er es gar nicht sieht. Nur wenn er es verliert, lernt er es schätzen.

Sie stand auf, zupfte an ihrem Kleid, stellte einen Fuß vor den anderen und zitierte die lange Vorrede des ‚Schlemihl‘, deren berühmte letzte Zeilen zwar sehr stark klangen, aber die Frage keinesfalls klärten: *… Die wir dem Schatten Wesen sonst verliehen, / Sehn Wesen jetzt als Schatten sich verziehen.* An dieser Stelle öffnete sie die Augen und sagte: Ist es nicht schön? – Schön ist es, aber es beantwortet nicht meine Frage.

Nur in den Schundromanen werden alle Geheimnisse gelüftet, sagte Vera streng, die Literatur aber ist dafür da, die wichtigen Fragen zu stellen, sie muss sie nicht beantworten.

Vera war eine Hüterin der hohen Kultur, die Priesterin einer Sekte der Lesekundigen, der Eingeweihten, die besonders in der bergigen sowjetrussischen Provinz so schreiend deplatziert wirkten. Die kultivierten Bürger wohnten in Moskau und in Leningrad, und der Rest war Peripherie, die von unseren glänzenden Metropolen träumte. Und diese schielten ihrerseits zu den kaum sichtbaren Leuchttürmen des Westens hinüber. Die Landstriche westlich der sowjetischen Grenze wurden von Repräsentanten einer göttlichen Rasse bewohnt: Sie trugen Bogarts Macintosh und ein Baguette in der Hand, das Pflaster unter ihren Füßen war mit duftenden Shampoos gewaschen. Daher hatten sie alle zu Hause keine Pantoffeln an, sondern liefen mit den Straßenschuhen durch die Wohnungen. Die Lebensweise der Europäer war uns weniger vertraut als die der Marsbewohner, über deren Sitten uns sowjetische Unterhaltungsbücher bestens informierten. Wir sehnten uns nach dem unfassbaren Westen und waren sehr neugierig darauf. In Russland repräsentierten die Deutschen das wahre Abendland, sie waren unsere eigenen Fremden. Die anderen Europäer waren uns zu abstrakt. Die Deutschen aber schienen zum Greifen nah zu sein und auch so anders als wir: fleißig, nüchtern, sachlich, wie Herr Seitz.

Das alles geht mir durch den Kopf, als ich das Buch von Elisabeth aufschlage. Für einen Augenblick sehe ich mich und meine Berliner Wohnung aus der Perspektive der damaligen Zeit, und ich spüre einen zarten Glücksstich im Herzen. Der ‚Schlemihl', den ich jetzt in der Hand halte, ist nicht der Gleiche, dem ich als Kind begegnete. Er wuchs und reifte mit mir, jetzt sprechen wir auf einer Augenhöhe. Ich lese schnell, ich glaube, dem Geheimnis des Schattens auf der Spur zu sein. Warum hat Chamisso den Helden seiner Ruhe beraubt? Was war das, was er mit den Einheimischen nicht teilen konnte? Die Kinderlieder? Die Sprache der Mutter? Die Feste der Väter?

In dem Moment kracht es unten in Elisabeths Wohnung so stark, dass unser Geschirr im Küchenregal klirrt. Dann hören wir einen kurzen Schrei.

Hörst du?, fragt Marina. Komm, wir müssen zu ihr, es klingt furchtbar!

Wir gehen runter, klingeln und lauschen vor der Tür. Es wird still.

Wer ist da? Elisabeths Stimme ist tief und fremd.

Was ist passiert? Brauchen Sie Hilfe?, schreit Marina durchs Schlüsselloch.

Ich?

Ja, Sie! Geht es Ihnen gut?

Alles o. k. Ich habe beim Duschen unabsichtlich kaltes Wasser aufgedreht.

Elisabeth, alles in Ordnung?

Alles in Ordnung.

Dann mach auf!

Nein.

Warum nicht?

Ich mach dir nicht auf, weil du mich verachtest! Ich habe so viel für dich gemacht, ich wollte dir helfen! Ihr habt alles vergessen, wie wir Fresspakete für eure Perestroika schickten!

Danke, liebe Elisabeth!, sage ich ins Schlüsselloch, und denke dabei etwas ganz anderes: Ja! Öl und billiges Mehl! Damit die Bösen und Hungrigen nicht alle hierher kommen!

Ihr Russen seid alle undankbar!, dröhnt es aus der Wohnung.

Ja, Elisabeth, es ist so! Nur Ruhe bewahren!

Sind wir es tatsächlich? Bin ich immer noch wie damals? Wie viel habe ich noch in mir von dem Mädchen, das einst für eine Jeans seine Seele dem Teufel abgetreten hätte, denke ich, während ich die Treppe hochsteige.

Mit Elisabeth stand es tatsächlich nicht so gut in den letzten Monaten. Sie zeigte sich immer seltener draußen, dafür aber sah ich jeden Abend ihr Profil vor dem Bildschirm im beleuchteten Fenster. Allem Anschein nach verstrickte sie sich in klebrigen virtuellen Spinnennetzen. Fernshoppen, *Ebay*, Partnerbörsen – immer öfter sah ich, wie hinter Elisabeths Tür aus Internettiefen gefischte Scanner, Teekannen, Rückenkratzer, Po-Trainer, Cocktail-Mixer und auch Männer verschwanden.

Gestern habe ich Elisabeth unter meinem Fenster vor einem Mann stehen gesehen, ihre Hände ruhten auf seinen Schultern. Sie war ohne Mantel, in einer tief dekolletierten Samtbluse, mit bunten Edelsteinen bestickt. Sie blickte theatralisch hoch, in die Augen des Mannes, und er schaute zur Seite. Dann nahm er ihre Hände von seinen Schultern mit zwei Fingern, als ob es ekelerregende Tierchen wären, drehte sich um und ging. Sie blieb stehen. Aus meiner Höhe sah ich Elisabeths großen Busen im tiefen Dekolleté und eine zottige rote Kunstblume in ihrem

Haar. Tote Blumen – Boten der unerwiderten Liebe. Mit toten Blumen suchte Ophelia diese triste Welt zu schmücken, bevor sie in ihrem Liebesdurst ertrank. Ich schaute zu Elisabeth und sah plötzlich Lydia. Es passiert mir neuerdings immer öfter, dass mir im Gesicht eines Menschen die Züge seines Doppelgängers aus meiner Vergangenheit entgegenschimmern. Lydia trug auch gerne tief dekolletierte Blusen. Von dem Fleischgürtel nach oben gedrängt, wölbten sich ihre riesigen Brüste gewaltig nach vorne, sodass ihr goldener Haarzopf nicht herunterhing, sondern sich auf der Brust wie ein Fluss auf dem Globus schlängelte. Nach Feierabend eilte Lydia zu ihrem Hamlet und legte ihm ihre Hände auf die Schultern, und er nahm sie gleich weg, weil in der Stadt meiner Kindheit sehr prüde Sitten herrschten. Ich beobachtete sie neugierig aus dem Fenster, bis sie hinter der Ecke verschwunden waren, und setzte mich wieder an das Buch, aus dem ich ein Gedicht auswendig lernen musste. Das Gedicht hieß „Vaters Mantel". Es handelte von einem Mädchen, das die Knöpfe auf dem Kriegsmantel des gefallenen Vaters putzt. Ich las von den Schulterklappen und Stiefeln mit genagelten Sohlen, die am Stein Funken schlugen, und die Zeilen bebten vor meinen Augen. Bald schnitt Mutter aus unseren Fotos den Vater heraus und ein Jahr danach heiratete sie. Mit ihrem neuen Mann wohnte sie nicht weit vom Kolosseum, und sonntags fuhr ich alleine ins Zentrum mit der Tram, um sie zu besuchen.

Das nur schlecht gelernte Gedicht über den Mantel des Vaters brachte mir eine schlechte Note ein, ansonsten hatte ich nur die besten, weil ich meine Mutter beeindrucken wollte.

Ach, mein Klügelchen, krallte sie ihre warmen Fingerkissen in mein Haar und schaute dabei ihren Mann an. Siehst du, wie fantastisch ich bin, selbst meine Tochter bringt beste Noten nach Hause!, sagte ihr strahlender, auf den Mann im weißen Unterhemd gerichteter Blick.

Die Mutter und ihr neuer Mann wohnten in einem soliden Haus mit einer breiten Treppe, allerdings teilten sie die große Zweizimmerwohnung mit einer anderen Frau, die einen weichen Morgenmantel und unzählige Lockenwickler in ihrem Haar trug. Damit sah sie aus wie eine karikierte bourgeoise Spießerin aus einem sowjetischen Theaterstück – die Nachbarin arbeitete nämlich im Theater als Kostümmeisterin. Die Mutter und ihr Mann träumten davon, die Meisterin bald einmal loszuwerden, um beide Zimmer für sich oder, wie ich es mir sehr gerne einbildete, für uns zu haben.

Mit der Liebe stand es nicht gut in unserer Familie. Zwar gab es sie bei uns im Überfluss, nur erwidert wurde sie nicht. Die Liebesstrahlen stießen in allen Himmelsrichtungen in die Leere, sie waren wie die Speichen eines endgültig kaputten und enthäuteten Regenschirms. Meine Mutter liebte ihren Mann, ich liebte sie und meinen toten Vater, den ich kaum gekannt hatte – mit ihm vermisste ich die Möglichkeit einer vollkommenen gegenseitigen Zuneigung. Die Liebe meiner Oma galt uns allen, vor allem aber ihrem im Krieg verschollenen Ehemann. Wie es mit seinen Gefühlen stand, blieb unbekannt, es gab aber Gerüchte, dass der junge Großvater eigentlich eine andere geliebt hatte, dann aber meine Oma schwängerte und ehelichte.

Nur die Oma liebte uns alle und fragte nie nach Vergeltung ihrer Liebe. Sie diente allen ihren Nachkommen wie ein treuer Hund. Sie wusch, buk, putzte, nähte, ohne den Kopf von der Arbeit zu heben, und war immer heiter.

Sei nicht so traurig, meine Kleine, wir leben in so einer schönen Zeit!

Von wegen! Ich mochte unseren Hof nicht und auch nicht unsere buckelige Straße, gesäumt von den faltigen Blecheimern, die vor den Zäunen auf den Müllwagen warteten.

Einmal im Quartal fuhren die Hundefänger durch unsere Straße. Sie lockten die Tiere mit süßen verstellten Stimmen an und ließen dann eine zum Bogen angespannte Metallstange blitzartig gegen die Hundehälse prallen. Im kleinen Lastwagen, der an der Ecke stand, wimmelte und röchelte die mit Blut beschmierte organische Masse – das waren die Doofen, die Zahmen. Hoher Preis der Vertrautheit. Die Schlauen sind rechtzeitig davongelaufen.

Zu den allgegenwärtigen Miasmen des Fleischkombinats mischte sich gelegentlich auch ein Fäkaliengestank. Jeden Monat steckte ein braver schnurrbärtiger Grubenräumer seinen dicken, ringelwurmähnlichen Schlauch in die Jauchegrube und schaltete die Pumpe ein: Genüsslich zitternd, seufzend und schmatzend saugte der riesige Rüssel den flüssigen Kot ins sich hinein und spuckte ihn in den Kessel auf dem Lastwagen.

Ich schämte mich für meine Oma, weil sie mit ihrem Kopftuch sehr altertümlich aussah. Ihre ganze

Erscheinung opponierte gegen die Idee ferner, urbaner Welten, von denen ich gemeinsam mit meinen Altersgenossen träumte. Da waren die Männer großzügig und stark, die Frauen feminin und graziös, wie Schmetterlinge. Während meine Oma mit ihrer plumpen, selbst genähten, flauschigen Flanellwäsche eher einer Raupe ähnelte.

Wenn ich Geburtstage feierte, schickte ich meine Oma weg. Sie kochte noch, deckte dann den Tisch und ging zu einer Nachbarin. Ab und zu kam sie von außen zum Fenster, und ich machte eine Handbewegung, sie solle da verschwinden. Ich kann mich immer noch an ihr verschwommenes Gesicht erinnern, das aus der Dunkelheit hinter dem verschwitzten Fensterglas wächst: der breite blasse Mund, die Entennase, waagrechte Falten an der Stirn und treue, wache Augen, glänzend und warm wie reife Kirschen.

3

Heute bin ich sehr spät aus den Federn, heute ist mein Geburtstag. Leise, sehr leise rieselt der Schnee. Ich öffne das Fenster und schaue hinunter zum Bürgersteig: Ein gefesseltes und geschundenes Fahrrad; ein einzelner, von Dreck aufgedunsener Handschuh, eine tote Taube – verschneit, strahlen sogar solche öden Dinge Würde und Ruhe aus. Als ob sie weiß umsäumt in die nächste Dimension des Daseins vorgedrungen wären, dorthin, wo alles am Platz ist und nichts und niemand überflüssig.

Schon wach?, zeigt sich Marina in der Tür mit

einem Päckchen in der Hand. Herzliche Glückwünsche zum Geburtstag!

Aus dem goldenen Geschenkpapier rollt eine wunderschöne Paradiesblume: eine schwarze Baskenmütze, zum Blühen gebracht von eingestickten Sternen, von Wedeln und Blättern in Grün, Rosa und Weiß.

Danke! Hast du sie selbst gemacht? Die ist ja wunderbar!

Ja, selbst. Eine Ködermütze statt deiner schwarzen Tarnkappe, sagt Marina. Papa hat schon angerufen, wollte dir auch gratulieren.

Ist er in der Stadt? Was macht er jetzt so?

Rate mal.

Keine Ahnung. Sag mal.

Er will mit skythischem Schmuck Handel treiben. Jemand gräbt die Dinge da im Kaukasus aus, und er will sie hier verkaufen. Schwarz natürlich.

Und er erwartet Millionenprofite?

Ja, lacht Marina, wie immer. Da hat auch ein Alter angerufen, wollte auch gratulieren. Ich glaube der von der Torstraße. Warum gibst du deinen Kunden deine Telefonnummer?

Er ist sehr nett. Wir verstehen uns gut.

Mehr nicht? Du schaust so oft in den Spiegel. Doch wohl nicht wegen ihm?, kichert Marina.

Hör auf! Er ist einfach nett!

Okay., okay., sorry, rudert Marina zurück.

Den ganzen Vormittag verbringen wir in der Küche. Die schwierigste Aufgabe sind Pirozhki, gebackene Teigtaschen, gefüllt mit Reis und Ei, Ei und Schnittlauch, Kartoffeln und Pilzen, Kohl und Fleisch. Auch unsere Salate sind eine arbeitsaufwendige Angelegenheit. Die Krönung der Tafel soll *Hering im Pelz* sein, ein farbenfroher Wintersalat: Hering, gekochte Kartoffeln, Möhren, Rote Beete – alles in Stücke geschnitten, schichtenweise in einer Schüssel übereinandergelegt und mit einer dünnen Mayonnaise-Schicht bedeckt.

Schmuck und schön, wie eine Geburtstagstorte!, sagt Marina stolz und stellt die runde Glasschüssel mitten auf den Tisch im Wohnzimmer.

Ich schaue auf die leeren Stühle und denke an meine Party, wie sie im letzten Jahr war. Als typischer Repräsentant der edlen Zunft der Kunstschaffenden hörte Wladimir, wie immer, niemandem zu und redete nur über sich. Die Russen, zwei Ehepaare, erzählten von ihren Kindern, wie toll und begabt sie sind. Eine Herausforderung für Elisabeth, die an dem Abend als eine Kinderlose auftrat. Sie schickte Wladimir ein fürstliches, wohlwollendes Lächeln und verkündete feierlich, dass sie die Selbstverwirklichung immer höher gestellt habe als die Selbstvermehrung. Um den Zusammenprall der Ambitionen zu verhindern, hob Maria ihr Glas und brachte einen Trinkspruch auf mein 43. Lebensjahr aus.

Es ist ein wichtiges Jahr, eine wichtige Schnittstelle, an der alle Planetenzyklen beteiligt sind!, sagte Maria sehr laut. Die Erntezeit! Ist die Saat aufgegangen, sind die Träume verwirklicht? Die Eltern werden alt, sie brauchen Hilfe oder sterben – wir werden mit der eigenen Vergänglichkeit konfrontiert …

Lassen wir lieber diese traurige Esoterik. Prost!, nippte ich an meinem Glas.

Warum traurig? Schau mal genauer hin, wo es dich drückt, und verändere alles, um dir selbst besser gerecht zu werden. Die Sterne sagen, dass es ein exzellentes Alter für Korrekturen ist.

Als ob es so leicht wäre, das Leben von heute auf morgen zu ändern!

Doch! Wenn nicht das Leben selbst, dann mindestens unsere Wahrnehmung, sagte Gerald und ließ mit Vehemenz seine asiatischen Saite erklingen. Sein monotoner, schamanischer Klang übertönte die Tisch-Kakophonie, die mich eigentlich immer mehr nervte.

Ich greife zum Telefon und rufe Wladimir, Maria, Larissa und die anderen an, um ihnen zu sagen, dass ich Zahnschmerzen habe und meinen Geburtstag nicht feiern kann.

Mama, was ist los?

Ich habe keine Lust, heute Gäste zu empfangen. Ich habe Lust, spazieren zu gehen, das ist alles.

Ich setze die neue bunte Mütze auf und gehe raus, in die Stadt, die mir immer Zuflucht vor Kummer und Spleens bietet. Sie ist für mich das, was für die Romantiker Gebirge oder Wälder waren. Die Häuser sind meine Felsen, die Menschen eigenartige Bäume, die Straßen eigensinnige Flüsse.

Der Alex ist leer. Nur hier und dort eilen verschneite Gestalten vorbei. Im bedeckten Durchgang zwischen dem *Kaufhof* und dem Hotel stehen drei Menschen. Ein Mädchen in kurzer Jacke, einen Streifen nackter Gänsehaut über den tief sitzenden Jeans. Sie hat dunkle, wache Augen, die gleichen wie ihr magerer Vater mit der eckigen Pelzmütze und mit der vorzeitig gealterten, grauen Haut. Die Mutter ist klein und stämmig: breite Waden, rundes Mohairbarett als flauschiger Glorienschein. Die drei beugen sich über das Blatt mit dem *BVG*-Liniennetz. Durch den Tunnel hallen, durch das Echo verstärkt, ihre russischen Worte.

Brauchen Sie Hilfe?, sage ich und bleibe stehen.

Ja! Sprechen Sie Russisch? So ein Glück! Wir können die Tramhaltestelle nicht finden. Tram Nummer 4.

Das ist auf der anderen Seite des Platzes. Kommen Sie mit!

Wir schreiten über den Alex, rechts lassen wir den trockenen Brunnen der Völkerfreundschaft hinter uns, links das Hotel, das einst Interhotel *Stadt Berlin* hieß und das sich heute *Park Inn* nennt. Ich erzähle, dass dieser Platz ein wichtiger Verkehrsknoten, ein Nabel des ärmeren, östlichen Berlins war, ein Pendant zum respektablen Charlottenburger Bahnhof Zoo. Die drei kommen aus der tiefsten sibirischen Provinz, sind hier zu Besuch bei ihren Bekannten, ausgereisten Russlanddeutschen.

Das Mädchen lobt unseren warmen Winter, unsere beleuchteten Hauseingänge, unsere Busfahrpläne. Während ich ihr zustimme, wundere ich mich, wie leicht mir mein *bei uns* über die Lippen geht, wenn ich über diese Stadt rede.

Die älteren Herrschaften schweigen, das Mädchen dagegen wirkt sehr interessiert und plaudert ununterbrochen. Unter anderem fragt sie mich mehrmals, ob ich nicht bereue, meine Heimat verlassen zu haben, ob ich mich hier wohlfühle, ob ich hier glücklich bin. Laut einem ungeschriebenen Gesetz müssen wir Ausgewanderten unser Dasein in der Wahlheimat vor unseren Landsleuten immer loben. Ja, sage ich, ohne zu überlegen, automatisch, und dennoch entfaltet dieses Wort für einen Augenblick seine Magie und wird Fleisch: Ich sehe mich für eine Sekunde mit den Augen dieses provinziellen Mädchens, wie ich mit selbstbewusstem Schritt eine europäische Metropole durchmesse, selbst im Winter mit trockenen Füßen. – Ja, natürlich! Ich liebe diese Stadt und will nirgendwo sonst sein als hier.

Wir sind auf der anderen, östlichen Seite des Platzes, wo ich nicht so oft bin.

Was steht da geschrieben?, fragt das Mädchen und zeigt auf das lange mehrstöckige Haus, dessen Fassade mit Buchstaben übersät ist.

Es ist ein Zitat aus einem Berlin-Roman.

Darüber habe ich heute in meinem Reiseführer gelesen. Dass sich ein deutscher Architekt russischer Abstammung ausgedacht hat, die Fassade so zu schmücken. Ich meinte, können Sie es mir übersetzen?

Da kriecht schon die Tram auf uns zu.

Nächstes Mal, sage ich. Das Mädchen umarmt mich herzlich, seine Eltern schütteln mir die Hand. Sie steigen ein und sind weg. Ich schaue mir die beschriftete Fassade noch einmal an und setze langsam, wie eine Analphabetin, die meterhohen Buchstaben zu Wörtern zusammen:

Eine Handvoll Menschen um den Alex. Am Alexanderplatz reißen sie den Damm auf für die Untergrundbahn. Man geht auf Brettern. Die Elektrischen fahren über den Platz die Alexanderstraße herauf durch die Münzstraße zum Rosenthaler Tor. Rechts und links sind Straßen. In den Straßen steht Haus bei Haus. Die sind vom Keller bis zum Boden mit Menschen voll. Unten sind die Läden. Destillen,

Restaurationen, Obst- und Gemüsehandel, Kolonialwaren und Feinkost, Fuhrgeschäft, Dekorationsmalerei, Anfertigung von Damenkonfektion, Mehl und Mühlenfabrikate, Autogarage, Feuersozietät. Wiedersehen auf dem Alex, Hundekälte. Nächstes Jahr, 1929, wirds noch kälter. A. Döblin.

Und während ich das lese, erinnere ich mich, dass einmal in unserer Wohnung ein Mann herumgeirrt ist, ein Russe, der erzählte, er wolle bei der Ausschreibung zur Umgestaltung des Alexanderplatzes mitmachen. Er würde gerne die Häuser um den Platz mit Zitaten aus dem weltberühmten Roman beschriften, und er meinte, dass sein Projekt unbedingt gewinnen werde. Da in der russischen Diaspora Unmengen von Spinnern und Hochstaplern agieren, kicherten die anderen Gäste hinter seinem Rücken. Ich bedeutete ihm giftig, er möge weiter träumen. Jetzt starre ich in den verwirklichten Traum dieses Menschen, dem die Luft der Wahlheimat das Volumen des Brustkorbes vergrößert hatte, ihn freier atmen ließ, ihn beflügelte.

Es schneit. Ich kehre zurück, überquere den Platz und biege in die Rosa-Luxemburg-Straße ein. Über der Volksbühne weht die rote Fahne, darunter wird in mannsgroßen Buchstaben auf einem Transparent das Stück ‚Elektrifizierung' angekündigt. Rechts vom Theater steht ein Glashäuschen, die Kassenbude, auf deren Dach ein kopfgroßes Eurozeichen schimmert, das aus versilberten, beweglichen Metallschuppen besteht. Die für unterjochte Proletarier gedachten Häuser – schmucklos, streng, monoton – sind nun von älteren Bürgern bewohnt, die hinter sauberen quadratischen Fenstern ihre Geranien züchten und ihre kleinen Spitzentischdeckchen über den Köpfen der Passanten ausklopfen. Hier gibt es keine Geschäfte, keine Schaufenster, keine Wurstmenschen – es ist das stille, besonnene Pendant zum hektischen, gefräßigen Alexanderplatz. Das Karl-Liebknecht-Haus (ein verschlafener Bienenstock), das Kunstkino *Babylon*, sakrale Botschaften auf der hohen Stirn der Volksbühne – hier ist alles kühl, streng und aussagekräftig, wie im Ägyptischen Museum.

Ich gehe in die Linienstraße hinein. Eng und ruhig, ahmt sie den Verlauf der lauten Torstraße nach. Die im Krieg entstandenen Lücken sind sorgfältig mit DDR-Plattenbauten gefüllt, die einst begehrt waren und heute verachtet sind. In den verstaubten Waben leben heute jene Berliner, die mit ihrer Stadt nicht mehr Schritt halten können, da ihre Füße immer noch in der Vergangenheit hängen. Die Männer tragen je nach Saison ein weißes Unterhemd oder eine Pelzmütze, die Frauen ärmellose Arbeitskittel aus einem synthetischen Stoff, ätzend blau mit kleinen roten Blümchen. Sie sitzen tagelang auf ihren Balkons zwischen Geranien und Zwergen und rauchen. Dann nehmen sie ihre geräderten Taschen und laufen zu *Aldi* die unendliche Torstraße entlang. Sie haben viel Zeit und bleiben öfter vor den geschmückten Schaufenstern stehen, so wie auch ich: Latexwäsche, Sexspielzeuge, tätowierte Waden, gepiercte Brustwarzen, Proteinnahrung in Bottichen, *Nail Studios* … Was machen wir mit unserem Wohlstand und unserer Freiheit?

Nördlich der Torstraße aber liegt ein Land, wo alles stimmt: Prenzlauer Berg. Die Spitze des Berges bewohnen die anmutigen Menschen, die aus ihrem Wohlstand und ihrer Freiheit ein erstklassiges Glück melken. Sie brauchen sich nicht die Nabel und Brustwarzen zu durchbohren, um sich zu behaupten. Sie bremsen ihre geräuschlosen Porsches vor Fußgängern und Fahrradfahrern und gefallen sich dabei sehr. Sie kaufen in Bioläden ein und haben ein schlechtes Gewissen, wenn sie wieder mal vor dem tristen Winter nach Teneriffa fliehen. Laut Legende schreien sie sich gegenseitig nie an und siezen ihre Putzfrauen und Babysitterinnen. Ich liebe es, durch dieses Wunderland zu wandern, wo nicht nur die Menschen, sondern auch die Flora Erstklassiges zeigt. Nach der Wende gepflanzt, blühen im Frühling in der Lottumstraße exotische Kirsch-Bäume, der Wasserturm ist im Sommer von duftenden Rosen umsäumt, die Knaackstraße ist mit edlen Ginkobäumen geschmückt, die mit ihrem hellen, gelben Laub die trüben Herbsttage beleuchten. Da bleibe ich oft vor einem Eltern-Kind-Café stehen, vor seinen großen sprossenlosen Fenstern, wie vor einer Vitrine oder einem Aquarium mit langsam sich bewegenden exotischen Fischen: Artige Eltern sitzen mit einem Buch vor ihrer Tasse Kaffee oder reden miteinander, während ihre Kinder auf dem Wollteppich mit den Holzklötzen spielen.

Ich habe nicht bemerkt, wie meine verträumten Füße mich zum Haus von Herrn Seitz gebracht haben. Ich stehe auf der gegenüberliegenden Straßenseite und kann gut sehen, dass seine Fenster dunkel sind. Da wende ich mich dem Schaufenster eines Trödlers zu. Darin gibt es eine filigrane Puppenstube mit einem

Flügel und einer Beethoven-Büste, nicht größer als ein Daumennagel, einen Porzellan-Welpen, eine Fotokamera *Kiev 88*, Schlüsselanhänger ohne Schlüssel, Armbanduhren, ausgelegt wie frisch geangelte Fische, Broschen mit trüben Steinpupillen, verwitwete Eheringe – all die nutzlosen Dinge schimmern im Dunkeln antik und wichtig. Meine Finger sind taub vor Kälte, und während ich nach meinen neuen grauen Handschuhen in die Tasche greife, steht plötzlich ein Mann neben mir.

Kalt, nicht wahr?, sagt er, lächelt und steckt die Hände in die Sakkotaschen. Dabei ziehen sich seine Schultern hoch und werden schmäler. Er hat ein Tweedsakko mit Fischgrätenmuster an, ein dicker Schal ist leger und elegant um den Hals gebunden. Ein weicher, grauer Kaschmirschal, dezent und teuer.

Ja – meine Kehle ist plötzlich trocken, die Stimme rau, vor Beklommenheit neige ich mich näher zur Glasscheibe.

Der Unbekannte beugt sich ebenfalls zum Glas und stemmt die Hände in die Schenkel.

Man kann solche Dinge unendlich lange anschauen, sagt er, – dieses Durcheinander, das Chaos, in dem Dinge zusammentreffen, die in ihren vergangenen Leben nie zusammengekommen wären. So etwas wie das Jenseits des Unbelebten …

Es ist ein besserer Teil des Jenseits, antworte ich. Alle diese Dinge sind immerhin der Hölle der Müllfabrik entkommen. Vielleicht waren sie ihr ganzes Leben lang tot, und erst hier gestrandet, haben sie ihre Seele bekommen …

Sie sehen sehr melancholisch aus, sagt der Mann und richtet sich auf.

Ich?

Nein, all diese Dinge. Er schaut mich mit direktem Blick etwas länger an: Aber Sie auch.

Mir fällt nichts ein, ich horche, wie das Blut in meinen Schläfen rauscht, und schweige. *Melancholisch* – ist das etwas Nettes oder ein Tadel? Wirkt meine neue bunte Mütze tatsächlich wie ein Köder auf schöne Männer? Attraktiv ist er durchaus: groß, freundlich und locker. Braunes, eng anliegendes Haar. Von dunklen Wimpern beschattete hellgrüne Augen. Das schmale Gesicht hat keine scharfen Kanten, von flinken Schöpferhänden ist es sorgfältig ausgearbeitet worden und dann anschließend von oben nach unten zart geglättet. Und dieses speziell breite, helle Lächeln! Seine Träger scheinen viel mehr Zähne zu haben, als einem Sterblichen zusteht. Von der Peinlichkeit meines *Ich?* erschlagen, wende ich das Gesicht von meinem Gegenüber ab.

Verbuchen Sie es ruhig als Kompliment, greift er meine Gedanken auf und schaut mir ins Gesicht. – Aber eigentlich wollte ich Sie fragen, wie ich von hier zum Rosenthaler Platz komme? Ich habe da im *Gorki Park* eine Verabredung und habe mich im Schneesturm etwas verlaufen. Kennen Sie die Kneipe?

Es sind keine hundert Meter von hier. Gehen Sie da nach rechts, winke ich mit der Hand.

Es ist schon Viertel nach, ich muss schnell los! Seine Schultern fahren wieder hoch. – Sie müssen nicht zufällig auch da lang, zum Rosenthaler Platz?

Ich schüttle verneinend den Kopf, und dieser Trommelwirbel aus Neins, spontan und ungewollt wie eine krankhafte Inkontinenz, ärgert mich. Und als ob das noch nicht ausreichte, lege ich gleich nach:

Ich muss zum Rosa-Luxemburg-Platz, in die entgegengesetzte Richtung, und ich habe es auch sehr eilig. Ich lasse ein plumpes *Tschüss!* folgen. Noch ist es nicht zu spät, noch könnte ich mich anders entscheiden. Stattdessen laufe ich immer schneller weg, meine Schritte sind weit und hart, der Schnee quietscht unter meinen Sohlen so laut, als würde mir jemand hinterher rennen.

Erst als ich die Rosa-Luxemburg-Straße überquert habe, kann ich mich zwingen, stehen zu bleiben. Direkt neben mir brüllt plötzlich ein stehendes Auto. Als es sich dann langsam durch den Schnee davonmacht, bleibt vor meinen Füßen eine dunkle, kahle Straßenfläche, beschriftet mit in den Asphalt eingelassenen Metallbalken: *Komm schon schneller, wir verstecken uns zusammen vor der ganzen Welt in zwei Zimmerchen, wir werden allein arbeiten, selber kochen, und es wird uns so gut sein, so gut! Rosa Luxemburg. 1899.* Während ich das lese, verschwinden die Buchstaben unter den Schneedaunen. Als ich den Bürgersteig auf der anderen Straßenseite betrete, ist die eben noch offene, dunkle Wunde schon vom Schnee geheilt.

Ein Dutzend Schritte entfernt, im Schutz eines schmalen Vordachs steht sie: Rosa Luxemburg. Die kleine Frau strebt nach vorne, doch ihre in steifen Röcken verfangenen Beine ziehen sie zurück. Es ist eine durchaus realistische Darstellung in Bronze, bloß etwas verkleinert, und diese Verkleinerung wirkt wie eine Verhöhnung der hinkenden Frau mit dem kleinen, schmalen Gesicht und dem üppigem, hoch zusammengebundenen Haar.

Die Nachbarn haben für Elisabeth einen Krankentransport gerufen, sie spielte in der Wohnung verrückt, hat Geschirr und Glühlampen zerschlagen, sie ist abgeholt worden, flüstert Marina mir ins Ohr, als ich nach Hause komme.

Ohne mich auszuziehen, bleibe ich vor dem Spiegel stehen und schaue zu, wie sich langsam auf meiner geblümten Mütze und auf meinen Schultern ein silbriger Schein entwickelt, gebildet aus Hunderten winzigen Wassertropfen, die an den hauchdünnen Wollhärchen hängen. Ich nehme Marinas Lippenstift und male mir die Lippen rot.

4

Mit einem Lippenstift in der Hand kann ich mir meine Oma nicht vorstellen. Wie ein Lastpferd hat sie ihr Leben lang an einem schweren Karren voller Kinder gezogen. Kinder, die sie in schwüler Dunkelheit mit einem Mann, dessen Körper sie nie zu sehen bekam, gezeugt hatte. Kurz vor der Revolution in die Kosakengroßfamilie hineingeboren, in der zwanzig Nasen an der Mittagstafel saßen, blieben meine Oma und ihre Schwester Mitte der zwanziger Jahre in der großen geplünderten Welt ganz allein. Eine endlose, vom roten Sonnenuntergang bestrahlte und verwüstete Steppe, bewohnt von hageren Kühen und zahmen, hungrigen Menschen mit dunklen Zähnen und Hacken in den steifen Fäusten – so stelle ich mir heute das damalige Land meiner Vorfahren vor.

Vor dem Hunger flohen meine frisch vermählten

Großeltern in den Kaukasus und arbeiteten da am Bau eines Wasserkraftwerkes. Von da wurde der Opa in den Krieg einberufen, wo er sehr bald verschollen war. Die Oma blieb mit zwei Kindern in dem Bergdorf. In ihrer Not hatte die junge Frau niemanden an ihrer Seite, nur eine struppige Kuh.

Die Deutschen drangen zum Wasserkraftwerk vor, das Dorf haben sie nebenbei beschossen. Wie hungrige Raubtiere knurrten die Flugzeuge, die Menschen versteckten sich im Gebüsch, und nur die Kuh blieb auf dem Hügel. Sie trampelte mit ihren gefesselten Hufen im Gras, stieß mit den Hörnern in die Luft und brüllte. Wie ein Molch schlängelte Oma den Abhang hinauf, die Erde unter ihrem Körper kochte von den dicht aufeinanderfolgenden Schüssen. Als sie die Stricke durchschnitt und die Kuh an den Hörnern fasste, huschte der eilige Schatten des Fliegers über sie. Aus der zerrissenen Kuhflanke fiel ein Eingeweideknäuel, und die Kuh zog es noch eine Weile hinterher, bevor sie stürzte. Ein Splitter traf auch Omas Wade, sie merkte es aber kaum und stampfte über von Staub und Erde panierte Tiergedärme. Es schmatzte und seufzte unter Omas Füßen, aber sie zog immer noch an den Hörnern des toten Tieres. Die Oma erzählte diese Geschichte oft und behauptete, das Gesicht des deutschen Piloten gesehen zu haben – dieser hätte vor Eifer seine Lippen so fest zusammengepresst, dass er wie ein lachender Mensch aussah.

Die Oma brüstete sich, dass sie nie geweint habe. Ich glaube, sie hat auch nie gebetet, nie gegrübelt, nie geträumt – sie überlebte. Wie ein Erdmännchen ist sie mit dem Sonnenaufgang auf die Beine gesprungen, hat sich umgeschaut (Welche Gefahr kann meinem Nachwuchs heute drohen?) und eilte zur Arbeit. Abends schuftete sie in besser gestellten Haushalten, um ein Pfund Mehl oder die Nieren eines durch Bombensplitter gefallenen Schafes kaufen zu können. Wenn sie die Beute in ihr Nest brachte, schauten die Kinder ihr nicht ins Gesicht, sondern auf die Hände. In den fünfziger Jahren zog die Familie aus dem Dorf in die Stadt, wo Oma zwei Zimmer in einer steinernen Baracke zugewiesen bekam.

Sie war stolz auf sich, weil sie es geschafft hatte: Die Kinder waren erwachsen, und sie lebte jetzt in einer Stadt, nicht weit vom Fleischkombinat, das ihr neben dem Putzen und Nähen noch eine Verdienstquelle bot. Sie hielt sich für wohlhabend und war stolz, dass sie ihr Brot allein verdiente, ohne Männer, die sie generell als Taugenichtse verachtete. Als ein höflicher und kultivierter Witwer aus der Parallelstraße sie aufsuchte, um ihr einen Antrag zu machen, ließ sie ihn nicht hinein. Sie stand am Treppenaufgang, vier Stufen höher als der Mann, und erwiderte auf seinen leise gestellten Antrag mit lauter, tiefer Stimme: Und was treiben wir dann vor Ihrem gemütlichen Kamin zusammen? Sollen wir etwa als Paar, im Duett in die Asche furzen?

Die Oma liebte ihren verschollenen Mann, und wir alle pflegten diesen Mythos, denn ebendieser Liebe war unser Clan entsprungen. Zu Festen versammelte sich bei uns am Tisch etwa ein Dutzend Menschen, Frauen waren in der Mehrheit. Sie alle hatten glatt gekämmtes Haar, das ihnen fest zum Kokon zusammengebunden im Nacken lag, geschlossene Kleider und dicke baumwollene, gerillte Strümpfe, die durch ein Gummiband gehalten wurden, das tief ins Schenkelfleisch biss und einen roten Ring hinterließ. Heute scheinen mir alle einander sehr ähnlich gewesen zu sein, wie Variationen einer einzigen Frau – meiner Oma. Jedes Gastmahl endete mit Omas Erinnerungen an ihren Mann, *er war groß, er war stark, er war der Beste,* und die kleinen zerknüllten Taschentücher, die die Frauen parat hielten, um sich beim Essen die Mundwinkel abzuwischen, wurden von Tränen nass.

Und dann bebte die Erde, die Berge versetzten sich, die Sonne blieb stehen: Eines Tages kam ein Brief von Omas verschollenem Mann, der aus deutscher Gefangenschaft nach Australien geraten war und dort lebte. Lange hatte er nicht gewagt, nach uns zu suchen, denn gefangen genommen worden zu sein, galt in der Sowjetunion als Verbrechen am Staat. Er war nie wieder verheiratet gewesen, und alle diese dreißig Jahre hatte er gearbeitet, gespart und gehofft, seine Familie wiederzusehen. Seine Einladung, zu ihm nach Australien zu kommen, hielt die Oma für indiskutabel, und so setzte er seine Siebensachen in Geld um, dieses in sowjetische Währung, und dann bestieg er den Überseedampfer. Nach allen diesen Manipulationen war sein australischer Besitz um zwei Drittel geschrumpft, und dennoch war Opa einer der reichsten Menschen in unserer kleinen südlichen Stadt.

Wir wohnten nun immer noch in der gleichen Straße, aber in einem eigenen Haus, es war weiß mit einem blauen Giebeldreieck und mit blau umrahmten Fenstern. Ihre Nachbarinnen und Kameradinnen empfing die Oma in der komfortablen Küche, wo ein gebauchter, mannsgroßer Kühlschrank der Marke ZIL MOSKWA stand.

Schon in den Sechzigern konnte sich jeder Sowjetbürger satt essen, in den Siebzigern entdeckten wir für uns neue Konsumfreuden: Man stand nun Schlange nicht für Milch, sondern für tschechische Kristallglas-Vasen und für feine Damenstrümpfe aus der DDR.

Die Ankunft des reichen australischen Opas beschleunigte unseren Fortschritt. Die Oma verschwendete das Geld in atemberaubender Geschwindigkeit – sie liebte bunte und billige Sachen, und davon gab es immer mehr. Trotzdem warf sie Zellophantüten nicht weg, sondern wusch sie nach dem Gebrauch und hängte sie an der Wäscheleine zum Trocknen auf. Sie flatterten im Wind und raschelten wie Luftballons oder wie fröhliche Fähnchen eines Kinderfestes. Der Speiseplan blieb der gleiche, nur die Mengen änderten sich. Lebensmittel kaufte meine Großmutter nicht unter einem Kilo, Borschtsch kochte sie nun in bottichähnlichen Töpfen, ganze Pastetchenregimenter besetzten die Küchenoberflächen, über den Milchseen ballten sich Fliegenschwadronen. Der sparsame Opa raufte sich die Haare: Du Dämon im Rock!

Der kaufsüchtige Dämon versäumte keine Gelegenheit, den Basar aufzusuchen. Dafür legte Oma ihre besten Kleider an: einen braunen Plisseerock und ein mit Goldfunken durchwirktes buntes Kopftuch. Sie zankten lange, und dennoch weigerte Opa sich, seine Frau mit seinem Moskwitsch zum Markt zu kutschieren, denn er dachte, sie würde weniger kaufen, wenn sie zu Fuß unterwegs wäre. Von wegen!

Erbost wie eine scharfe Wespe zupfte sie ihr glattes Kopftuch zurecht und lief davon. Einige Zeit später hörten wir ein lautes Knattern – die buckelige Straße kam ein dreirädriges Moped mit einem kastenförmigen Aufbau entlanggerollt. Mit einem Fuß auf dem Trittbrett, wie auf einem Roller, stand meine Oma neben dem Fahrer, ihr anderer Fuß schwebte in der Luft, als ob sie sich gleich von der Erde abstoßen und abheben würde. Tor auf!, schrie diese triumphierende Athena. Im Kasten ihres Streitwagens rollten zwei Dutzend gestreifter Wassermelonen hin und her.

Die Oma hantierte sehr gerne mit dem Essen, die große Küche sah aus wie das Völkerschlachtfeld am dritten Tage. In den kleinen Zimmern dagegen herrschten Ordnung und strenge Ruhe. Zwischen den leberroten Teppichbrücken, golden befransten Plüschgardinen und den dunklen Kommoden und Truhen fühlte man sich geborgen wie im Futteral einer teuren Geige.

Oma kochte und stärkte wöchentlich die weiße Wäsche, ihr graziöses, dünnbeiniges Metallbett schmückte sie jeden Morgen lange und sorgfältig – wenn auf die Kopfkissenpyramide der schneeweiße Spitzenschleier gefallen war, sah ihr Bett wie eine Braut aus. Opas Bett in einem anderen Zimmer sah genauso keusch aus.

Oma hatte jetzt einen eigenen Garten, einen Hühnerstall, einen Keller, eine Badewanne, einen Kühlschrank und einen Mann, den sie lieben sollte, aber das konnte sie nicht. Die beiden zankten oft, und wenn es nicht mehr weiterging, zog sich der Opa in die solide eingerichtete Garage zurück, sein Revier, wo er stundenlang durch einen kleinen, binokularen Apparat auf Dias mit australischen Ansichten starrte.

Oma, du hast ihn doch so geliebt!, sagte ich einmal nach einer Schlacht zu ihr.

Ja, aber den anderen, und dann den Toten, und dieser ist nicht er, sagte sie, seufzte und ging, singend, ihren Hausarbeiten nach – sie war in ihrem Wesen doch eine heitere, wenn auch etwas grobe Person.

Einmal saß sie mit ihren Freundinnen in der Küche, bewirtete sie mit Marmeladenbroten und beschwerte sich über Opas *Unzuchtsverhalten*, der versuchte, zu ihr ins Bett zu kriechen. Hier flüsterte sie jeder Freundin einzeln etwas offensichtlich Obszönes ins Ohr und schlug lachend mit der Faust auf den Tisch: Das hat mir gerade noch gefehlt!

Es war eine keusche Stadt. Sich öffentlich zu umarmen galt als unanständig. Die Wursträgerin Lydia und ihr Hamlet begrüßten sich artig an der Kreuzung, und er begleitete sie bis zum Tor des Hauses in der Nebenstraße, wo sie zur Untermiete bei dem sogenannten *Blumenweib* wohnte, das Papier- und Wachsblumen für Gräber machte. Hamlet wartete am Tor, während Lydia frische und schöne Kleider anzog, und sie gingen spazieren. Mit der Dämmerung kamen sie zurück und hingen aneinander in der Dunkelheit. Dabei seufzte und schnaufte Hamlet so, als ob er Lydia in Stücke reißen wollte. Die Hunde bellten und schlugen mit den Ketten, und die Hundeherren knallten mit den Türen und schimpften auf die Nachtschwärmer. Mit großer Mühe trennten sich die Verliebten voneinander. Lange hielten sie sich an den ausgestreckten Armen und glichen dabei den Magdeburgischen, durch Vakuum gekoppelten Halbkugeln, die mehrere Pferdegespanne nicht auseinanderzukriegen vermochten. *Liebe hat eine furchtbare Kraft!*, schrieben wir Mädchen in unseren Alben.

Es war eine südliche Stadt, und wir fingen früh an, uns nach Liebe zu sehnen – nach einer knisternden, geheimen und unzüchtigen Liebe.

Einmal war Raphael, ein geistig behinderter Junge, allein zu Hause geblieben, und von Verlangen ergriffen, legte er seine Kleider ab und stieg auf die Fensterbank. Er drückte seine lodernden Lenden an die Fensterscheiben und tastete mit seinen froschartig gespreizten Fingern über das Glas. Die Kinder im Hof jubelten vor Freude, Raphael freute sich ebenso.

Im Herbst starb Lydia an den Folgen einer misslungenen Abtreibung. Sie war kurz vor ihrem Tod noch einmal zu uns gekommen – mit Fleisch umwickelt, blass, entzündet.

Ich werde sie alle umbringen, euch die Augen mit Säure verätzen, wenn ich wieder frei bin!, schrie unsere Nachbarin Galina, als sie wegen illegaler Abtreibung festgenommen wurde. Die Liebe schien mir damals gefährlich und schmerzbringend zu sein, den Schmerz stellte ich mir ähnlich vor wie den der Kinder bei den Comprachicos von Victor Hugo.

Lydia war in einem Kinderheim aufgewachsen und hatte keine Verwandten. Um ihre Bestattung kümmerte sich die Nachbarschaft. Die Frauen kleideten die tote Lydia mit großem Aufwand, wie eine Braut. Meine Oma nähte ihr ein weißes Kleid, dessen vordere Seite sorgfältig nach Maßgabe der großen Brüste geschneidert und verziert wurde. Die Rückenseite blieb ohne Abnäher und war geschlitzt, damit wir Lebendigen das Kleid leichter über den toten Körper ziehen konnten.

Der Sarg stand im Hof des Blumenweibes auf zwei Hockern. Lydias dicker, goldener Zopf lag auf dem weißen Kissen und war um den Kopf herum drapiert wie ein Heiligenschein. Lydias Vermieterin schmückte das Sarginnere mit wunderbaren weißen und rosa schimmernden Blüten, wie Ophelia lag Lydia da, eine tote Braut, inmitten von Blüten schwebend. Als meine Oma und ich nach der Beerdigung nach Hause kamen, schalteten wir keine Lichter ein und saßen sehr lange in der Halbdämmerung. Ich weinte, weil mich die Vorstellung quälte, dass Lydia da unten ganz allein im Dunkeln liegt und sich nicht gegen die anrückenden Horden phosphoreszierender Würmer und Maden wehren kann. Nimm dich in acht, meine Enkelin, nimm dich in acht. Deine Röcke sind zu kurz, deine Hosen zu eng, ich mache mir solche Sorgen!, sagte die Oma und verbarg das Gesicht in ihren Händen.

Wir saßen in ihrem Zimmer, an das ich mich bis ins Detail erinnern kann: Nähmaschine, Kleiderschrank, ein Wandteppich, der eine edle Dame zu Ross zeigte und ihren Kavalier, hagere Hunde jagten unsichtbares Wild. Neben dem Bett stand ein dreiteiliger Spiegel, mannsgroß, mit beweglichen Flügeln, in denen man das Bett multipliziert sehen konnte –

oder ich konnte mich mit meinen ersten unbezahlbaren, engen Jeans sehen, dahinter meine in den Spiegeltiefen immer kleiner werdende Oma.

Ich habe die Stadt ohne Bedauern verlassen. Ich wusste damals nicht, dass ich mich irgendwann nach unserem Walnussbaum sehnen werde. Die Oma und die Mutter schienen mir noch eine Ewigkeit zu existieren, und Leningrad dachte ich mir als eine Stadt, wo sich Verliebte an den Newa-Ufern ganze Nächte lang in den Armen liegen und schauen, wie die Schiffe unter weißen Segeln vorbeischweben.

5

Zu Silvester möchte Marina bei uns mit ihren Freunden feiern, ich habe eine Karte für die Neujahrsparty in der *Scheune*, einem Treffpunkt der russischen Migranten: Essen, Trinken, Disco, Karaoke, Tombola und Konzert – ein buntes Kinderfest für Erwachsene. Als Marina erfährt, dass ich stattdessen zu Herrn Seitz gehe, ärgert sie sich.

Du hast doch für die Karte bezahlt und dich da mit Larissa und den anderen verabredet!

Na und? Sie werden gar nicht merken, dass ich nicht da bin.

Ich sage dir aber: Sie werden alle auf dich da warten!

Ich will nicht mehr das tun, was die anderen von mir erwarten! Ich tue das, worauf ich Lust habe.

Du liebst doch nicht etwa diesen Opa?

Aber nein!, erwidere ich energisch auf Marinas

Frage. Vielleicht zu energisch. Na so was! Ich fühle mich einfach wohl bei ihm, willkommen. Ich bin was Besonderes für ihn …

Und das schmeichelt dir?

Ja, wenn du so willst. Wir alle wollen doch gehört und bewundert werden. Du etwa nicht?

Wir wollen Silvester auf Russisch feiern, daher eile ich in einen russischen Laden – ich brauche Kaviar, eingelegte Pilze und etwas Mayonnaise für einen Salat *Olivje*, die Krönung einer festlichen russischen Mahlzeit. Das Geschäft heißt *Rodina*, ist klein wie eine Schatzschatulle und prallvoll. Wonach sehnen sich ausgewanderte russische Seelen? Im Schaufenster tummeln sich Dutzende Sorten Vodka, Gottesmütter im Taschenformat, Holzlöffel und geblümte Teekannen. In den Regalen liegen Buchweizen, Sauergurken, Stockfisch und Auberginenkaviar, und auf einem Tablett neben der Kasse füllige, noch warme und seufzende Piroggen, die Larissa, die Ladenbesitzerin, selbst bäckt. Hallo, meine Liebe, schreit sie hinter ihrer Theke hervor. Gerade berät sie einen deutschen Kunden, stolz und souverän, so wie eine Reiseführerin einem westlichen Touristen die Schätze der Eremitage präsentieren würde.

Rodina ist mehr als ein Laden, es ist auch ein kleiner Treffpunkt oder Salon, denn am hohen runden Tisch in der Ecke hängen oft ein Paar Gäste herum: sie plaudern oder blättern in den bunten Zeitungen, oder sie naschen an den kalten Vorspeisen, die Larissa eines naherückenden Verfallsdatums wegen für ihre Stammkunden umsonst zum Wodka serviert. Diesmal hockt meine alte Bekannte Olja am einbeinigen Tisch. Sie ist in meinem Alter und rund wie ein O. Sie toupiert ihr Haar hoch und trägt sehr hohe Absätze. Die breite Kapuze, eingefasst mit kaviarrot gefärbtem Hasenfell, liegt majestätisch auf ihren starken Schultern – kaum zu glauben, dass diese Frau mehrmals illegal die Grenze überquert und mehrere Jahre in einem Puff gearbeitet hat, aus dem sie dann durchs Fenster geflohen ist. Wie in einem Abenteuerroman knotete sie zwei Laken zusammen und seilte sich vom ersten Stock auf den Gehsteig ab. Wenn ich mir vorstelle, wie die korpulente Olja an dem Seil wie ein Kater auf einer Gardine baumelt, muss ich immer lächeln, obwohl ihre Geschichte eigentlich sehr traurig ist.

Olja lebt jetzt mit Willy, einem deutschen Unternehmer, hat aber immer noch keine Aufenthaltspapiere und putzt in besseren russischen Haushalten. Aus Langeweile, sagt sie, und um unter Menschen zu sein. Larissa und ich lästern über den unmöglichen Willy, und wir rätseln, warum er sie nicht heiratet – will er seinen runden deutschen Schatten nicht mit seiner russischen Geliebten teilen?

Olja springt vom Hocker, reckt sich und schnappt ihre vollen Taschen.

Muss gehen, gleich kommt meiner nach Hause. Olja nennt ihren Willy zärtlich *den Meinen* und betont gerne, dass er sie gut versorgt und sogar fürsorglich ist. In der Rolle einer Konkubine fühlt sie sich offensichtlich sehr wohl.

Es ist Silvesterabend, wir, Herr Seitz und ich, schnippeln gekochte Kartoffeln, Mohrrüben, Fleischwurst, Eier und saure Gurken und plaudern. Er ist ein passionierter Liebhaber der Geschichte, und es macht Spaß, mit ihm darüber zu reden.

Ich habe keinen Schimmer, was in der Zeit nach dem Zerfall Roms in Europa passiert ist – satte tausend Jahre als ein dunkles Loch. In Marinas Schulbüchern steht auch nicht viel – Vandalen, Alemannen, Hunnen und viele andere kommen nach Europa, dann taucht Karl der Große auf, ein Superstar, dann gibt es die Kreuzritter und dann sofort das Mittelalter mit seinen Burgen. Das sage ich und schaue Herrn Seitz auf die Finger: Können Sie vielleicht die Würfel etwas größer schneiden?

So? Oder noch größer? Er nimmt mit seinem Messer Maß an der Mohrrübe.

Zuerst mussten all die Neuankömmlinge sich miteinander und mit den Alteingesessenen arrangieren, und erst aus diesem Chaos haben sich die heutigen europäischen Nationen herausgebildet. Die neuen Reiche wucherten, teilten sich, flossen ineinander, und bis zum Ausklang des ersten Millenniums herrschten in Westeuropa unübersichtliche Verhältnisse. Interessant aber, dass bei all diesen Ereignissen die Migration die entscheidende Rolle spielte.

Von Osten nach Westen?

Größtenteils ja. Oder genauer gesagt, hin zu den römischen Grenzen. Denn je weiter das Imperium sich ausdehnte, desto mehr Völker wussten über seinen Reichtum Bescheid und wollten natürlich daran teilhaben. Es entstand ein Sog rund um die Grenzen Roms, und dann später um Konstantinopel, wie um einen großen Trichter, und das setzte den ganzen Osten in Bewegung.

Glichen die damaligen wirtschaftlichen Verhältnisse schon den heutigen? Ich meine, war der Osten schon damals … ärmer?

Allem Anschein nach ja. Nicht unbedingt ärmer, aber … Während Herr Seitz nach richtigen, milden Worten sucht, nimmt er seine Brille mehrmals ab und setzt sie wieder auf die Nase. – Im europäischen Osten war man immer weniger als bei uns auf pragmatische Aufklärung und technischen Fortschritt aus, sagen wir es so.

Eigentlich will ich ihm widersprechen, mir kommen aber keine schlagkräftigen Argumente in den Sinn. Im Gegenteil: Ich erinnere mich, wie ich im Zug von Berlin nach Moskau aus dem Fenster schaute und mit eigenen Augen sehen konnte, wie mit jedem Kilometer weiter östlich der sachliche und nüchterne Wohlstand schwindet. Morsche Hütten wechseln sich mit kitschigen Villen ab, deren Tore kleine Gipslöwen schmücken oder mannshohe Vasen. Öde Dickichte scheckiger Plattenbauten und daneben eine nagelneue Kirche mit goldenen Turbanen, schreiend bunt verziert. Diese kindische Gier nach Luxus, oft um jeden Preis. Ich schließe mich dem Urteil von Herrn Seitz an, sage aber nichts. Stattdessen kippe ich die grünen Erbsen in die Salatschale, füge spezielle russische Mayonnaise von Larissa dazu und mische alles durch – fertig ist unser *Olivje*-Salat.

Als Herr Seitz eine Dose Kaviar öffnet, fällt ihm ein, dass im 14. Jahrhundert der Kaviar auf den Tischen der armen Byzantiner so banal war wie die Heringe im damaligen, neu geborenen Berlin.

Dann erzählt er, dass es im Schwarzen Meer früher nur so wimmelte von Fischen. Die Schwarzmeermakrele, zum Beispiel, bewegte sich in sehr dichten Scharen, so dass man sie einfach aus dem Wasser schöpfte, um das Volk zu sättigen. Das Bild dieses strategisch wichtigen Fischs wurde sogar auf byzantinische Münzen geprägt. Aber auch die alten Griechen wussten den Reichtum des damaligen Schwarzen Meeres zu schätzen. Ihre gefährlichen Entdeckungsreisen galten nicht nur dem mythischen Goldenen Vlies, sondern auch so prosaischen Dingen wie Fischen, die sie an den weiten Küsten gleich dörrten. Später beackerten sie die an die neuen Siedlungen grenzenden Steppen, um Weizen anzubauen, und waren dabei auf die Zusammenarbeit mit einheimischen Stämmen wie den Skythen angewiesen …

Wenn Herr Seitz mich auf diese Art unterhält, wirkt er männlich, selbstsicher, anziehend. Ich fühle mich wie der durch die Scheherazade hypnotisierte König – die Zeit vergeht schnell.

Es ist kurz vor zehn. Wir haben schon vom Salat gekostet und die Extremitäten der gebratenen Ente vernichtet. Der Rumpf steht noch in der Mitte des Tisches.

Warum heißt der Salat *Olivje*?, fragt Herr Seitz und schenkt Riesling in unsere Gläser ein.

Der Franzose, der im neunzehnten Jahrhundert ein Restaurant in Moskau führte, hieß Olivier. Nach dem Ur-Rezept jedoch fügt man auch das Fleisch von Krebsen, Kapern, Blattsalat und Kaviar bei. Und anstatt Fleischwurst schnippelte man Rebhuhnfleisch und Kalbszunge hinein. Das, was wir hier essen, ist eine spartanische, sowjetische Variante.

Wir haben uns vorgenommen, die Sektflasche um

zehn aufzumachen, wenn die Turmuhr im Kreml schon Mitternacht schlägt. Als ich unsere Festgläser aus der Anrichte hole, bleibt mein Blick länger auf einem alten Foto hängen. Ich wische mit dem Zeigefinger eine flauschige Staubschicht vom Holzrahmen und drehe mich zu Herrn Seitz:

Ein schöner Mann war Ihr Vater. Diese Plisseehaarwelle, wie Burt Lancaster. Wann ist er umgekommen?

1943 verhaftet und galt seitdem als verschollen. Ich weiß nicht, wann und wo … Herr Seitz bückt sich über den Korken der Sektflasche und fummelt am gezwirbelten Draht.

Vielleicht ist es auch besser so … Ich setze mich mit den Gläsern zu ihm.

Herr Seitz zupft geschäftig am Sektkorken, nicht, um ihn herauszuziehen, sondern um mich nicht anschauen zu müssen. Ich sehe lediglich seine ziegelroten Wangen, durchkreuzt von tiefen Furchen, die sich einen Weg hinunter zu seinen zusammengepressten blassen Lippen gebahnt haben.

So war es nicht leichter. Habe ich Ihnen damals erzählt, dass – er wendet sein Gesicht ganz von mir weg –, dass es mit meiner Hilfe passiert ist? Ich wollte, dass er in Berlin bleibt, und habe ihn denunziert … Ich dachte, sie werden ihn bald wieder nach Hause gehen lassen … Er blieb aber verschollen. Für immer.

Lassen Sie den Korken lieber, sonst fliegt er tatsächlich hoch.

Stimmt. Kein passendes Thema für unser Fest. – Er richtet sich auf und stellt die Flasche weg.

Das meinte ich nicht! Ich mache einen Bogen um

seinen Stuhl und hocke mich vor ihn. – Ich wollte nicht, dass Sie sich quälen … Vielleicht ist Ihr Vater doch geflohen? Ins Ausland. Sagen wir in die UdSSR oder nach China, und er konnte sich nicht bei Ihnen melden … Wer weiß, in welche geheimen Angelegenheiten er verstrickt war?

Das ist doch Unsinn! – Herr Seitz verzieht sein Gesicht, ich aber kann nicht aufhören zu reden:

Mein Großvater galt auch von Kriegsanfang an als verschollen, dann aber kehrte er zurück. All die Kriegsjahre hat er sich hier irgendwo in Deutschland durchgeschlagen. Während ich rede, versuche ich, Halva in Würfel zu schneiden, es krümelt aber unter dem Messer und zerbricht, sodass ich Teelöffel aus der Anrichte hole.

War er ein Kriegsgefangener?

Nein. Ein Zwangsarbeiter, obwohl er als Soldat in Gefangenschaft geraten war und als solcher in ein spezielles Lager gehörte. Vielleicht hat er sich als Zivilist getarnt oder war ein Deserteur – das ist mir nicht bekannt. Ich weiß nur, dass er zu Kriegsende als Zwangsarbeiter in einer Stadt in Süddeutschland war. Die Amerikaner erlaubten ihm und vielen anderen auszureisen. So ist er nach Australien geraten. Mögen Sie Halva?

In Berlin gab es auch viele Zwangsarbeiter damals.

Wie hätte das auch ausgesehen? Scharen von Untermenschen mitten in der Hauptstadt eines rassistischen Reiches – eine absolut groteske Vorstellung.

Ja, jetzt scheint es tatsächlich so. Unfassbar. Damals aber waren sie einfach da, überall und nirgendwo, sagt Herr Seitz und schiebt die Schale mit dem unberührten Halva von sich weg.

Ulf!, schrie die Mutter. Schämst du dich nicht? Warum habt ihr das getan?

Der Otto hat tatsächlich einem Ostarbeiter von seinen Stullen zu essen gegeben.

Ihr wisst doch, wie streng Herr Knorr ist. Er wird Otto der Schule verweisen, es kann auch was Schlimmeres passieren!

Es waren Russen, und die sind doch Kriegsfeinde, Schweinehunde!

Sie sahen tatsächlich erbärmlich aus, die Ostarbeiter, die in den Baracken auf dem Rennbahngelände in Weißensee hausten. Eigentlich durften sie aus ihrem Gehege nicht heraus, waren aber in der Stadt durchaus präsent. Bei den Aufräumungsarbeiten nach den Bombenangriffen oder auf vorbeihuschenden LKWs zusammengepfercht, wie eine billige Ladung. Wenn sich die zerlumpten Gespenster durch die Stadt bewegten, wählten sie immer verlassene Straßen und hielten sich an die schattigen Seiten. Manchmal schlichen sie in der Dämmerung zwischen die Mülltonnen der Nachbarhäuser.

An einem warmen Sonntag im April spielten Ulf und seine Freunde im Park Friedrichshain. Um einen biegsamen Zweig für einen Bogen zu suchen, drängte sich Ulf durch das Gebüsch und sah plötzlich fünf Russen auf der Wiese. In ihren abgewetzten und blassen grün-grauen Klamotten waren sie kaum sichtbar und schienen im Begriff zu sein, im Kreislauf der Natur wieder zu verschwinden. Sie hatten dunkle, steife Hände und rauchten stinkenden Tabak. Einige streckten ihre entblößten bleichen Füße der zärtlichen Sonne entgegen. Ganz nah vor seinen Augen sah Ulf einen großen Zehennagel, der blau unterlaufen war und wie eine schwarze Perle schimmerte.

Diese parallele Schattenwelt, früher fast unsichtbar, wucherte im Verlauf des Krieges, sie quoll aus allen Ritzen und Löchern. Manchmal sah Ulf aus dem S-Bahn-Waggon Menschen in gestreiften Anzügen, die mit Werkzeugen oder Karren irgendwelche Arbeiten verrichteten. Eine Weile dachte er sogar, es sei schlicht eine Arbeiteruniform. Zum Greifen nah sah er diese Menschen einmal auf der offenen Plattform eines Güterwaggons in Köpenick. Sie sollten große Betonplatten ausladen, die auf der Plattform gestapelt waren. Als die Drahtbänder gelöst wurden, rutschten die Platten wie Teile eines Kartenhauses plötzlich weg und rissen drei Häftlinge mit. Die anderen sprangen vom Waggon und scharten sich um die Unglücksstelle. Mager und erschöpft ruckten sie an den Platten und ähnelten dabei Ameisen, die ein Baumblatt zu bewegen versuchen.

Am meisten verblüffte Herrn Seitz nicht der Tod selbst, sondern die Tatsache, dass der Tod den Menschen so vertraut und gewöhnlich zu sein schien: Nachdem sie die leblos wirkenden Körper auf die Plattform befördert hatten, wandten die gestreiften Männer sich wieder ruhig und gefasst ihrer Arbeit zu. Sie stellten die Platten auf dem Bahnsteig ordentlich auf, befestigten sie mit Draht und kletterten zurück zu ihren toten Kameraden.

Die Frage, woher die Arbeiter kamen, blieb für Ulf ein Rätsel, denn die Männer redeten nicht miteinander. Klar, es gab Krach und Geschrei und Lärm, aus den Mündern dieser Menschen in den gestreiften Anzügen aber kam kein verständliches Wort heraus.

Der bewaffnete Aufseher auf dem nächsten Waggon schrie ununterbrochen, stand aber mit seinen breit gespreizten Beinen da, als ob er festkleben würde. Als der Totenzug langsam davonrollte, blieb auf dem Bahnsteig eine blutige Pfütze zurück. Es war still. Da kam eine Frau in Eisenbahnuniform mit einem Eimer und schüttete Sand über die Stelle.

Einmal wurde Ulf während eines Bombenalarms vom Menschenstrom in die U-Bahn-Station Friedrichstraße gezogen und blieb wie verzaubert stehen. Dann da kroch plötzlich ein Zug aus dem Tunnel. Die Fensterscheiben waren mit Holz vernagelt, bloß in ihrer Mitte gähnten kleine, schießschartenähnliche Öffnungen. Der Zug war sehr laut und sehr langsam und strahlte Unheil aus. Ulf sah sich um. Es waren sehr viele Menschen um ihn. Eine bunte Gesellschaft. Untersetzte oder sehnige Menschen in wattierten Jacken und mit hohen Backenknochen redeten laut untereinander in ihrer grollenden Sprache. Es raschelte auch Polnisch und zwitscherte Französisch. Italiener gab es, mit schmalen und fahlen Gesichtern – die frierenden Hände in den Jackentaschen. Große, hellblonde, gut angezogene Skandinavier. Und dann wieder zerlumpte Ostarbeiter, tageslichtscheue Männer und Frauen, die sich hier unter der Erde ganz wohl zu fühlen schienen. Sie sprachen laut und lachten. Deutsche waren hier kaum zu sehen. Einige von ihnen saßen auf Koffern und Säcken, was den Anschein verstärkte, als wären sie eine unbedeutende, vorbeiziehende Minderheit in diesem Turmbau zu Babel.

Schauen Sie mal auf die Uhr! Wir haben das russische Neujahr beinahe verplaudert! In Moskau ist es zwölf! – Der Sektkorken knallt, die Gläser laufen mit Schaum über.

Frohes neues Jahr, und na zdrovje! – Herr Seitz steht auf, dabei hält er sein Glas vor die Brust, und wenn er Sporen hätte, würde er mit ihnen Funken schlagen.

Za zdo-ro-vje!, rezitiere ich. – *Na* zdorovje sagt man beim Essen, und als Trinkspruch sagt man – *za* zdorovje! Frohes neues Jahr!

Draußen heulen und pfeifen einzelne Böller, Herr Seitz verzerrt sein Gesicht.

Gehen wir raus? – Ich hake mich unter, er schüttelt den Kopf und presst seine Handflächen an die Ohren.

Dann gehen wir eben nicht, gebe ich gleich nach. Ich weiß, dass viele Kriegskinder ihr ganzes Leben lang Feuerwerke hassen. So auch Herr Seitz, der die Jahre des Krieges mit seiner Mutter in der Stadt verbracht hat.

Die ersten Bombardierungen glichen noch einem mächtigen Unwetter, das plötzlich über die Stadt hereinbricht, dann aber auch ganz sicher wieder verschwindet. Die Lage wurde aber Monat für Monat immer schlimmer, im letzten Kriegsjahr stand der Pegel des Gräuels den Berlinern schon bis zu den Nasenlöchern.

Einmal erzählte mir Herr Seitz, dass er als Kind den Fliegeralarm sogar lustig fand. Wenn die Sirenen heulten, eilten alle in den Luftschutzkeller: Ulf Seitz, seine Mutter und die Nachbarn. Unter ihnen auch Frau Krug, die mit ihren vielen, übereinander aufgesetzten Hüten zum Brüllen komisch aussah. Sie hatte auch einen Koffer mit ihren Schätzen dabei und sogar einen Karton mit teuren Kristallgläsern. Der Karton hing in einem Einkaufsnetz mit Ledergriffen. Bei jedem Knall gackerte sie vor Schreck, wie ein aufgebrachtes Huhn. So war es am Anfang, bei den ersten Luftangriffen. Und im April 1945 fürchtete Frau Krug um gar nichts mehr, auch nicht um ihr Leben: Wenn die Sirenen heulten, ließ sie sich widerwillig von gutherzigen Nachbarn in den Keller zerren: ohne Kisten, ohne Hüte, ohne Strümpfe. Zu jenem Zeitpunkt waren an der Ostfront ihre drei Söhne schon gefallen: schöne, groß gewachsene junge Männer, auffallend wohltemperiert in Gemüt und Erscheinung.

Alle drei hatten mit Glanz das Elitegymnasium Zum Grauen Kloster absolviert. Das schien aber der früh verwitweten und wohlhabenden Frau Krug nicht genug, und so kamen abwechselnd ein Englisch- und ein Französischlehrer zu Krugs nach Hause. Sie selbst, eine tüchtige Witwe, war nie im Ausland, schwärmte aber von fremden Ländern und einer Diplomatenkarriere für ihre Söhne. Wenn die Nachbarn ihre Bemühungen um die Bildung der drei Söhne bewunderten, lachte sie gutmütig und breitete ihre reich beringten, gepflegten Hände aus: *Deutsche Exportware, dreifach, erste Sorte!*

Nun lagen sie alle drei irgendwo im fernen Ausland. Die Todesmeldungen folgten in neunmonatigem Abstand aufeinander, und diese höhnische Paradoxie schien einer altgriechischen Tragödie entsprungen zu sein, wie auch die tragische Heldin selbst – dunkles formloses Kleid und graues zerzaustes Haar. Frau Krug schlug mit ihrer mageren, jetzt ringlosen Faust gegen die Wand des übervölkerten Bunkers, und die Nachbarn – als Chor – starrten sie an. Sie waren aber nicht imstande, dem Publikum die Handlung zu erläutern, da vor ihren Mündern die feuchten Lappen hingen, die sie gegen den giftigen Ruß schützen sollten.

Ich hasse Feuerwerke. Ich würde wie ein Hund lieber unter das Bett kriechen. – Herr Seitz geht zum Fenster und zieht die Gardinen zu. – War das Ihr Freund?

Was für ein Freund?

Vor drei Tagen standen Sie da, vor dem Trödler, mit einem Mann. Und gingen dann davon …

Nein, den Mann kenne ich nicht. Wir standen nur da, eine Weile, dann ging ich weiter, und er ist geblieben.

Ich dachte, Sie seien zusammen, da er Ihnen gleich hinterher ging.

Er ging mir hinterher? Das habe ich gar nicht bemerkt …

Es knallt und heult wieder. Die helle Gardine verfärbt sich mit roten Lichtflecken. – Es ist so weit! Zwölf! Wieder schenke ich uns Sekt ein. Jetzt ist es ein richtiges, unser neues Jahr!

Wir stoßen mit unseren Gläsern an und schauen uns in die Augen. Dabei denke ich an den Mann mit dem Poeten-Schal, wie er mir auf dem Fuß folgt, und bin jetzt eine freche Filmdiva, die alle um sich herum ganz nebenbei mit Glück beschenken kann. Ich schiebe die Gardine leicht zur Seite: Die Trödelvitrine ist dunkel. Der Großteil der Fenster gegenüber auch. Vom riesigen Poster über der Brachparzelle links leuchtet die halbnackte Brünette mit dem Joystick: *Spiel mit ihm!* Der Himmel explodiert und verfärbt sich blutrot. Ich trete ganz nah an Herrn Seitz heran.

Frohes neues Jahr!, flüstere ich und küsse ihn auf den Mund.

Dritter Teil

1

Es ist März. Ich sitze in der U-Bahn, die Berlin von Süden nach Norden durchquert.

Der Zug besteht aus einem langen, durchgehenden Waggon, der in Kurven seitwärts schwenkt – ein sich schlängelndes, mit Menschen überfressenes Reptil. Plötzlich teilt sich die Menge und weicht einem Gestanktornado aus, wie das Meer vor dem Stamm Mose: Zahnlos, nagellos, barfüßig, verpisst zieht ein Mensch durch den Waggon. Man würde gerne seinen Obolus entrichten, der Gedanke aber, dass der Stinkende für eine Weile stehen bleiben könnte, erstickt den Impuls zu helfen im Keim. So zieht er mit leeren Händen weiter, und die Menge schließt sich zögernd hinter ihm. Er geht sehr langsam, als ob er gleich unwiederbringlich zerfallen würde. Hat Gott für dieses Menschenkind die Rolle eines Hiobs vorgesehen, oder hat Er ihn einfach übersehen? Unsere ermüdeten Augen meiden das Gegenüber, hastige Finger tippen Morsebotschaften auf Displays, die Ohren sind mit Kopfhörern versiegelt.

Ich drücke die Augenlider zusammen und höre auf der Sitzbank hinter meinem Rücken zwei russische Männer reden.

Also Speck, Zwiebeln, Würstchen … Auch Champignons dazu – alles anbraten, Sauerkraut rein, dünsten, fertig ist der Bigos.

Aber ich sage dir, keinen Speck, sondern Katerbauch! Und ich mache es ohne Champignons.

Ich aber nehme immer Speck. Ich kenne keinen Katerbauch oder so.

Du, es muss Katerbauch sein! Das ist auch Speck, aber durchwachsen, mit kleinen Knorpelchen. Gibt es bei *Lidl* oder *Netto*.

Ich versuche mir vorzustellen, wie lästig und gemein unsere Sprache in den Ohren derer klingen muss, die kein Russisch verstehen: Katerbauch, blablabla, Katerbauch, blablabla, Speck, Bigos, Lidl, Netto, blablabla. Ein lesendes Mädchen schlägt sein Buch zu. Es heißt ‚Frequenzen'.

Alexanderplatz. Wir stehen alle auf und drängeln uns zu den Türen, die russischen Männer direkt vor mir: Mitte dreißig, Konfektionsklasse C beziehungsweise *C&A*.

Lass die Tante durch, höre ich einen der Männer hinter meinem Rücken in meiner Muttersprache sagen. Auf dem übervölkerten Bahnsteig entsteht ein kräftiges Menschengestöber, das sich rasch auflöst. Ich, die Tante, steige die Treppe hinauf. Vor meinem inneren Auge der Rücken des im Winter sehr geschwächten Herrn Seitz, und Herr Struck da oben ist gar nicht mehr zu sehen. Sein Zimmer im Altenheim wird jetzt von einer kleinen, zahmen Dame bewohnt. Sie heißt Erika, und neulich hat sie grüne Geranienschösslinge in die alten Balkonblumenkästen gesteckt.

Die Menge strömt aus unterirdischen Gängen dem Tageslicht entgegen. In der gekachelten Halle vor den letzten Treppen spielt ein russischer Mann Akkordeon. Er tut es mit großer Hingabe – sein Hals streckt sich weit aus dem Kragen, die Mimik seines

Gesichts ahmt die Kurven der melancholischen Walzer nach. Es ist ein altes, mit Wehmut um gefallene Soldaten beladenes Stück, das ich aus meiner Kindheit kenne. Ich bleibe stehen und tue so, als ob ich die Werbeposter an der Wand studierte.

Es gibt den Mythos, dass die Russen musikalischer oder, anders gesagt, in ihrer Musikalität spontaner, herzlicher sind als die Deutschen. Mag sein – so denken wir immer über unsere östlichen oder südlichen Nachbarn. Für die Russen sind die Mongolen oder Armenier die eigenen exotischen Fremden, für die Menschen hier sind es die Slawen. Ich werfe ein paar Münzen in den offenen Akkordeonsarkophag. Das Poster über dem Kopf des spielenden Mannes kündigt die Deutschlandtournee von Anna Netrebko und den Soloauftritt des Ballettstars Malachow an. Wo verkehren diese Star-Russen in dieser Stadt? Mit Sicherheit nicht hier, auf dem Alexanderplatz, denke ich, als ich draußen bin.

Es ist März. Bröckelnder Schnee, schmutzige Streugutdünen mit madenartig aufgedunsenen Zigarettenkippen, die in der letzten Station ihres Karmas sind. Kaum aus dem Bahnhof, stecke ich mir eine Zigarette an, obwohl ich mir jeden Morgen schwöre, nie wieder zu rauchen. Ich bleibe neben dem kleinen Wurstmenschen stehen und versuche, in den Taschentiefen das Feuerzeug zu finden. Eine Zigarette nimmt einem Raucher angeblich fünfzehn Minuten seines Lebens; offensichtlich würden sie mir nicht abgehen, diese fünfzehn Minuten des Lebens ... Oder vielleicht doch?

Der *Grill Walker* zündet sein Feuerzeug an und hält

mir die Flamme hin. Die Welt ist sicher viel schöner, als ich sie mir denke – ich muss nur lernen, sie anders zu sehen. Ich darf meine Augen nicht auf den bespuckten schwarzen Asphalt richten, sondern nach oben: hinauf zum Himmel, der nun auch immer heller wird.

Letzte lästige Wolken gehorchen mir und räumen hastig den Luftraum über meinem Kopf. Die unerwartete Sonne salbt die Kugel des Fernsehturms und fällt über den Alexanderplatz her. Es muss leicht sein, im Frühling ein neues Leben anzufangen. Man muss dafür nur mit dem Rauchen aufhören, sich fürs Tennis oder zum Schwimmkurs anmelden. Am Wochenende macht man dann Ausflüge irgendwohin nach Brandenburg. Und man sollte sich verlieben … Das ist leicht, vorausgesetzt, man liebt sich selbst.

Ich drücke die fast unversehrte Zigarette gegen die orangefarbene Müllbox und überquere den Alexanderplatz, mein zusammengelegter Mantel baumelt an meinem Arm – es ist der erste richtig warme Tag heute. Zu Hause sind die Fenster breit aufgeschlagen. Die gelben Gardinen biegen ihre Rücken wie Katzen nach dem Schlaf.

Gleich kommt Papa. Er wollte uns zum Internationalen Frauentag gratulieren. Marina küsst mich und nimmt mir die Taschen ab.

Uns sagt sie. Früher machten sie sich gemeinsam einen Kopf, wie sie mir gratulieren können. Marina ist kein Kind mehr, sie ist nun eine Frau. Und ich bin eine Tante.

Es zieht, sage ich, komme zum Fenster und sehe ihn, meinen ehemaligen Mann. Er ist noch ziemlich weit weg, ich erkenne ihn am Mimosenstrauch in seiner Hand. Mein ehemaliger Mann ist groß und breitschultrig. Er hat helle Augen und schmale Wangen, die bei uns im Osten so westlich, so attraktiv gewirkt haben (wir Russen mögen unsere runden Gesichter nicht, sie gelten als asiatisch, als provinziell). Dann kann ich Schuras ergrautes Haar sehen. Diese Locken, und das schöne levantinische Profil eines Propheten. Wenn er spricht, wirft er den Kopf in den Nacken, und du hast das Gefühl, dass er dich von oben herab anschaut, dabei entsteht eine flüchtige Ähnlichkeit mit einem arroganten Vogel.

Wir kennen uns seit mehr als zwanzig Jahren. Damals redete er nur über Werner Herzog und Albert Camus. Jetzt redet er nur über Geschäfte und Profite, und der Rest der Welt, ich inklusive, ist bloß eine Fußnote dazu. Ich öffne die Tür, und er bleibt eine Weile an der Schwelle stehen. Der Sonnenschein hinter seinem Rücken blendet mich, ich sehe sein Gesicht nicht.

Hallo, Lena. Schura teilt den Mimosenbesen in zwei Teile und reicht mir eine Hälfte. Alles Gute zum 8. März! Du siehst aber gut aus! Haare gefärbt?

Wir haben uns an der Leningrader Uni kennengelernt. Die feinen Garderobedamen dort waren höflich, wie Baronessen. Die Dozentinnen dagegen hatten tiefe, raue Stimmen, weil sie filterlose Papirossy rauchten. Aus den großen Aula-Fenstern konnte man das schwarze Wasser der Newa sehen, in der im Frühling schmutzige, grobporige Eisschollen laichten. Und die Sonne über unserem Imperium ist schon damals ihrem Untergang entgegengeeilt.

In unserer provinziellen Stadt im Süden hatten wir das Anrücken der wirren Zeiten verschlafen, aber als ich nach Leningrad kam, drehte sich dort das Rad der Perestroika schon in vollem Schwung. Die Telefonautomaten gingen kaputt, in den Brotlaiben wuchsen luftige Höhlen, das Toilettenpapier wollte nicht an der perforierten Stelle reißen, und auch die Streichhölzer streikten. Das Geld wurde leicht und trügerisch, die Nächte waren lang und labyrinthisch.

Diese dekadente Metropole hat mir sofort den Kopf verdreht. Mein Leben, das sich im Süden wie eine gravitätische, langsame Aufeinanderfolge etwas verwischter Daguerreotypien ausrollte, beschleunigte sich in Leningrad rasant. Heute sehe ich mich in dieser Zeit wie einen hyperaktiven Schwarzweiß-Filmhelden, der alles in großer Eile zu tun scheint, und der sich ausschließlich im Lauftempo bewegt. Ich weiß überhaupt nicht mehr, was wir da alles studiert haben. Ich kann mich aber gut an die Pausen erinnern, an diese Brownsche Molekularbewegung: Wir teilten uns in kleine Gruppen, gingen auseinander, formierten unsere Reihen neu und schwärmten wie Magnetspäne um die Cafeterien in den unterirdischen Gängen des alten Gebäudes.

Schura und ich begegneten uns auf dem Parnass, einem Podium am oberen Absatz der Haupttreppe, wo die dicken glatten Holzbänke und die Aschenbecher standen. Er saß auf einer Bank, deren Lehne ein S-Profil hatte, und rauchte. Ich stieg die Treppe empor und konnte meine Augen nicht von dem schönen Mann losreißen. Ich stolperte gegen die letzte Stufe und landete ihm zu Füßen. Ich heiße Alexander, sagte er. Oder Schura, wie mich alle hier nennen.

Nach der Uni suchten wir, frisch Verliebte, nach Zweisamkeit und fanden sie nicht. Die Winterabende fristeten wir im plüschigen Schoß des kleines Kunstkinos, der Frühling brachte Streifzüge durch die bevölkerten weißen Nächte – Gold auf Lasur, multipliziert in den unzähligen schwarzen Gewässern. Unsere Liebe wucherte, füllte uns bis zum Rand und machte uns verrückt. Mit ihr einher reifte der Aufruhr. Die Dinge kränkelten und die Menschen gingen kaputt. Sie zahlten ihre Schulden nicht zurück, schlugen sich gegenseitig mit selbst gebastelten politischen Plakaten auf den Kopf, aßen viel und gierig und legten sich närrische Kleider an – unruhige, grelle Farben waren bevorzugt.

Die Stadt häutete sich, wechselte ihren Namen – im revolutionären Sankt Petersburg waren Brot und Spiele angesagt. Die Theater, Pionier- und Kulturhäuser und das Planetarium verwandelten sich in Diskotheken, wo die Jugend barfüßig auf den Scherben tanzte, in die das Imperium zerfiel. Die Alten sahen den Weltuntergang kommen und kauften Lebensmittel auf Vorrat. Das Essen quoll aus den Kühlschränken, füllte die Wohnungen bis zum Rande und okkupierte die Balkons. Improvisierte Speisekammern entstanden zwischen den trüben Fensterscheiben, dort stauten sich Tüten aus blutbeflecktem Zeitungspapier – der Essenspegel stieg mit der Perestroika, die sich beschleunigte und sich gelegentlich in einem kleinen Putsch entlud.

Nach Abschluss des Studiums reisten wir, mein Geliebter und ich, mit Zelten die Schwarzmeerküste entlang und brachten in unser Petersburger Zimmer eine kleine Baby-Palme und einen kleinen weißen Welpen mit. Die Palme steckte in einer halbierten Plastikflasche und verreckte bald in ihrer provisorischen Unterkunft. Der Welpe Flaumi wurde ebenfalls nie erwachsen – im gleichen Sommer noch starb er an Staupe. Das Zimmer war voll, die Musik laut, Flaumi kotzte gelben Schaum, und die Partygäste lachten, da sie dachten, er hat von der Tortencreme zu viel genascht. Am nächsten Morgen war er tot. Wir vergruben ihn heimlich auf dem Friedhof mit den verkrüppelten Engeln und legten ihm in seiner Kuhle einen großen Knochen dazu, den wir beim Graben gefunden hatten. Wieder daheim, in dem von der abgestandenen Party stinkenden Zimmer, liebten wir uns weinend. Hinter den schwarzen Fenstern raschelte der Regen, es knatterten und quietschten die Trams, die schmutzigen Gläser klirrten auf dem wackligen Tisch. Wir schauten an, was alles um uns herum lag – die verwesenden Zigarettenkippen in den Bierflaschen, gähnende, aufgebrochene Blechkonservendosen mit fischigen Ölresten, die Lappen, mit denen wir das Erbrochene des kleinen Hundes aufgewischt hatten –, und siehe, es war sehr gut. Die Liebe und der Tod, seufzte Schura befriedigt, lächelte und schaltete den Fernseher ein.

Anstatt der Nachrichten lief das Ballett ‚Schwanensee' in körnigem Schwarzweiß. Das Radio war verstummt, das Telefon aber ging noch. Alle unsere Freunde wussten schon, dass man in Moskau putschte, und rieten uns ab, die Wohnung zu verlassen. Wir zuckten vor Schreck zusammen, als plötzlich das

Radio hustete und mit tiefer, rauer Stimme verkündete:

Achtung! Achtung! Die Panzer der Putschisten rollen in die Richtung unserer Stadt! Wir bitten alle, denen unsere junge Demokratie etwas wert ist, zum Rathaus am Isaakplatz! Nehmen Sie warme Kleider, Stullen und Verbandstoff mit! Draußen fuhren keine Autos, die Fenster der Nachbarhäuser aber waren größtenteils beleuchtet. Schura steckte eine Gaspistole in die Hosentasche, warf eine Flasche Wodka und ein Gläschen Jod in die Tüte, und wir gingen raus.

Bei der Metro-Station schlossen wir uns wortlos einer kleinen Menschenmenge an und gingen zur Busgarage. Wir stellten keine Fragen. Diese Nacht war von Menschen bevölkert, die gut eingespielt handelten, schweigend, ohne Absprachen – wie es sonst nur in Träumen geschieht. Den Möglichkeiten eines Traums folgend, sickerten wir irgendwie selbst durch geschlossene Tore. Unser breitschultriger Anführer riss die plissierte Tür eines Autobusses auf und startete den Motor.

Die Ampeln waren tot, die Straßen leer, neben den seltenen Passanten machte unser Fahrer halt und lud sie ein, Mitstreiter zu sein.

Am Newa-Ufer, nicht weit vom Zentrum, stieg ein junger Mann zu uns in den Bus. Er riss sein Sakko auf, zeigte uns das blau-weiß gestreifte Matrosenhemd und richtete die Pistolenmündung gegen die Schläfe des Fahrers. Hinter ihm stieg sein Komplize mit einem Maschinengewehr ein und schrie mit idiotisch lauter Stimme, wie man es in billigen amerikanischen Filmen tut: Alle raus!!! Hände auf den Hinterkopf! Hinlegen! Papiere! Waffen! Valuta!

Alle stiegen aus und legten sich kreuz und quer, wie Robben, auf den Boden. Schura und ich lagen Kopf an Kopf.

Schura, gib mir die Pistole, ich versteck sie, flüsterte ich.

Ruhe!, schrie der Mann mit dem Maschinengewehr.

Ich zog die Pistole aus Schuras Hosentasche und schob sie mir unter die Bluse.

Gib sie mir zurück!, zischte Schura. Sie bringen dich um!

Macht ja nichts, sagte ich.

Er nahm meine Hand, küsste sie und ließ sie in seiner. Ich suchte seine zweite Hand und brach vor Liebe in Tränen aus. So lagen wir eine ganze Ewigkeit, ausgestreckt und händchenhaltend wie zwei Fallschirmspringer in den Sekunden, wo sich der rettende Stoff über ihren Köpfen noch nicht entfaltet hat. Unsere Liebe stand im Zenit – und wir waren fest davon überzeugt, dass wir gleich sterben werden.

2

Ich halte den Mimosenbesen in meiner Linken, Schura drückt seine trockenen Lippen auf den Faustknochen meiner Rechten, und als er mir die Hand zurückgibt, sehe ich mit seinen Augen, wie alt sie geworden ist. Schura ist auch nicht jünger geworden. Mit seinem ergrauten Haar sieht er wie ein vergreister Joseph Brodsky aus. Und ich sehe wie meine

Mutter aus, so, wie sie aussah, als ich sie zum ersten Mal etwas herablassend bedauerte: Ihr Leben nimmt ab, und sie tut so, als ob sie es nicht merke. Wie ein Seetangbündel war sie damals gerade von irgendeinem Provinzler aufgegabelt worden und hat sich am alten Kolosseum für immer verfangen. Ich wusste: Erst wird sie jeden Tag zur Arbeit eilen, dann jeden Monat nach dem Postträger mit ihrer Rente Ausschau halten, dann auf eine Krankenschwester mit einem Blutdruckmessgerät warten. Und ich fahre nach Leningrad, und mir steht noch das ganze wunderschön aufregende Leben bevor.

Jetzt bin ich also eine Tante, während Schura nicht einmal erwachsen geworden ist. Er verachtet mich, weil ich mich mit meinem trivialen Alltag arrangiert habe. Ich habe es aufgegeben, und er wartet immer noch auf ein Wunder.

Weißt du, da sind enorme Schätze! Es sind Haufen von Tonscherben, irgendwelche Kämme und ein paar Kilo Schmuck! Alles Millionen wert! Ich muss hier im Westen Absatzmöglichkeiten finden – und die Hälfte ist meins.

Papa, das ist doch Schwarzgräberei, kein seriöser Sammler wird dir die Schätze ohne Papiere abkaufen! Marina steht an der Küchentür.

Wir finden aber einen unseriösen, lächelt Schura und tippt dabei wie ein Specht in die Tasten seines Handys.

Tick-tick-tick-tick-tick – wie geht es dir, Marina? – tick-tick-tick-tick.

Viel zu tun. Muss dringend was für die Schule machen, da ich nachher zur Arbeit geh. – Marina zieht sich in ihr Zimmer zurück, aus dem einige Minuten später wildes Tastenrattern hallt. Ich fühle mich unwohl im Kreuzfeuer dieser beiden kommunizierenden Maschinengewehre.

Marina braucht Geld für ihre Schüleraustauschreise nach Amerika, dafür jobbt sie als Aufseherin in einem großen Kino am Potsdamer Platz. Schura erzählt über die skythischen Schätze, nach denen jemand an der Schwarzmeerküste illegal für ihn gräbt. Bald bekomme er einen Sack voll, eine Probeladung, die für ihn schon fertig zusammengestellt sei und nur auf eine Gelegenheit warte, die Grenzen zu überqueren. Ferner werde Schura den Ring eines gewissen *Skylos* besitzen, eines legendären skythischen Prinzen.

Wisst ihr tatsächlich nichts davon? Marina! Komm her, ich möchte euch etwas Interessantes erzählen!, ruft Schura ins Zimmer.

Der Prinz wurde in einem fernen Jahrhundert bei einem Zusammenstoß mit griechischen Kolonisten verwundet und gefangengenommen, und er erreichte mit einer Fischladung die ägäische Küste, dann auch noch Rom und Jerusalem. Was er da sieben Jahre getrieben hat, ist nicht klar. Bekannt ist, dass er nach seiner Rückkehr seinen Bruder vom Thron vertrieb und zu einem geschickten Häuptling der Horde wurde, die unter seiner Herrschaft wuchs und prosperierte. Er ließ sich eine Burg auf einem Hügel bauen und lebte da wie ein reicher römischer Patrizier. Er trug weiße Gewänder, trank Rotwein und las Bücher. Bald allerdings wusste die ganze Steppe, dass der Häuptling die einheimischen Sitten verachtete, und seine Herrschaft endete elend. Wegen seines

Bades, seines Gartens und vor allem wegen seiner Pergamente wurde er von seinen putschenden Untertanen gevierteilt. Sie banden die Hände und Füße des unglücklichen Kosmopoliten an vier wilden Pferden fest und peitschten auf diese ein, bis sie auseinanderstoben.

Schuras Komplizen behaupten, die letzte Residenz des skythischen Prinzen entdeckt zu haben, wo sie unter anderem einen silbernen Siegelring mit der Inschrift Skylos gefunden hätten.

Als Schura weg ist, sehen wir vom Fenster aus, wie er die Tramgleise überquert und in der Menge am Alex verschwindet.

Ich kann es nicht mehr hören, so ein Hochstapler! Ein Idiot, echt!

Vielleicht klappt es mit den Schätzen? Stell dir vor, er wird reich und bedeutend, ihr kommt wieder zusammen, und du wirst die angesehene Frau eines Oligarchen! Mal ernst, würdest du zu ihm zurückgehen?

Wir haben uns nicht wegen des Geldes getrennt.

Ich meinte auch nicht, dass du ihn wegen dem Geld wieder heiratest, sondern aus Respekt und Anerkennung. Erfolg macht Menschen sehr, sehr sexy.

Marina, was redest du für Blödsinn! Wir gehören einfach nicht zusammen, sage ich und stelle mir für einen Moment diesen schönen, einst geliebten Körper vor: ein kräftiger Brustkorb über den schlanken Lenden eines Raubtiers, krauses dunkles Brusthaar. Diese autistische Gier und die geschlossenen Augen …

Nein, wir werden nie wieder zusammen leben, sage ich. – Und außerdem liebe ich einen anderen Mann.

Es ist aber nicht der von der Torstraße?

Exakt, sage ich, und schaue mich im Spiegel an.

Er sitzt doch im Rollstuhl!

Na und? Er hat schöne Augen.

Vater hat auch schöne Augen, das reicht dir aber nicht! Sag bloß nicht, dass du ihn nie geliebt hast!

Ich habe ihn sehr geliebt, aber es ist eine Ewigkeit her, sage ich und räume die leeren Tassen vom Tisch.

Aufstehen!, schrie der Mann im Matrosenhemd, der dem Fahrer gegen die Schläfe zielte. – Aufstehen, meine Damen und Herren, nehmen Sie Ihre Plätze wieder ein!

Wir standen auf. Die weiße Petersburger Nacht neigte sich ihrem Ende zu. Nie habe ich die Stadt so wunderbar erlebt: silbernes, breites Wasser, kobaltblauer Himmel und dazwischen eine durch die ersten Strahlen der noch unsichtbaren Sonne erglühte Haut aus goldenen Türmen, Spitzen und Zwiebelkuppeln.

Die bewaffneten Angreifer erwiesen sich als Demokraten, die uns irrtümlich für Putschisten gehalten hatten. Glücklich und laut wie eine Schulklasse beim Ausflug, stiegen wir wieder zurück in den Bus, der, an den Straßenbiegungen quietschend, zum Isaak-Platz sauste. Wir haben dort weder Panzer noch Barrikaden gesehen. Dafür aber trafen wir mehrere Freunde, und diese groteske Karnevalnacht entlud sich in einer riesigen Party in einem Klub auf einem alten Fabrikgelände.

Eine Punk-Band aus Berlin, die sich zufällig in die Stadt verirrt hatte, gab ein improvisiertes Konzert. Die Irokesen und die schwarze Kleidung machten die ohnehin mageren Berliner Musiker optisch noch schmaler, so dass sie alle wie Figuren von Giacometti aussahen. Wir wackelten nach den düsteren Klängen, ohne ein Wort vom Gesang zu verstehen. Schura kletterte auf die Bühne und bemalte im Takt der wilden Musik die blanken Kehrseiten der Poster, die er irgendwo hinter den Kulissen gefunden hatte. Die riesigen Propagandablätter der eben versinkenden Zivilisation riefen zu Heimatliebe, Einhaltung der alltäglichen Hygiene, Enthaltsamkeit, Fleiß und Produktivitätssteigerung auf. Immer wieder drehte Schura die Plakate um, und der Kontrast zwischen den wilden Pinselstrichen und den vorbildlich akkuraten Proletariern amüsierte das Publikum sehr.

Schura war in unserer Clique beliebt. Er war einer der besten Studenten, er war ein Cineast, las viel, war sehr musikalisch und wurde von uns als begabter Maler bewundert. Er hat aber nie einen ernsten Versuch unternommen, seine Talente zu entwickeln oder in eine konkrete Tat umzuwandeln, als ob er seine Kräfte für ein anderes, jenseitiges Leben schonen würde. Jenseitig hieß bei uns westlich. Wir alle liebten den Westen grenzenlos.

In meinem Diplom stand: *Philologin. Englisch-Lehrerin.* In die Schule arbeiten zu gehen, hätte aber geheißen, sich öffentlich zum Versager zu erklären. Meine Arbeit bei der wohltätigen amerikanischen Organisation *Care* dagegen galt als sehr schick, allein das Wort *amerikanisch* klang schon umwerfend. Tatsächlich aber war es eine prosaische und anstrengende Tätigkeit. Wir mussten schauen, dass die grauen Kartons mit den *humanitären Gütern* wie Öl, Mehl und Zucker vorschriftsmäßig unter den Bewohnern der fiebernden Metropole verteilt wurden. Durch die trostlosen und unendlichen Hinterhof-Fluchten zogen sich Menschenschlangen, misstrauisch und leicht erregbar.

Um die Ankunft der *Care*-Ladung beim Kommunalen Dienst zu melden, gingen wir durch die Menge, die sich vor uns, wie vor Himmelsboten, ehrfürchtig teilte. Ich muss gestehen, ich habe meine peinliche Rolle genossen. Mir schmeichelten die unterwürfigen Blicke der Menschen, die vielleicht noch gestern als Lehrer, Fahrer oder Ärzte über mein Schicksal walten durften. Und jetzt war ich plötzlich drei Köpfe größer als sie, die ihr tägliches Brot aus meiner Hand aßen.

Auch Schura warf sein Diplom in die hinterste Ecke einer Schublade und wurde zum Abenteuer-Kapitalisten. Im ersten Sommer nach dem Uniabschluss schwärmte der *Philologe und Französisch-Lehrer* von Flaschenetiketten, die er in einer staatlichen Druckerei schwarz drucken lassen wollte, um sie dann an private Untergrund-Brennereien weiterzuverkaufen. Ein sechshundertprozentiger Profit schien sicher. Energisch verschaffte sich Schura im kriminellen Milieu 3000 Dollar zu drastischen Zinsen. Den Geldstapel drückte er seinem Geschäftspartner einfach in die Hand, und dieser verschwand mit seinem Leinensack durch ein Loch in der Ziegelmauer der Druckerei. Den Mann mit dem Sack, der zufällig auch der Erfinder des Projekts gewesen war, sah Schura nie wieder.

Das nächste Geschäft scheiterte ebenso kläglich, das dritte auch, was unseren Optimismus nicht erschütterte. Wir setzten unsere Tochter in die Welt und sahen wie eine vorbildliche junge Familie aus. Doch die Schuldenberge überschatteten unser Dasein immer mehr. Wir zogen immer weiter an die Stadtperipherie, Schura schlief immer seltener zu Hause, und ich hatte Angst, ans Telefon zu gehen. Nach der Geburt unserer Tochter kehrte ich nicht mehr zu meiner Arbeit zurück: Erstens hoffte ich immer noch, dass wir eines Tages mit Schuras Geld reich werden, und zweitens kam mir meine Arbeit immer sinnloser vor. Die Sankt Petersburger Wohnungen schienen mir schon zum Bersten mit Mehlpaketen voll zu sein. Die Menschen kämpften in den Schlangen immer weiter um Mehl und Öl, obwohl beides besonders nach den Putschen in immer größeren Mengen aus dem Ausland eintraf. Es war offensichtlich, dass es sich hier nicht mehr um die Linderung von Hunger handelt, sondern um eine Art von Psychose, der wir alle verfallen waren, so wie es eben Bürgern einer untergehenden Zivilisation ziemt.

Ich saß nun in der fünften Etage eines Plattenbaus am Rande der Stadt, rauchte und schaute aus dem Fenster. Die riesigen Kletten-Blätter schossen in die Höhe und in die Breite und machten die von Menschenfüßen gebahnten Pfade zwischen den Häusern fast unsichtbar. Als ob sich die Natur das Terrain der kränkelnden Metropole wieder erobern wollte. Lustlos ging ich mit der kleinen Marina aus, saß wie eine Wärterin am Rande des Sandkastens und rauchte vor mich hin. Durch den Sand schossen schmale grüne Grashalme, wie an Meeresküsten, die an einen schattigen Wald grenzen. Die feuchten Holzränder des Sandkastens waren von kleinen warzenähnlichen Pilzen bewachsen. Nicht anfassen, sie sind giftig!, schrie ich zu Marina hinüber. – Und pass auf die Schaukel auf!

Ich redete wenig mit meiner Tochter, das tat Schuras Mutter dafür umso lieber. Sie wohnte in der Nähe. Abends erzählte mir Marina die Märchen, die sie aus dem Kindergarten brachte oder von Oma gehört hatte. Ich habe mit ihr nie gebastelt, kaum gespielt – sie war einfach da und ich auch. Meine Erinnerungen an diese trüben Zeiten Mitte der Neunziger sind vage. Ich entsinne mich lediglich des Dickichts mit einem schwindenden Pfad zum kleinen Kiosk, der prallvoll war mit exotischen Leckereien, die uns unser zeitenthobenes Dasein schmückten. *Snickers*- und *Bounty*-Riegel waren unsere Lieblinge. Heute kann ich sie nicht mehr sehen, wie die Liebesbriefe eines einst vergötterten Schwindlers.

Eines Tages erschien Schura nach langer Abwesenheit mitten in der Nacht und stürzte zum Kühlschrank.

Ich bin seit Tagen auf den Beinen, und zu Hause gibt es nichts zwischen die Kiemen!

Ich wusste nicht, wann du kommst. Ich dachte, du kommst vielleicht gar nicht mehr …

Und der Gedanke hat dich gefreut! – Schura trat den Hocker, auf dem ich saß, mit dem Fuß. – Geh wenigstens zu den Nachbarn und leih ein paar Eier für ein Omelett oder so aus.

Nein, sagte ich.

Ich war die ganze Woche auf den Beinen, ich musste mein Leben riskieren!, schrie Schura und lief in der engen Küche hin und her. – Ich musste vor der polnischen Grenze aus dem Zug springen und mit einem Polizeischäferhund kämpfen! Stell dir vor! Mit bloßen Händen und Zähnen! Und du sitzt hier den ganzen Tag und rauchst! Sag nicht, dass du das Kind betreust! Sag das mal nicht! Denn selbst das macht meine Mutter!!! – Seine Faust landete auf dem Tisch, klagend klirrten die Tassen und kugelten auf den Boden. Keine einzige aber ist zerbrochen. Ich widersprach Schura nicht. Ich saß tatsächlich nur herum und schaute aus dem Fenster. Die Antriebslosigkeit, die mich nach dem Perestroikapartymarathon erfasste, glich einem chronischen Kater.

3

Freiheit. Fisch, du bist frei! Aber wie? Wir hatten gelernt, im kleinen Becken zu schwimmen, nun war der Stöpsel raus, der Wasserpegel sank unabwendbar. Nun wälzten wir uns wie flinke junge Fische im Trockenen, hüpften unbeholfen in die Höhe und plumpsten gleich wieder zurück.

Die Fabriken blieben stehen, eine riesige Tsunamiwelle bunter ausländischer Waren fiel über das Land her. In den *Sowjetpresse*-Kiosken wurden bunte Spirituosen feilgeboten, im Buchladen an der U-Bahn nistete sich ein Sex-Laden ein. Im vergitterten Fenster tummelten sich nun regenwurmfarbene Gummipenisse. Einmal sah ich, wie eine alte Frau vor dem Fenster stehen blieb. Komm, Oma!, zog ihre Enkelin sie fort. – Es sind Mikrophone, spezielle, mit Batterien, für Sänger. Komm!, sagte die Zehnjährige und schaute mich verschmitzt an. Ihr verächtliches Seufzen galt der Dummheit ihrer Oma.

Die Symptome der Vergiftung fielen nach der Wende ganz unterschiedlich aus: Ich fühlte mich wie gelähmt, Schura dagegen war eindeutig hyperaktiv. Wie ein eingesperrtes Raubtier tappte er in der Küchenzelle herum und schimpfte.

Ich saß auf dem Hocker, meine Augen auf seine schmutzigen Schuhe geheftet. Es war ein spitznasiges Narrenschuhwerk, cremefarben und schwarz, mit steil nach oben gedrehten Schnäbeln, wie man es in den dunkelsten Zeiten des Mittealters getragen hat. Schuras helle Hose, die ich nicht kannte, war vorne, um den Reißverschluss herum, durch die Griffe speckiger Hände etwas dunkler, und das fiel unangenehm auf. Schuras Augen waren glasig, und in den Ecken seines Mundes sammelte sich weiße Spucke. Ich musste mir unwillkürlich vorstellen, wie sich ein duftendes Hundefell zwischen den Zähnen anfühlt, und überlegte mir, unter welchem Vorwand ich diesem Gladiator körperliche Nähe verweigern könnte.

Kriege ich heute endlich etwas zu fressen in meinem Haus? Kein Brot, keine Eier! Schura setzte sich am Tisch neben mich.

Ich frage bei den Nachbarn, seufzte ich.

Es war sehr spät, ich wusste aber, dass sie wach sind. In den Wirrzeiten blieben die Bürger des Riesenreiches wach bis zum Umfallen. Wie Kinder ohne Aufsicht aßen sie bei jeder Gelegenheit sensationelles Zuckerzeug und tranken sensationelles Bier aus sensationellen Dosen. Fortschrittliches Bier und *Snickers* ersetzten den obskuren Kwass und den Buchweizen in den Kantinen, Zugrestaurants und Flugzeugen. Unsere Nachbarn tranken ihr Bier vor dem blauen Bildschirm, der nur Schreck und Gruseln ausschied. Unmittelbar vor den Tagesnachrichten strahlte ein Star-Kurpfuscher sein hypnotisierendes und heilendes Charisma in die Wohnzimmer. Viele Bürger fielen vor den Fernsehgeräten in Ohnmacht, was wohl als besonders gesundheitsfördernd galt.

Okkultisten, Monarchisten, Anarchisten, Kommunisten, Kapitalisten, Baptisten lieferten sich fabelhafte mediale Schlachten vor den Augen eingeschüchterter Bürger. Gleich nach den Nachrichten lief die Sendung ‚600 Sekunden', die sich ausschließlich mit in Mode gekommenen Lustmorden beschäftigte. Der Moderator sprach schnell und hatte die Augen eines Besessenen, während die Kamera lüstern auf abgesägte Köpfe, zerquetschte Beine und abgehackte Finger zoomte.

Die Nachbarn sahen gerade eine Doku über riesige, mannsgroße Ratten, die angeblich in den unterirdischen Labyrinthen der Moskauer U-Bahn gesichtet worden waren und die sich rasch vermehrten.

So groß wie ein Kalb!, sagte die Nachbarin im lila Bademantel, nachdem sie mir drei Eier gereicht hatte. – Den Schwanz hat man im Film deutlich sehen können, sagte sie, so dick wie mein Arm! Es ist wahr! Mutation, wegen Tschernobyl!, erwiderte sie mit energischem Kopfschütteln auf meine Zweifel hin.

Ich rührte das Omelett für den hungrigen Schura an und musste dabei an die Riesenratten denken, die in der höllischen Dunkelheit der Metro-Katakomben emporwachsen: dick, blass und saftig wie Speckmaden.

Alle fahren weg, Schura, nur wir sitzen hier wie die Blöden. Deine Cousins sind auch schon weg. Willst du die Eier mit Speck oder ohne?

Mit.

Wir haben standesamtlich geheiratet, und Schura fing an, unsere Ausreise zu organisieren. Schuras Mutter wollte über Emigration nichts hören, und als wir seine Sachen bei ihr einsammelten, schlich sie uns hinterher wie eine Bettlerin. Dabei hielt sie ihre Strickjacke vorne zusammen, als ob sie damit ihre weiche, schlaffe Brust vor einem Schlag schützen wolle.

Die Abschiedsparty spielte sich in unserer engen Küche ab. Im Zimmer standen drei volle Koffer, daneben saß die fünfjährige Marina und versuchte, ihren Kram in den kleinen Rucksack zu quetschen. Gelegentlich kam sie verweint in die Küche und zog mich ins Zimmer: Das Krokodil passt nicht, und das Kaleidoskop! Und sonst aaallleees! Ich will alles mitnehmen!

Du brauchst gar nicht zu weinen, da im Westen gibt es auch alles, und alles ist viel besser als hier! – Ich wischte ihr die Tränen mit dem Zipfel meines verrauchten Rocks ab, strich ihr über den Kopf und tauchte zurück ins Leibergewimmel der engen Küche.

Am nächsten grauen Morgen saßen wir auf dem Flughafen, schlapp und blass. Die von den Zollbeamten durchwühlten Koffer sträubten sich grinsend und ließen sich nicht wieder schließen. Die Toilettenpapierrolle, die wir anstatt Taschentüchern dabei hatten, durfte nicht mit ins Ausland, und wir drückten sie Schuras Mutter in letzter Minute in die Hand. Die Flugpassagiere, die *für immer* ausreisten, hatten alle eine *Zenit*-Kamera oder ein Fernglas um den Hals hängen und ähnelten damit tapferen, neugierigen Boy Scouts. Diese Gegenstände waren im Westen angeblich sehr begehrt.

Der Abschied glich einer Totenfeier. Die Hinterbliebenen umschwärmten die Stelle an der Schranke, von der die verglaste Halle des Abflugbereichs zu sehen war. Nur Schuras Mutter mit der Toilettenpapierrolle in der Hand stand etwas abseits. In dem Moment, als wir uns umdrehten, um einen letzten Blick zu erhaschen, beugte sie sich nach der hinuntergefallenen Rolle und kroch in die uns entgegensetzte Richtung dem weißen Papierstreifen hinterher.

Wir landeten in Spandau, am Rande von Berlin, in einem Asyl, wo wir zwei Zimmer in einer *kommunalen* Wohnung zugewiesen bekommen hatten. Die Bewohner der anderen Zimmer, mit denen wir die Küche und das Bad teilten, wechselten andauernd. Es waren ausschließlich sehr laute Südländer, goldhäutige Menschen mit beringten Händen, deren

Nachbarschaft uns lästig und peinlich war. Wir hielten uns für viel westlicher als sie, daher fühlten wir uns ihnen überlegen und waren eifersüchtig auf unsere neue Heimat, die in Beziehungsdingen so anspruchslos war. Wir mieden auch die anderen Asylanten, selbst unsere Landsleute, als ob wir uns der Häutung vor ihren Augen schämten.

Bei jeder Gelegenheit fuhren wir in die Stadt, weg aus dem Heim, in die bunt geschminkte Welt, wo in den Hauseingängen unterwürfige Lichter schimmern, wo die Haustreppen wie mit duftenden Shampoos gewaschen scheinen, wo sich alle lieben und respektieren, wo gepflegte Kinder unter liebevollen Blicken der smarten Eltern an wunderschönen Legowelten basteln, während Omas mit hölzernen Löffeln leckere Gerichte zaubern. Merkwürdig, aber wahr: Es war das beste Jahr in unserem gemeinsamen Leben.

Von den freudigen Erwartungen wie Luftballons aufgeblasen, schwebten wir hoch im Wagen der grünen U1. Wir schauten auf die Stadt, die uns zu Füßen lag, und weideten unsere Seelen an den schönen, sich abwechselnden Traumbildern: Marina mit einem schicken rosa Tornister in einer gemütlichen deutschen Schule, Schura vor einer Staffelei oder gar in einem Studio, ich als Übersetzerin, nein, als Journalistin – so eine strenge, mit einem Kugelschreiber in der Hand und mit einer dicken Brille. Oder wir sahen uns als ein Unternehmerpaar: Kein Restaurant und keinen Imbiss, wie sie die banalen Migranten sonst haben, nein, wir würden ein Kino aufmachen, ein Kunstkino mit einem schönen Buffet, gemütlich, mit Plüschbänken und Sesseln, wo sich das erlesene

Publikum mit Getränken in der Hand nach dem Film Salon-Debatten liefert. Ich war fest davon überzeugt, dass wir einer wundersamen Wiedergeburt nahe wären.

4

Es dauert, bis Herr Seitz die Tür aufmacht. Er stützt sich mit der rechten Hand auf einen Gehstock, und als er versucht, mir meinen Mantel abzunehmen, verliert er das Gleichgewicht und fällt mir in die Arme. Wir halten uns eine kurze Weile aneinander fest, wie bei einem Tanz, seine Schulterblätter in meinen Händen sind scharf und kantig.

Dunkle, dicke Möbel, helle Spitzendeckchen, etwas vergilbte Tapeten im grellen Frühlingslicht, und die unheimliche Glasuhr mit ihren offen daliegenden Eingeweiden.

Es ist alles so sauber, sage ich.

Heidi war gestern hier.

Haben Sie auch gebadet, gestern? Eigentlich sollte ich Sie heute baden.

Ich bitte Sie, Lena, lassen Sie das. – Herr Seitz dreht mir den Rücken zu und schiebt die Standfotos auf dem niedrigen, kurzbeinigen Buffet zurecht. – Gehen wir lieber raus, es ist so schön draußen. Solches Wetter gibt es nur im Mai. Die Bäume sind so grün.

Vielleicht soll ich erst ein paar Fenster putzen?

Ich habe Ihnen gesagt, dass ich lieber mit Ihnen raus möchte!

Dafür muss ich ja nicht bezahlt werden. Wollen Sie, dass ich Sie ganz an Heidi abgebe?

Ich möchte nur, dass wir jetzt Tee trinken und dann spazieren gehen!

Okay, seien Sie nicht gleich gereizt. Es ist mir natürlich viel angenehmer als Fensterputzen.

Sein Ellenbogen sträubt sich gegen meinen unterstützenden Griff, und ich lasse ihn los.

Sie brauchen mich nicht zu halten, und den Tee mache ich selber! – Er meidet meinen Blick und geht in die Küche, so schnell wie er kann. Ich bleibe im Zimmer und frage mich voller Schadenfreude, wie er mit seinem Stock unsere Teerunde in den Griff bekommen wird. Man könnte es als Ehestreit bezeichnen, wenn wir ein Paar wären. Wir sind aber kein Paar, genauer gesagt, kein richtiges. Unsere Zweisamkeit lässt sich schwer einordnen, unsere Freundschaft hat vage Konturen, wie aufeinandergestapelte Dias: Samariterin und Verwundeter, Vater und Tochter, Deutscher und Russin, Siegerin und Besiegter – zwischen uns liegen Welten, Jahrzehnte, Flüsse, Gräber, Meilen, und die Seilbrücke über diesen Abgrund ist gespannt wie eine Saite, die seltsame und nur für uns wahrnehmbare Töne hervorbringt.

Die Wasserkanne pfeift und dampft auf dem Herd, Herr Seitz stellt seinen Stock auf die Seite, lehnt sich gegen den Küchentisch und bereitet uns Tee. Weißes Hemd, etwas locker um den dünnen Hals. Filzhausschuhe, genau solche absatzlose Latschen, wie wir sie früher in einem Stoffbeutel in die Schule brachten. Breite Hose am dünnen Gürtel hängend, parallele Bügelfalten und dieses totale und diffuse Verlangen, eingesperrt in einem vor Angst und Unsicherheit gelähmten Körper – immer aufs Neue erinnert mich Herr Seitz an meinen ersten Geliebten, einen frechen Jungen aus der 5 B.

Verunsichert und etwas genervt gehen wir hinaus. Ich schiebe ihm seinen Rollstuhl hin, und wir brechen ins Stadtzentrum auf. Die Torstraße ist holprig und laut, wir biegen an der U-Bahn-Station zum ruhigen Rosa-Luxemburg-Platz ab und bleiben vor der linken Flanke der Volksbühne stehen, an einer neu angebrachten Tafel zur Geschichte des Platzes.

Haben Sie diese *orientalisch-proletarische Ghettowelt* noch erlebt?

Nein. Anfang der dreißiger Jahre hat man schon die ordentlichen Neubauten hier errichtet. Der Kleintier- und Trödelmarkt zog sich in die benachbarten engen Straßen zurück, und der Platz sah dann korrekt aus, ungefähr so wie jetzt. Nur dass es damals, genau zwischen dem Theater und der U-Bahn-Station, ein Denkmal für zwei Polizeimänner gab, die von den Kommunisten umgebracht worden waren.

Erzählen Sie, bitte! – Es ist keine Bitte, sondern eine dargereichte Hand, denn ich weiß, was ihm an diesem Ort durch den Kopf geht, und ich weiß, wie teuer und lieb ihm diese ganz frühe Erinnerung an seinen Vater ist.

Es war ein schneeweißer Tag, und Vater und Sohn standen hier, am Rande des Bülowplatzes, und schauten zu, wie am Denkmalsockel Kränze niedergelegt wurden. Unmittelbar um das Denkmal für die Opfer des roten Terrors versammelten sich die an der heiligen Handlung beteiligten Uniformierten, profane Zuschauer oder Passanten, wie auch die Seitz, blieben etwas abseits stehen.

Die lange rote, bolschewistische Pfote greift mit ihren schmutzigen Krallen nach ihrer Beute, tief ins Herz unseres Reiches!, keifte der Mann vor dem Denkmal. Er und seine Mitstreiter in grauen und schwarzen, mit Riemenzeug eingefassten langen Mänteln, hoben sich vom schneeweißen Hintergrund besonders satt ab und ähnelten gut organisierten schwarzen Insekten: zackige Bewegungen, schmale Taillen und schwarze Stiefelschäfte, glänzend wie Chitinbeine.

Als die Hände der Anwesenden mit Hitlergruß hochflogen, schaute sich der kleine Ulf im Publikum um: keine schmutzigen Krallen, jedenfalls nicht bei denen, die bloße Hände hatten. Viele aber, auch der Vater, hatten Handschuhe an, und da konnte man es nicht sehen. Statt seiner Hand hob der Vater den Sohn in die Höhe, setzte ihn in seinen Nacken und hielt seine kleinen Finger fest, die gerade im Begriff waren, den Hitlergruß nachzuahmen.

Mein Vater war ein aufrichtiger, mutiger Mensch, sagt Herr Seitz.

Ja, Sie haben mir viel über ihn erzählt.

Er war in der Tat ein besonderer Mensch. Als Sohn eines wohlhabenden preußischen Beamten 1895 geboren, zog Konrad Seitz, wie so viele seiner Altersgenossen, als Freiwilliger in den ersten Weltkrieg und kehrte leicht verwundet und mehrfach ausgezeichnet zurück. Während seines Studiums in Berlin lernte er viele prominente Linke kennen, er kannte Karl Radek, Ernst Reuter und Rosa Luxemburg, und nach seinem Studium wurde er zur rechten Hand des roten Verlegers Willi Münzenberg. Am meisten faszinierte mich aber die Tatsache, dass Konrad Seitz eine Weile mit dem jungen Richard Sorge befreundet war: unsere Pioniergruppe hatte ja ‚Richard Sorge' geheißen, und deshalb haben wir auch sein Bild auf einem Stab getragen, wenn wir marschierten. Mit der nuklearen Kraft eines pubertierenden Herzens liebte ich heimlich diesen schönen, eleganten und furchtlosen Menschen, der sein westliches, homunkulöses Pendant James Bond bei Weitem übertraf, weil er kein Kino-, sondern ein wahrer Held war.

Wie andere Heranwachsende wurde ich irgendwann meiner Umgebung gegenüber äußerst skeptisch, und Richard Sorge fiel (samt anderen Kriegs- und Revolutionsheiligen) dieser überstürzten Werterevision zum Opfer. Ich vergaß meinen Helden für mehrere Jahre, und erst neulich, als ich in einem Buch auf eine ihm gewidmete Passage stieß, entflammte diese Liebe wieder. Die Lektüre bereicherte sein Porträt mit einigen Details: Er hatte eine russische Mutter, was ich früher nicht wusste. Er trank viel, kleidete sich tadellos und liebte Frauen. Hiermit wurde er für mich zur endgültigen Verkörperung sämtlicher von Humphrey Bogart gespielten Filmhelden. Vor allem die Umstände seines Todes ließen ihn in meinen Augen wieder zum Übermenschen aufsteigen.

Jahrelang haben die japanischen Beamten den inhaftierten Sorge in ihrem Kerker gequält, jahrelang machte er aber trotz Folter keine Geständnisse. Nur wenn es besonders schlimm wurde, fielen seine Augenlider zusammen. Je nach der Stellung seines geschundenen Körpers ähnelte er mal einem angeketteten Prometheus mit seinem den Geiern ausgelieferten Leib, oder dem Gulliver, um dessen gefesselten Körper sich fleißige Pygmäen scharten – seine Peiniger reichten ihm kaum bis zu den Schultern. Sie schlugen ihn gegen das Ohr, in den Nacken, auf den Bauch und die Leiste; verdrehten ihm Kopf und Arme, zündeten ihm die Haare an, durchbohrten ihm Brustwarzen und Hodensack und schlugen ihn aufs Neue gegen das Ohr oder in den Nacken.

Im Jahr 1944, nach drei Jahren anhaltender Torturen, wurde ihm der Tag seiner Hinrichtung verkündet, dabei erbat sich der oberste Aufseher, Inspektor Ohaschi, vom Gefangenen ein Abschiedsgeschenk: Sorges schwarze italienische Schuhe mit Ledersohlen und seidenen Schnürsenkeln.

Der aus der Galgenschlinge gehobene Körper auf dem Boden wirkte noch länger, als er war. Die Japaner knäulten sich zusammen in einer dunklen Ecke, und eine Weile lang wagte keiner, sein Bein über den Toten zu heben. Er lag vor ihnen wie ein Balken und füllte den ganzen Raum, er lag da wie der tote Christus im Grabe auf dem Gemälde von Holbein.

In der Gefängniszelle des hingerichteten Sorge fand man auf Hochglanz geputzte Schuhe, in denen sauber zusammengelegte seidene Socken und ein Zettel mit der Widmung an Inspektor Ohaschi lagen.

5

Wir betreten den leeren Rosa-Luxemburg-Platz und bleiben vor den grauen Stufen der Volksbühne stehen: Die Flanken der Fassade sind mit großen Transparenten überzogen. *Rechts* steht, Schwarz auf Weiß gedruckt, auf der linken Seite. Dementsprechend ist die rechte Flanke mit mannshohen Buchstaben als *Links* bezeichnet.

Plötzlich erscheint auf dem leeren Theateraufgang ein Mensch, dann sind es zwei, drei – immer mehr Menschen quellen plötzlich aus den Fluglöcher-Türen heraus. Noch vor einer Minute sind wir hier zu zweit ganz entspannt gestanden, und nun sind wir in eine Menge schweigsamer, schwarz gekleideter Menschen eingeschlossen, plötzlich, wie in einem unheimlichen Film.

Hier ist eine gestorben, gehen wir lieber. – Ich greife zu den Rollstuhlgriffen, und wir eilen fort.

Auf der Wiese neben dem Theater sonnt sich eine junge Frau. Ihr Körper ist winterlich bleich, das Höschen schneeweiß, die Beine sind in das satte, pelzige Grün gestemmt, das Gesicht ist mit einem aufgeschlagenen Buch vor uns abgeschirmt: *Das Herz ist ein einsamer Jäger*. Ihr gegenüber, in der Nische eines durchsichtigen Häuschens, liegt ein Mann mit goldener Filzmähne. Die pumpenhaften Handbewegungen unter seiner roten Decke werden immer schneller. Vor dem zuckenden Lumpenhaufen steht eine Frau mit dem Schlüsselbund in der Hand und wartet, bis der Mann ihr den Weg zur ihrer Arbeitsstätte räumt, denn tagsüber dient das durchsichtige Häuschen eigentlich als Theaterkasse. Abends probt hier die kreative Jugend und nachts schlägt der Stadtnomade sein mit Stroh gepolstertes Nest auf. Wenn er weggeht, packt er seine Decke sorgfältig in einen Plastiksack, schabt das Stroh zusammen und versteckt seine Schlafutensilien hinter der Glasbude. Er steht aber spät auf, erst wenn die Kassiererin mit ihren Schlüsseln da ist. Sie schaut uns seufzend an und rasselt wieder mit dem Schlüsselbund.

Wir eilen weiter, links lassen wir das Karl-Liebknecht-Haus hinter uns, einen blau-weißen Dampfer. In den quadratischen Fenstern stecken kleine Fahnen – weiß, blau, rot baumeln sie resigniert und kapitulierend herum. Wir setzen uns an einen Tisch unter dem roten Sonnenschirm vor dem Kino *Babylon*, wo Herr Seitz einst den allerersten Film seines Leben gesehen hat: ‚Dick und Doof'.

Vom Poster im Fenster des Cafés lächelt uns eine junge Rotarmistin an. Sie trägt eine Schiffchenmütze und einen breiten Ledergürtel um ihre Wespentaille – *8. Mai. Widerstand und Befreiung. Am 8. Mai 2010 werden die ehemaligen jugoslawischen Partisanen Olga Rodi´c und Radoslav Deri´c in Berlin zu Gast sein. Beide leben heute in Belgrad und werden anlässlich des 65. Jahrestages der Befreiung vom deutschen Faschismus auf einer Veranstaltung der Antifaschistischen Linken Berlin (ALB) sprechen, um von ihrem Kampf bei den Partisanen zu berichten.*

Ist das heute?, frage ich.

Nein, der 8. Mai war gestern. Heute ist der 9.

Wie konnte ich vergessen, dass in Russland heute ein großer Feiertag ist? Eine riesige Siegesparade. Mit

Panzern und Flugzeugen. Und in den anderen russischen Städten auch. Dass das ganze Land dort heute in Aufruhr ist. Und hier ist es so ruhig und still. Nichts bewegt sich, nur zwei winzige Metallpfeile gleiten in der Höhe, und die immer dicker werdenden doppelten Kondensstreifen schneiden das Himmelszelt über unseren Köpfen entzwei.

Als wir uns wieder auf den Weg machen wollen, stehe ich auf und lege meine Hand auf die Schulter von Herrn Seitz. Sie ist so kantig und fleischlos wie die Schulter des pubertierenden Jungen im damaligen Frühling, gestern.

Ulf und seine Mutter sind bis zum Kriegsende in der Stadt geblieben – Elsa Seitz war fest davon überzeugt, dass ihr Mann im Gefängnis Moabit eingesperrt ist und immer noch lebt. Wenn das Gefängnis bei Luftangriffen beschädigt würde, könnten die unversehrten Insassen fliehen – das bildete sie sich ein und blieb in Erwartung ihres Mannes in der Torstraße sitzen. Auf dem Stadtplan hoben sich die Umrisse des berühmten Gefängnisbaus deutlich ab: fünf sternförmig gespreizte Finger, Blätter einer giftigen Pflanze … Die Bomben fielen inzwischen nicht nur nachts, wie früher, sondern auch tagsüber. Wie konnten die Flieger diese riesige, symmetrisch eingeteilte Anlage übersehen? Auch das Haus von Seitz blieb wie durch ein Wunder fast unversehrt.

Der Schulbetrieb wurde im Frühling eingestellt, die anderen Betriebe auch – jeder hatte jetzt nur eine Verpflichtung: zu überleben. Die Mutter und der Sohn verbrachten die meiste Zeit im Luftschutzkeller. Ulf fürchtete sehr, unter der Erde verschüttet zu werden, vielleicht auch deswegen lief er unter jedem Vorwand aus dem Keller hinaus. Als der Himmel sich für eine Weile beruhigte, nahm er die Milchkanne, um aus der Wohnung etwas Wasser zu holen. Das Treppenhaus war in dieser Abendstunde absolut dunkel, und er geriet in ein Gewimmel aus unsichtbaren Leibern. Die Finsternis atmete, zuckte, röchelte – die Treppenstufen waren von deutschen Soldaten übersät, die vor Erschöpfung erstarrt an der Wand lehnten.

Als Ulf und seine Mutter am nächsten Morgen das Treppenhaus betraten, sahen sie, dass die erste Treppe bei einer Explosion herausgerissen worden war.

Die sonstigen Räume im Haus jedoch waren unversehrt geblieben. Ulf, die Mutter und die wenigen Nachbarn, die noch im Haus waren, stiegen mit Hilfe der Feuerleiter hoch bis unters Dach und konnten von da zur Haustreppe gelangen. Als die Bombenangriffe sich noch verstärkten, übersiedelte die ganze Nachbarschaft vom Hauskeller in einen riesigen Flachbunker. Dort gab es immer noch Wasser und Licht, und viele blieben die letzten zwei Kriegswochen da, ohne einmal rauszugehen. Alle wussten schon, dass der Krieg von heute auf morgen enden kann, und keiner wollte denken, geschweige denn sagen, was dieses Ende mit sich bringen würde. Nur ein alter Mann wiederholte immer aufs Neue, dass die Russen alle mit den Zungen an die Türe nageln würden. Den Kindern waren diese düsteren Zukunftsprognosen egal, sie spielten Käsekästchen oder Versteck und wirkten gar nicht eingeschüchtert. Nur als eines Tages unter den Kellerinsassen nervöses Getuschel herumging – *Die Russen kommen!* –, wurde es auch den Kindern unheimlich.

Die ersten Russen, die wirklich kamen, wirkten jedoch verunsichert und erschöpft: Sie durchsuchten den Bunker nach Waffen, planschten im Waschraum und eilten weiter. Diese Begegnung verlief ziemlich harmlos, so dass Ulf nichts davon in Erinnerung geblieben ist, außer dass diese Sieger ihm irgendwie krummbeinig erschienen.

Als Ulf und die Mutter hinausgingen, lag alles um sie herum in Schutt und Asche. Überall waren Panzersperren, als ob sie mit ihren Kreuzen besonders gut geleistete Vernichtungsarbeit markieren wollten. Hier gruben die Menschen verzweifelt schreiend in den noch qualmenden Trümmern nach ihren Angehörigen, dort lag ein akkurater Stapel barfüßiger Leichen, eine Frau krümmte sich mit einem toten Kind in den Armen. Ihr Geheul war furchtbar. Wimmernde Hitlerjungen und verwundete Soldaten irrten herum.

Gitler kaputt! Nicht schießen! Gitler kaputt, dröhnte es von der Kreuzung, wo der sowjetische Lautsprecherwagen erschien. In dem Moment knallten mehrere Geschosse vom Dach eines gegenüberliegenden Hauses. Die Frau mit dem toten Kind sackte zusammen, Blut strömte über ihre Beine und färbte ihre weißen Strümpfe flammend rot. Die Mutter drückte Ulfs Kopf an ihren warmen weichen Bauch und zog ihn mit sich hinter das von Schutt und Schreck ergraute Klavier. Es lag umgekippt, und seine kleinen Pfoten griffen hilflos wie die Krallen eines toten Vogels in die Leere.

Aus seinem Versteck konnte Ulf hoch auf dem Dach des gegenüberliegenden Hauses seinen Klassenkameraden Klaus sehen, wie dieser mit einer Maschinenpistole in der Hand an den Schornstein gelehnt stand. Von der Kreuzung liefen sowjetische Militärs herbei und verschwanden im Hauseingang. Bald darauf stellten zwei Soldaten ihre Maschinengewehre so nah beim Klavier ab, dass Ulf den herben Schweißgeruch der Russen spüren konnte. Als der Rotarmist Mutter und Sohn bemerkte, schwenkte er lächelnd das Maschinengewehrmaul in ihre Richtung. Die sitzende Mutter umfasste ihren zusammenkrümmten Sohn, verhüllte seinen Kopf mit ihren Händen, drückte ihn fest an sich, als ob sie ihn zurück in ihren Schoß pressen wollte. Daraufhin winkte der Russe freundlich mit der Hand und drehte die Metallschnauze in eine andere Richtung. Ulf verschloss die Augen, um nicht zu sehen, wie Klaus vom Dach geschossen wird. Das Knattern mündete in schrilles Geschrei: der verwundete Klaus blieb oben an einer Regenrinne hängen. Er zappelte mit Händen und Beinen, während das Publikum, den Kopf weit im Nacken, zu ihm hoch starrte. Die Russen lachten laut und applaudierten sogar, so dass das Ganze einer Zirkusvorstellung geglichen hätte, wäre da nicht das ohrenbetäubende Geschrei des verzweifelten, unfreiwilligen Akrobaten in durchpissten Hosen gewesen, der weinend nach seiner Mutter rief.

Die Furcht vor Vergewaltigungen ging den Russen voraus. Wegen der fehlenden Treppe jedoch blieb das Haus in der Torstraße in den ersten zwei Tagen von Eindringlingen verschont. Dann aber hat jemand von den Siegern gesehen, wie der Nachbar, der siebzigjährige Herr Braun, die Metalltreppe an der Außenwand des Hauses hochkletterte. Erst hielten sie ihn für einen Marodeur und hätten ihn beinahe gelyncht. Herr Braun winselte wie ein geschlagener Hund und rief nach seiner Frau. Als diese sich im Fenster zeigte, kapierten die Soldaten, dass das Haus bewohnt und zugänglich ist, ließen Herrn Braun los und stürmten die Treppe.

Der verprügelte Herr Braun und seine Frau brachen am gleichen Tag zu ihren Verwandten nach Dahlem auf, wo sie diese furchtbaren Zeiten überdauern wollten. Am nächsten Morgen kehrten sie zurück – fassungslos, gebrochen, erschrocken: die Familie, bei der sie Zuflucht finden wollten, hatten sie im Keller entdeckt. Tot, nackt und verstümmelt, mit ausgerenkten Beinen. Die Schwester von Frau Braun, ihre Tochter und vier Enkelkinder. Im Vergleich zu dieser Tragödie verlief die Einnahme der Stadt in der Torstraße fast idyllisch. Die ersten Soldaten, die ins Haus gelangten, waren offensichtlich auf der Suche nach Frauen. Die ersten Wünsche nach Uhren und Rache schienen schon befriedigt.

Die Feuertreppe war an der zu Seitz' Fenster quer liegenden Wand angebracht. Die Mutter und der Sohn konnten also die hochkletternden Russen gut sehen. Wegen ihrer Bewegungen und der grünlichen Uniformen ähnelten die Soldaten gierigen, hektischen Eidechsen. Dann hörten die Seitzens das Trappeln im Treppenhaus und die Schläge gegen ihre Tür. Die Mutter öffnete und griff Ulf fest an den Ellenbogen. Der erste Mann mit einem rundem

Gesicht voller Sommersprossen ging etwas gebeugt und mit ausgestreckter Hand auf die Mutter zu, so wie man einem streunenden Hund näher kommt.

Ja, ja, flüsterte die Mutter und schubste Ulf zur Tür. – Geh weg, die Leiter ist frei.

Sie machte einen Schritt nach vorne und schaute, mit dem Kopf nickend, dem Mann direkt in die Augen: Ein Kind, Kind muss raus, soll spielen! Sie sprach laut, wild gestikulierend, wie ein ungeübter Mensch mit einem Taubstummen sprechen würde, dabei ähnelte sie einer verzweifelten Vogelmutter, die einen Friedensstörer mit ulkigen Gesten vom Nest weglocken will.

Ulf schlich aus der Wohnung und versteckte sich in der Ritze zwischen Scheunenwand und Hofmauer. Die Russen holten aus dem Keller zwei Fahrräder und fuhren lachend zur Probe im Kreis. Die Sättel waren ihnen zu tief, so dass sie ihre Beine knicken und nach außen kippen mussten. Sie saßen offensichtlich zum ersten Mal in ihrem Leben auf einem Fahrrad. Verkrampft klammerten sie sich an den Lenkern fest, die Fahrräder wackelten, und als einer der beiden Zirkusbären stürzte, lachten die umstehenden Rotarmisten bis zum Umfallen. Die Soldaten bewarfen sich gegenseitig mit dem in der Schokoladenfabrik erbeuteten Konfekt, und der Boden des Hofes war bald mit bunten Kügelchen übersät, was Ulf noch stärker an ein Kinderfest erinnerte.

Ein Soldat, der Ulf angaffte, nickte ihm mit breitem Lächeln zu und machte einen Schritt zur Scheune. Ulfs Herz schlug bis zum Hals, der Rotarmist reichte ihm ein Päckchen Liebesperlen und zeigte mit dem Daumen zum Himmel: Gut!

In dem Moment lehnte sich der Mann mit den Sommersprossen aus dem Fenster von Ulfs Wohnung und schrie seine Kameraden im Hof an. Alle stürmten zur Feuerleiter, die Fahrräder blieben auf dem Boden liegen – erbeutete und noch zuckende Tiere.

Bis zum späten Abend wagte Ulf sich nicht nach Hause und streunte in der Nachbarschaft herum. Vor der Volksbühne gab es ein großes, spontanes Siegeslagerfeuer mit Tanz und Musik. Das rötliche Feuer leuchtete auf den Gesichtern der herumstehenden Menschen, das exzessive Tanzen und der Rauch über der altarähnlichen Feldküche, wo die Opferspeisen blubberten, verstärkten Ulfs Gefühl, er habe sich unter unberechenbare Urmenschen verirrt.

Auch die Deutschen wurden bei den Fleischtöpfen geduldet, Brot wurde verteilt. Ulf stellte sich bei der Feldküche an und bekam eine Schüssel Nudeln mit Rindfleisch. Als er etwas auf die Seite treten wollte, hielt ihn ein Russe am Hosenbein fest: Stoj! Er zeigte auf Schüssel und Löffel: Zurück! Ulf aß schnell, gab das Geschirr wieder ab und ging heim.

In der Torstraße herrschte Ruhe – im Dunkeln blieben die Sieger lieber unter sich. Das leckere Essen, das er aus den Händen der Peiniger seiner Mutter entgegengenommen hatte, lag Ulf quer im Magen. Als er die Wohnung betrat, umarmte ihn die Mutter und weinte.

Schon gut, schon gut, sagte er, streichelte sie an der Schulter, so wie es ein Mann einer Frau oder einem Kind gegenüber tun würde, und dann fiel er ins Bett, weil er Magenkrämpfe und Schüttelfrost hatte. Bis zum Morgenrot saß die Mutter neben Ulf, und obwohl sie die Nacht ohne Licht verbrachten, merkte Ulf, dass Mutters linke Backe leicht bläulich angelaufen war und dass ihre geschundenen Knie mit einer blutigen Kruste bedeckt waren.

Am nächsten Morgen klopfte jemand ganz leise an der Tür, so leise, dass sie fest davon überzeugt waren, es seien die Nachbarn. Ein russischer Mann griff salutierend an den Mützenschirm und ging hinein.

Leutnant Kruglow! Gnädige Frau! Sie leben hier?

Die Mutter nickte.

Sohn? Er zeigte auf Ulf, der mit flammenden Backen im Bett fieberte.

Leutnant Kruglow erklärte in seinem löchrigen Deutsch, dass er nach einem Quartier suche. Ohne Treppe sei es nicht so praktisch, aber es gefiele ihm hier sehr, sagte er und küsste die Hand der gnädigen Frau. Nachdem er seine Absicht geäußert hatte, Frau und Kind vor den Schikanen bäuerlicher Grobiane zu schützen, nickte die Mutter mit einem mehrfachen Ja. Er stand auf, drückte Mutters Hand wieder an seine Lippen, schlug die Absätze gegeneinander und ging, um seine Sachen zu holen. Abends saßen sie zu dritt am Tisch. Das Kerzenlicht flackerte auf den Zungen aufgeschlitzter Konservendosen.

Iss Fleisch, Ulf, das brauchst du jetzt, und wir haben so lange keins gegessen. Iss, sagte die Mutter leise.

Iss, sprach Kruglow der Mutter nach und schob Ulf eine Dose etwas näher hin. Mir ist immer noch übel, sagte Ulf und ging in sein Zimmer.

Die Anwesenheit des Mannes beunruhigte ihn,

und er konnte nicht schlafen. Immer wieder ging er Wasser trinken oder aufs Klo und sah die beiden im Wohnzimmer sitzen. Diese Momentaufnahmen setzten sich in Ulfs Kopf zu einer Liebesgeschichte zusammen, wie sie auf kitschigen, romantischen Ansichtskarten erzählt werden: Hier sitzen Mann und Frau bei Kerzenlicht am Tisch, dann sitzen sie auf dem Sofa, kaum erkennbar im Dunkeln, dann liegt die Frau, und der Mann streichelt ihre Hand und flüstert, dass alles gut ist, sehr gut, und dass keiner wagen wird, ihr etwas Schlimmes anzutun, weil er da ist… Sein Flüstern war sehr intensiv, wie das Zischen aus der Ritze eines hart aufgepumpten Fußballs. Irgendwann spät in der Nacht waren die beiden nicht mehr im Wohnzimmer. Lange stand Ulf vor der Schlafzimmertür, wagte aber nicht, die Klinke anzufassen.

Am nächsten Morgen hielt Ulf die Augen fest geschlossen, bis der Leutnant gegangen war.

Auf dem Tisch lag ein Stapel Brotscheiben, und daneben gab es eine kleine Pyramide Konservenfleisch auf einem Teller.

Die Mutter wusch in der tiefen Schüssel das Geschirr ab und stand mit dem Rücken zu ihm.

Morgen. Ich wollte dich nicht wecken. Geht es dir gut?

Es geht mir gut, sagte Ulf, dessen Krankheit in der Tat wie verflogen war. Und dir?

Iss Fleisch, ich mache Tee für dich, sagte die Mutter und schaute Ulf in die Augen.

Als sie sich wieder über die Schüssel beugte, sagte Ulf gegen ihren Rücken das, was sich ihm im Laufe der Nacht sogar im Schlaf im Kopf herumdrehte.

Also doch fick, fick, für Konserven. In Vaters Bett.

Die Mutter drehte sich zum Sohn, erstarrte für einen Augenblick und ging auf ihn zu. Der nasse Lappen fiel Ulf ins Gesicht, schlang sich schwungvoll um seinen Hals, fiel schmatzend auf seine Schulter, auf die Brust und flog wieder hoch zu seinen Ohren.

Wie – sprichst – du – mit – deiner Mutter? Sie atmete schwer und stieß die Worte einzeln heraus, wie Peitschenschläge. Verwöhntes Schwein, und schlimmer, viel schlimmer: Schwein, das seinen eigenen Vater verraten und in den Tod getrieben hat.

Du lügst, das habe ich nicht getan, nein! Ich hasse dich!, schrie Ulf und floh aus der Wohnung.

Er fand Zuflucht bei den Nachbarn eine Etage höher. Frau Braun drückte seinen Kopf an ihre weiche Brust und glättete seine vom schmutzigen, fetten Lappen durchnässten Haare.

Schon gut, wir leben alle, siehst du, wir sind alle am Leben, und was kann besser sein? Es wird sich alles beruhigen, glaub mir.

Es hat sich tatsächlich alles bald beruhigt. Nach einigen Tagen war der Leutnant weg. Der Zettel, den er zurückgelassen hatte – *Hier ist ein Leutnant der sowjetischen Armee, Kruglow A. N., einquartiert* – schützte sie vor weiteren Plünderungen. Ulf hat nie erfahren, was die Buchstaben A. und N. bedeutet haben. Wie nannte seine Mutter ihn, wenn sie ihn küsste? In der Nacht hörte er, wie der Leutnant Elsotschka zur Mutter sagte, und dieses schmatzende Suffix widerte ihn an.

Es war ein sonniger Tag, daher schien es Ulf, dass in der Wohnung totales Dunkel herrschte, als er und

Frau Braun, die eine Woche lang an der Versöhnung gestrickt hatte, hereinkamen.

Hier sind wir, Elsa!, sagte die Nachbarin munter. – Dein verlorener Sohn, mit Hab und Gut!

Allmählich trat vor Ulfs Augen aus der Dunkelheit die Mutterfigur mit ausgestreckten Händen hervor. Auf dem Buffet glänzte ein Stapel Konservendosen.

Vierter Teil

1

In jenem ersten Nachkriegsfrühling hatte Ulfs Körper einen schmerzhaften Wachstumsschub erlitten: Die Hosenbeine reichten plötzlich kaum bis zu den Knöcheln, und die Mutter nähte für ihn Vaters Hosen um.

Nach dem Streit mied Ulf die Mutter, sprach sie ungern an und verbrachte viel Zeit draußen. Die neu formierte Freundes-Clique war für ihn sehr wichtig geworden. Er verliebte sich zum ersten Mal, und zwar in die fünfzehnjährige Inge, deren dünne Stäbchenwaden sich so schön mit den zwei hängenden dicken Haarzöpfen reimten: Die parallelen senkrechten Linien hatten etwas von einem Hampelmännchen, an dem man gerne zupft und zieht, was Ulf auch bei jeder Gelegenheit tat.

Er fühlte sich stark und kühn wie nie zuvor – als ob er seine Kraft der Mutter entzöge, der es immer schlechter ging. Sie sprach sehr leise, kämmte kaum noch ihre Haare und ließ die Gardinen auch tagsüber zugezogen. In den letzten fünf Jahren schien sie um satte fünfzig älter geworden zu sein.

Da in der ruinierten Stadt kaum intakte Wohnungen übrig geblieben waren, sollten Seitzens zwei von vier Zimmern abtreten. In eines zog eine junge Frau namens Martha, in das andere Herr Stein, der seinen linken Arm im Krieg verloren hatte. Seine linke Wange sah furchtbar entstellt aus. Die beiden moch-

ten sich offensichtlich nicht. Martha war Halbjüdin, sie war aber verhaftet worden, weil sie sich mit einem polnischen Zwangsarbeiter „in ehrvergessener Weise“ eingelassen hatte. Sie hatte drei Jahre im Oranienburger KZ verbracht. Ihre Haare trug sie sehr kurz, sodass Ulf bei ihrem Anblick immer an die furchtbar abgemagerten Häftlinge mit den geschorenen Köpfen denken musste, deren Fotos ihnen in der Schule mehrmals gezeigt wurden. Zweimal abgeschnitten und immer noch zu kurz, sagte dazu Herr Stein.
Wie kann man einen Menschen für die Liebe bestrafen!, schüttelte die Mutter den Kopf.
Der Teufel macht dorthin, wo schon gedüngt ist, brummte Herr Stein vor sich hin. Er redete überhaupt fast nur in Sprichwörtern, deren dunklen Sinn er für sich behielt.

Die drei Erwachsenen redeten kaum miteinander. Diese von den Zeiten Verletzten mieden einander sogar, da sie ihre Schmerzen wie Stachel trugen, wie Stachel, die ihnen die Nähe zum Anderen verweigerten. Es brauchte lange, bis der Krieg zur Vergangenheit geronnen war. Für die Mutter von Ulf Seitz kam diese Zeit nie. Die Mutter schrumpfte zusammen, aß immer weniger, redete immer leiser.

Herr Braun, der sich in der ersten provisorischen Bezirksverwaltung engagierte, befreite die Kranke von den Aufräumungsarbeiten, und sie ging praktisch nicht mehr aus der Wohnung. Erst viele Jahre nach ihrem Tod stellte Ulf zahllose kleine Puzzleteile zusammen und verstand, dass sie mit einem Russenkind schwanger gewesen war, dass die Abtreibung zu spät erfolgte und sehr problematisch verlief. Davon hat sie sich nie erholt.

Die Räumungsbrigaden wurden auch hier vor der Volksbühne formiert. Es gab offensichtlich keine klaren Vorschriften, was die Beteiligung der Kinder an der Arbeit betraf. Manchmal wurden ältere Kinder miteinbezogen, manchmal auch nicht. An einem feuchten, regenschwangeren Maitag wurden Ulf und seine Freunde von einer sowjetischen Patrouille umzingelt.

Mit den Worten ‚Komm, komm!‘ wurden die Jungen zusammengetrieben. Auf dem Weg ins Zentrum wurden noch ein paar Kinder eingesammelt, und alle wurden sie am Lustgarten in mehrere Gruppen aufgeteilt.

Vor dem Dom standen Lastwagen, die auch Ulf irgendwohin zum Rand der Welt bringen sollten, zu einem Hochofen, in dem er bei lebendigem Leib verbrannt wird. So dachte Ulf, und seine Beine wurden augenblicklich bleischwer. Die anderen Jungen, genau wie er vor Angst ganz verstört, schwiegen und quälten sich offensichtlich mit ähnlichen Vorahnungen. Obwohl sein Deutsch ziemlich gut war, konnten sie deshalb lange nicht begreifen, was der Russe in der scharf gebügelten Uniform zu ihnen sagte. Verärgert und fluchend rief er nach dem Dolmetscher, einem Deutschen, der erklärte, dass die Jungen beim Abtransport der herumliegenden Leichen helfen sollten. Sie schauten sich um und sahen keine Leichen. Als der Russe Gummihandschuhe und feuchte Lappen für den Mund unter ihnen verteilt hatte, schob er mit dem gestiefelten Fuß etwas Erde vor sich weg, und ihnen streckte sich eine dunkle, halb verweste Hand entgegen. Alle Schützengräben um den Platz herum waren mit Leichen gefüllt und nur notdürftig zugeschüttet.

Viele Körper waren so aufgelöst, dass sie nur mit Kohlenzangen und mitsamt den Kleidungsstücken hochgehoben werden konnten. Die Jungen luden die Leichen auf Tragbahren und brachten sie zum Friedhof in der Sophienstraße. Auch irgendwelche Russen in zerlumpten Uniformen arbeiteten mit ihnen, sie wurden wie Sträflinge von ihren bewaffneten Landsleuten behandelt. Einmal geriet Ulf mit so einem Russen in ein Gespann. Da Ulf die Totenbahre vorne greifen musste, schmerzten ihn die nach hinten verrenkten Arme. Er fühlte sich wie ein Vogel, der an den Flügeln hochgehalten wird. Die irdischen Menschenhüllen stanken so sehr, dass selbst die Fliegen angewidert zu sein schienen. Sie kreisten nicht um die Toten, sondern um ihre Träger, unverschämt und dermaßen nah, dass ihre Flügel über Ulfs Wangenhaut strichen.

In seinem späteren Leben schien ihm oft, dass der grüne Lustgartenrasen in der Stadt sich an manchen Stellen wie der Bauch einer Schwangeren herauswölbte. Nun sprießt endlich die Wiese im Frühling: schmucke Bäume in Zierbottichen, tschilpende Spatzen, bunt gekleidete Menschen (sie laufen, sitzen, liegen, lächeln), und über ihre Köpfe ragen voluminöse bronzene Figuren (jede zwei Mann hoch) mit auffällig dicken Schenkeln: Kreationen eines berühmten kolumbianischen Künstlers. Die Plastiken gefallen Herrn Seitz nicht, von den weißen, wohlproportionierten Figuren auf *unserer* Schlossbrücke ist er dagegen sehr angetan.

Die allegorischen Skulpturen stellen die Lebensstationen eines Krieges von der Geburt bis zu seinem glorreichen Tod dar. So eine törichte, kindische Vorstellung von Leben und Tod im Krieg, da sind wir beide einig, und dennoch bleibt Herr Seitz bei der Meinung, dass der Klassizismus unübertroffen war und bleibt. Er schwärmt vom 19. Jahrhundert, von Schinkel, von der großen Liebe zwischen den Hohenzollern und den Romanows, die einander mit Pferden, Teepavillons, mannsgroßen Vasen, goldenen Eiern, Diamanten, Köchen, Kriegern oder ganzen Regimentern beschenkten. Auch Kopien der gusseisernen Geländer der Schlossbrücke wurden nach Petersburg verschenkt. Erst als Herr Seitz mich darauf hinwies, habe ich mich erinnert, dass ich die gleichen Tritonen und Seepferdchen so oft auf dem Newskij Prospekt gesehen hatte! Warum habe ich es nicht früher bemerkt? Mit seinen Augen sehe ich diese Straßen anders, erobere und bewohne sie neu, mache sie mir zueigen.

Gibt es auch ein Wort ‚Stadtnahme' als Pendant zur ‚Landnahme'?, frage ich.

Nein, lächelt Herr Seitz. Gibt es nicht. Kennen Sie übrigens den Roman, der so heißt? So plaudernd, gehen wir am Zeughaus vorbei und bleiben vor der Neuen Wache stehen. Einst wärmten sich hier die Streifen der Schlossgarde, neuerdings sitzt in dem kahlen Steinsaal eine bronzene Mutter, ihr geschundener und zusammengebrochener Sohn knäult sich in ihrem Schoß. Die sitzende Frau mit Kopftuch lässt mich an meine Großmutter denken, oder an Herrn Seitz' Mutter, wie sie hinter dem umgekippten Klavier den Sohn fest an sich presst, um ihn in ihrem Schoß vor Kugeln zu schützen.

Habe ich Ihnen über die ‚Madame Butterfly' im Admiralspalast erzählt?, fragt Herr Seitz, als wir in die Friedrichstraße abbiegen. Nein, sage ich, obwohl ich davon schon mehrmals gehört habe. Ich liebe seine Geschichten – mehrmals erzählt, gewinnen sie an Volumen, Farben, Facetten. Die Bilder bewegen sich, reihen sich zu einem Film, zu *meinem Film*, der vom Leben eines Berliners handelt und der nicht unbedingt mit dem wahren Leben von Herrn Seitz übereinstimmen muss.

Einmal kaufte ich uns teure Karten für eine Vorstellung im Admiralspalast, um ihn mit meinen eigenen Augen zu sehen. Es war eine mittelmäßige, dafür aber textgetreue Darstellung vom ‚Kleinen Prinzen', und es war eine Kindervorstellung. Sie wurde in einem Studio im Seitenflügel gezeigt, nicht in dem Saal, den Ulf Seitz als Heranwachsender so oft besucht hat.

Eine Freundin von Ulfs Mutter, die im Admiralspalast arbeitete, verschaffte ihm damals Zugang zu den Vorstellungen, in die er wollte. Mit der Musik übrigens lief es im sowjetischen Sektor am besten, die roten Generäle legten viel Wert auf das Musische. Schon in der ersten Nachkriegssaison gab man hier ‚Madame Butterfly', zur Premiere wurden die Militärobrigkeiten aller Verbündeten eingeladen. Unter den Linden war von Autos überflutet, an diesem Abend hupte, quietschte, brummte und schrie es in den drei Siegersprachen, die Oper allerdings wurde auf Deutsch gespielt. Ulfs Platz war hinter der Plüschgardine an einem der vorderen Eingänge, da, wo er anstatt der Aufseherin stand. Er kam, als die Vorstellung gerade begonnen hatte.

Im diffusen Bühnenlicht ähnelte das Parterre mit den stumpf glänzenden Reihen kahl geschorener Köpfe der Militärs dem monströsen Gelege eines Kriegsgottes. Die Eier saßen auf kräftigen, halslosen Rümpfen, die von französischen, amerikanischen, russischen Militärauszeichnungen schimmerten.

In der Nähe von Ulf saß ein amerikanischer General. Er rutschte auf seinem Sitz hin und her, schaute sich um, neigte sich fragend zu seinem Nachbarn und redete ihm lange ins Ohr. Silence, s'il vous plait!, zischte ein Eierkopf aus der hinteren Reihe.

Im Bühnenhintergrund leuchtete das Blau des Hafens von Nagasaki, zwischen drachenübersäten Schirmen und Baumbusstäben saßen in Schaukelstühlen Leutnant Pinkerton (Tenor) und der amerikanische Konsul (Bariton).

Kann mir jemand sagen, was sich hier abspielt und was dieser Deutsche in einer amerikanischen Uniform zu suchen hat?, sagte der General laut und zeigte mit dem Finger auf der Bühne.

Sein Nachbar neigte sich servil zum obrigkeitlichen Ohr, um die Geschichte des japanischen Mädchens und des amerikanischen Offiziers zu erläutern: Cho-Cho-San, Puccini, Italiener …

Lügen und Erfindungen, sagte der Friedensstörer noch lauter. Wenn unser Offizier ein japanisches Mädchen anbaggert, wird er vor ein Kriegsgericht gestellt! Verdammter italienischer Mist!

Wollen Sie bitte schweigen!, empörten sich die anderen Uniformen im Chor mit heiserem Flüstern, ihre Augen wurden rund und böse.

Der General wandte sich verdutzt von der Bühne ab und sah nicht mehr hin, sondern gaffte das Publikum auf den Balkonen und die Verzierungen an den Wänden an. Wenn der Generalskopf sich zu Ulf drehte, zog der sich weiter hinter die Plüschgardine zurück und konnte von der Vorstellung kaum etwas sehen.

Neben dem Plüschvorhang hat Ulf vielen Vorstellungen im Admiralspalast beigewohnt. Als Gymnasiast ging er sehr gerne mit seiner damaligen Freundin Lina aus, die in der schulfreien Zeit ihre Lippen rot schminkte und seine Berührungen so geschickt erwiderte, dass es Ulf dunkel vor den Augen wurde. Es hätte eine solide lehrreiche Liebesaffäre sein können, es war aber für die beiden kaum möglich, sich irgendwohin zurückzuziehen. Ulfs Mutter verließ die Wohnung selten, Lina wohnte mit ihrer aus Schlesien vertriebenen Familie in der Linienstraße in einer Kochstube, also in einem Zimmer, wo geschlafen, gekocht und gegessen wurde. Ganz hinten im Theaterdunkeln konnten sie sich küssen, und manchmal ließ Lina seine Hände an ihren Beinen entlang bis unter den Rock streicheln, auch dort, wo die Strümpfe enden.

Zum dreißigsten Jahrestag der Oktoberrevolution bekam Ulf zwei kostenlose Karten für ein Gastspiel des sowjetischen *Ensembles der Roten Armee.* An dem Abend zog er das erste Mal ein Sakko seines Vaters an, pfeifend kämmte er seine Haare glatt zurück und hörte nicht, wie die Mutter nach ihm rief. Als sie neben ihm im Spiegelbild erschien, hörte er auf zu pfeifen, einmal mehr erstaunt, wie wenig die Frau neben ihm von der selbstbewussten, heiteren Mutter hatte, in deren Händen er so oft Trost und Zuflucht gefunden hatte. Wie damals nach dem ersten Kinobesuch … Die Vision löste sich aber rasch auf, er pustete auf den Kamm und fuhr sich mehrmals mit der Handfläche über sein glattes Haar:

Was ist?

Vielleicht bleibst du zu Hause heute?

Geht es dir nicht gut? Ulf tätschelte sie beruhigend am Arm – in den letzten zwei Jahren war Mutters Kranksein für ihn zur Routine geworden.

Ich glaube, du bist einfach müde …

Ja, einfach müde. – Ihre Stimme war dünn und schlapp, die Hände, die sie auf seinen wattierten Schultern ablegte, waren leicht, fast gewichtlos. – Schau mal, du bist schon fast ins Sakko deines Vaters hineingewachsen.

Diesmal saßen Lina und Ulf oben, auf dem Balkon, und es fühlte sich anders an als hinter dem Vorhang, und nicht unbedingt besser. In der Menschenmenge eng aneinander gerückt, konnten sie einander kaum anschauen, geschweige denn berühren. Nicht das aber störte Ulf, sondern ein wehmütiges Unbehagen, das ihn an diesem Abend befiel. Zuerst spielte das Blasorchester einen langsamen, düsteren Marsch, dann eine brave Melodie, dann wurde das Lied ‚Mutter' majestätisch angekündigt. Maaaaaat!!!, quoll es aus dem weit geöffneten Mund des uniformierten, stämmigen Solisten, und Ulf erinnerte sich, wie er neulich neben der Mutter im halbdunklen Korridor gestanden hatte, er sah ihre Gesichter im Spiegel, und dieses Bild beunruhigte ihn nun sehr.

Gleich nach der Vorstellung entschuldigte er sich

bei Lina und rannte nach Hause. Es war Herbstabend. Brache Ruinen, schwarze Spree, kariöse Fassaden, die öde Lothringer Straße, lange und holprig, spärlich beleuchtet: Im blassen Lichtstrahl lag die Mutter auf dem schwarzen Bürgersteig vor ihrem Haus. Ihr weißes Hemd schimmerte im Dunkeln, um sie herum standen fremde Menschen, die er flüstern hörte: Sie war hinausgegangen und ist hier zusammengebrochen.

Ulf kniete sich nieder und schob seine Hände unter Mutters Kopf. Sie machte die Augen auf und sagte ganz ruhig, dass sie ihn unbedingt noch hatte sehen wollen, um ihm zu sagen, dass sie ihn liebt und dass sie sich Sorgen macht, weil er allein auf der Welt bleibt.

Das Schlimmste ist aber vorbei, sei froh und zuversichtlich, jetzt wird alles besser. – Das waren ihre letzten Worte. Zwei Stunden später starb sie im Krankenhaus.

Und Lina?, frage ich.

Sie hat übrigens hier in der Nähe gewohnt, zeigt Herr Seitz auf einen heruntergekommenen Hof am Anfang der Linienstraße, in die wir gerade von der lauten Friedrichstraße eingebogen sind.

Da, sehen Sie diesen Baum? Da habe ich immer auf sie gewartet. Sie wollte nicht, dass ich hochgehe.

Einmal stieg er dennoch hoch in die dritte Etage. Die Eingangstür war offen, der hallende Tunnel des Korridors (Türen links und rechts), endete in einer engen Klo-Kammer mit sehr hohem Sitz. Linas Familie lebte in einer Stube, wo sie auch kochte. Ulf hörte Linas Stimme und klopfte, dann öffnete er die Tür und sah ihre beiden kleinen Schwestern auf dem Bett sitzen, einen umgekippten Eimer und Lina, wie sie kniend flüssigen Kot vom Boden aufwischte. Ihr beinloser Vater saß im Rollstuhl daneben und schlug mit einer Krücke auf ihren gekrümmten Rücken.

Ulf floh und versteckte sich im Gebüsch. Bald zeigte sich Lina, schaute sich um – keiner war da. Sie suchte in einem schmutzigen Fenster nach ihrem Spiegelbild, um ihre Lippen für Ulf rot zu schminken. Er aber blieb stehen und rief nicht nach ihr, da er sich nicht mehr vorstellen konnte, *diese* Hände anzufassen, geschweige denn zu küssen.

Und abermals krähte der Hahn, brummte Herr Seitz vor sich hin.

Was haben Sie gesagt?

Ich sage, Lina ging nach Westen, noch vor dem Mauerbau. Und ihre Schwester und Vater blieben.

Inzwischen sind wir an einem kleinen Grünplatz angelangt, da wo Ackerstraße und Linienstraße sich kreuzen. Hinter der Hecke auf der grünen Wiese steht ein Wohnzimmertisch und davor ein Stuhl; ein anderer Stuhl liegt umgekippt auf dem Parkett, das Teil der Skulptur ist. All die Gegenstände, Parkett inklusive, sind naturgetreu in Bronze ausgeführt. Ich behaupte, es ist ein Denkmal für die Berliner, die aus ihren Wohnzimmern weg in den Tod gezerrt wurden. Herr Seitz meint, dass die Plastik ohne die Inschrift absolut nichtssagend ist – solche Kunst kratze nicht an seiner Seele, sie sei weder schön noch informativ.

Das sagen Sie nur aus Trotz!, ärgere ich mich. – Als ihr Vater damals aufgestanden ist, kippte der Stuhl hinter ihm genau so wie hier! Das haben Sie mir mehrmals erzählt! Weil sein abgelegter Mantel zu schwer war!

Ich habe Ihnen schon mal erzählt, dass mein Vater verhaftet wurde, aber nicht solche Details mit dem Stuhl oder Mantel … Das haben Sie sich sicher dazu gedacht, nur weil es Ihnen gerade ins Konzept passt!, ärgert er sich plötzlich und ist vielleicht auch im Recht. Und dennoch sehe ich deutlich, wie der aus dem Gleichgewicht geratene Stuhl nach hinten kippt. Ich kann den Film auch zurückspulen und sehen, wie der achtjährige Junge die heutige Tor- und damalige Lothringer Straße entlang läuft und an der Ecke zur Prenzlauer Allee stehenbleibt. Wie er die Zentrale der Reichsjugendführung betritt und sich an den Wächter mit der Bitte wendet, ihn, Ulf Seitz, beim Gauleiter zu melden.

Bald stand Ulf – Hände an den Nähten – mitten in einem hellen Zimmer und erzählte, dass sein Vater im Begriff sei, ins Ausland zu fliehen. Genauer gesagt, ins feindliche Ausland. Vielleicht auch in die Sowjetunion, legte Ulf nach und fügte hinzu, dass er damit rechne, dass der Vater, der eigentlich ein anständiger Bürger sei, gleich nach der Aufklärung des Falles nach Hause komme. Zu dieser Entscheidung bewegte Ulf die Erfahrung ihres Nachbarn, des Onkels Tobias, der eines Tages festgenommen worden und dann nach vier Tagen nach Hause gekommen war, genauso fröhlich und wohlbeleibt wie vorher. Ulfs Vater selbst war auch schon einmal verhaftet worden, noch vor dem Krieg, und er war auch nach einigen Wochen wieder heimgekommen … Zwar hatte er danach etwas anders gelebt, war oft abwesend, und die Mutter hatte sich nach außen so benommen, als ob sie sich getrennt hätten. Aber immerhin, er war wieder hier gewesen und nicht in irgendeinem Ausland.

Der Mann saß am Schreibtisch mit dem Rücken zum Fenster, hinter dem Ulf den ummauerten Friedhof in der Prenzlauer Allee sehen konnte. Das Gesicht des Mannes war im Gegenlicht aber kaum zu erkennen. Ulf sah lediglich einen schinkenrosigen Baumstumpfkopf, der aus einem eng anliegenden schwarzen Stehkragen wuchs. Der Mann schien von Ulfs Bericht gar nicht beeindruckt zu sein. Er fragte den jungen Pimpf nach Namen und Adresse und schickte ihn nach Hause. Ulf spielte auf dem Hof und machte sich Sorgen, dass sein Bericht ohne Wirkung bleiben könnte. Es war ein sehr stiller Tag, bis der Luftalarm heulte und alles in Bewegung kam. Ulf lief zum Hauseingang: Die restlichen Bewohner stiegen hastig die Treppe hinunter, während sich drei schwarz gekleidete Männer gegen den Menschenstrom in die entgegengesetzte Richtung arbeiteten. Ulf ging ihnen nach, die Tür aber fiel vor seiner Nase ins Schloss. Der Junge blieb im Treppenhaus stehen und kaute an seinem Daumennagel – zum ersten Mal fürchtete er sich davor, an diese Tür zu klopfen, hinter der er immer Zuflucht gesucht hatte. Vor den Menschen in Schwarz hatte er nie Angst gehabt, warum machte er sich plötzlich solche Sorgen um das Wohl des Vaters?

Als die Tür sich öffnete und der Vater in Begleitung dreier stummer Männer im Treppenhaus erschien, war Ulf, als hätte er etwas Schlimmes angerichtet, das Gesicht des Vaters aber wirkte weder verzweifelt noch böse.

Was machst du denn da? Abmarsch in den Schutzkeller! – Er beugte sich zu seinem Sohn, küsste ihn aufs Ohr und flüsterte dabei etwas, das Ulf nicht verstand – er spürte nur die Wärme des Atems. Als Ulf in die Wohnung stürzte, saß die Mutter abwesend am runden Tisch und pickte mit dem Zeigefinger in die Krümel auf dem leeren Teller. Über der Lehne des anderen Stuhls wallte, tot und leer, der vom Vater abgelegte karierte Morgenmantel. Als Ulf ihn anfasste, kippte der Stuhl unter dem Gewicht des Mantels um.

Als wir zu ihm nach Hause kommen, schaue ich heimlich in den alten Schrank hinein und vergewissere mich, dass der abgewetzte karierte Hausmantel von Konrad Seitz nicht mein Hirngespinst ist, sondern tatsächlich existiert. Und im Keller sah ich einst den verkalkten Eimer, in dem Ulfs Mutter früher Eier für schlechte Zeiten eingemauert hatte. Wie fühlt es sich an, wenn die Welt, in die du geboren wurdest, wie eine Nussschale mit dir zusammen wächst, kränkelt, reift, altert? Ich versuche es mir vorzustellen, und es klappt nicht: die jenseitigen Orte meiner Kindheit sind inzwischen zu einem jämmerlichen Dutzend anthrazitglänzender, verschwommener Aufnahmen zusammengeschrumpft. Manchmal zweifle ich selbst daran, dass es diese Orte immer noch auf der Erde gibt.

Als ich ins Wohnzimmer zurückkehre, sitzt Herr

Seitz auf dem tiefen Sofa, Filzpantoffeln an den Füßen.

Es wird die Parade in Moskau gezeigt. Gleich auf *Phoenix*. Wir könnten ein bisschen fernsehen?

Ich weiß, wie schwer ihm dieser Satz fällt, denn es geht hier nicht ums Fernsehen, sondern um die körperliche Nähe, die uns diese Aktion ermöglicht. Seit dem waghalsigen Kuss in der Silvesternacht (der streng genommen nicht Herrn Seitz, sondern dem schönen Anonymen galt) fühlt sich unsere Freundschaft etwas anders an. Wir reden nie über den *Vorfall*, und äußerlich hat sich unser Verhalten nicht geändert. Doch immer öfter (vor allem, wenn wir uns verabschieden), verraten die Blicke von Herrn Seitz und der Klang seiner Stimme seine unruhige Hoffnung auf mehr. Diese Anhänglichkeit neuer Art, seine Erwartungen lasten auf mir, mal fühle ich mich vor ihm in der Schuld und mal in der Pflicht, oder beides, wie auch jetzt, wo wir dank der ausgehöhlten, durchgesessenen Polster eng aneinandergepresst vor dem Fernseher sitzen.

Der Rote Platz ist von einem Menschenozean überflutet. Soldaten schreiten in strengen Reihen, Panzer kriechen und Lastwagen rollen mit erigierten Raketen. Es dröhnen Märsche, dazwischen keifen kleinwüchsige Generäle mit hohen schmucken Mützen. Die Kamera zoomt an sichtbar erregte russische Männer auf der Regierungstribüne heran, die deutsche Kanzlerin lächelt gezwungen. Vorsichtig legt Herr Seitz seine Hand auf meine und fragt, ob er mich küssen darf. Ich drehe mich zu ihm, er wirft seine Lippen trichterförmig aus, so wie es Kinder tun, drückt die Augen zu und wird zu Stein. Dieser ulkige, hilflose Mund, die Marschmusik und die vom Anblick militärischer Fetische in Ekstase erstarrten Gesichter am Bildschirm – das Ganze ist zu grotesk, um ernst genommen zu werden. Ich unterdrücke ein unangebrachtes Lächeln, halte mein Gesicht gegen die trockenen Lippen und umarme den alten Mann. Seine Schultern erscheinen mir trocken und brüchig, und dennoch drücke ich sie immer fester. Dabei erinnere ich mich, wie ich einmal in meiner Kindheit ein niedliches Küken vor Entzückung erdrückte: während ich seinen kleinen Schnabel küsste, spürte ich, wie das weiche, knorpelige Gerüst in meiner Faust zerbrach.

2

Ich weiß viel über die Kindheit und Jugend von Herrn Seitz, über sein Leben als Erwachsener weiß ich nur so viel, dass er 1961 eine Dora geheiratet hat und dass sie fünf Jahre später ihren Sohn Marius zur Welt brachte. Dass er seine Frau vor der Wende verloren hat und kurz danach seinen Sohn. Den Rest kann ich nur rekonstruieren: Im Herbst 1959, als das Pergamonmuseum wiedereröffnet wurde, standen sie, Dora und Ulf, zufällig einige Stunden nebeneinander in der Warteschlange. Doras Gesicht schien Ulf so vertraut, dass er die Augen nicht von ihr abwenden konnte. Sie lächelte ihm entgegen, er sah ihre Lücke zwischen den beiden Schneidezähnen, und er erkannte in ihr ein Mädchen aus seiner Grundschule.

Gleich nach dem Museumsbesuch gingen sie spazieren, nach der Hochzeit fuhren sie an die Ostsee, und als sie zurückkehrten, war die Mauer schon da und es fehlten einige Menschen aus ihrem Umfeld. Die frisch Geehelichten waren trotzdem glücklich. Eifrig bastelten sie an ihren Freuden in der beschnittenen, wie verdünnten Stadt, und sie wuchsen in die sozialistischen Gegebenheiten hinein. Dora wurde gleich nach dem Studium als Lehrerin angestellt, Ulf arbeitete bei einer Zeitung, wo er sich als Berlin-Kenner und als Schreiber für Lokales profilierte und darin bald als unnachahmlich galt. Die Szenen aus dem Berliner Alltag verband er immer mit interessanten historischen Details, da er nicht nur ein diplomierter, sondern auch ein passionierter Historiker war. Seine Kolumnen, gut fundiert und leicht geschrieben (mit einem Funken Humor da und dort), wurden geliebt und geschätzt, und Anfang der achtziger Jahre konnte er sie auch in Buchform veröffentlichen. Die Arbeit am Werk *Durch Berlin mit dem Fernglas* beflügelte ihn.

Herr Seitz und seine Frau waren beide Parteimitglieder, hatten angesehene Stellen und zählten zur soliden, bürgerlich angehauchten Mittelklasse. Über ihre Wohnverhältnisse konnten sie sich auch nicht beklagen: Martha war längst in den Westen gegangen, Herr Stein, der inzwischen Direktor einer Postfiliale geworden war, zog in die benachbarte leere Wohnung, an die er auch das Zimmer anbauen ließ, das er bei Seitzens bewohnt hatte. So hatte die kleine Familie jetzt drei Zimmer von den ursprünglichen vier ganz für sich – ein Luxus für damalige Wohnverhältnisse. Dazu kamen Gasdurchlauferhitzer und Gasheizung – nur wenige Altbauten in der Wilhelm-Pieck-Straße (wie die Lothringer Straße nun hieß) hatten solche Annehmlichkeiten.

Ich vermute, dass ihr Familienleben ziemlich unspektakulär verlief. Die jungen Eheleute – ein Journalist und eine Lehrerin – waren einander sehr nah. Beide liebten Geschichte, zogen die Antike der Moderne vor, lasen einander oft vor und berührten dabei kindisch Gesicht oder Hand des anderen, um die Wirkung der Lektüre zu verstärken. Draußen gingen sie Hand in Hand. Es gibt viele Fotos, wo sie eng aneinandergerückt und mit verflochtenen Händen vor einem geräumigen, gefederten Kinderwagen posieren. Wo ihr Sohn auf dem Boden Eisenbahn spielt, wo Dora im Lichtkreis der Tischlampe Socken flickt oder über Schülerheften gebeugt am Tisch sitzt. Sie sagten beide *wir* statt *ich* und verabschiedeten sich jeden Tag mit Liebeserklärungen. Er konnte *seiner* kranken Dora die ganze Nacht die Hand halten, küsste sie und wärmte ihre kalten Füße in seinen Handflächen. In der Zeit dachte er immer öfter an seine Mutter, an ihre Liebe, die er, ein starker Mann, nun imstande wäre, zu erwidern. Er stellte sich vor, wie gerne sie an seinem Glück teilnehmen würde.

Die ersten Jahre übten sie sich sehr fleißig im Liebesgeschäft. Das verdunkelte Schlafzimmer war immer kühl gewesen – wenn sie abends ihre Kleider auf den Stuhllehnen ablegten, freuten sie sich, unter der Decke zu sein, und drückten sich aneinander wie Hänsel und Gretel, um sich gegenseitig zu wärmen. Dann streichelte Ulf Dora an der Wange, an der

Schulter, an der Hüfte, flüsterte ihr tröstende Zärtlichkeiten ins Ohr. Er nahm seine Frau schleichend und vorsichtig, hielt seine Augen dabei geschlossen und dachte an eine andere, eine Amazone, eine Siegerin mit einem roten Mund und enger Taille. Wie die Rotarmistin, die im ersten Kriegssommer an einer Kreuzung mit der roten Fahne gewinkt hatte. Sie hatte einen großen lachenden Mund, war in seinen Träumen frech und gierig, so dass er nicht Angst zu haben brauchte, ihr wehzutun, sich nicht über eine eingeklemmte Haarsträhne oder abgeriebene Knie Gedanken machte. Sich überhaupt keine Gedanken machen musste, stattdessen einfach tiefer und tiefer in diese fremde Frau eindringen und ihr dabei in die Augen schauen konnte.

Dem Verlangen ihres Mannes kam Dora mit freundlicher Bereitschaft entgegen, wenn sich auch nach der Geburt ihre Zärtlichkeit und Empathie langsam auf den Kleinen verlagerten. Nachts, wenn Ulf fertig war, löste sie sich sanft von ihm und lief zum Kinderbett, um nach dem Baby zu schauen. Manchmal nahm sie den Kleinen mit ins Bett, und irgendwann schlief sie im Kinderzimmer, um Ulf *erholsamen Schlaf* zu gönnen. Dafür aber stand er früh auf, verschwand für längere Zeit im Bad (neuerdings sperrte er sich da ein), und dann (entlastet, frisch rasiert und glatt gekämmt) übernahm er Marius für den restlichen Morgen, und Dora schlief nach. Um zehn vor neun weckte er Dora mit einem Kuss und ging zur Arbeit – ruhige, wolkenlose Zeiten.

Ulf hantierte sehr gern mit Kameras, dienstlich und privat. Ganz oben, im Zwischengeschossregal neben der Kiste mit Weihnachtsschmuck, stauen sich viele alte Fotoutensilien: weiße flache Schüsseln, eine Vergrößerungslinse und vieles mehr. Das Herzstück der Sammlung ist etwa ein Dutzend Kameras, große und kleinere. Die ganz alten sind korpulent und schwer, da ihre Innenorgane aus wertvollen Metallen gemeißelt waren. Vielleicht einzeln, vielleicht sogar mit warmen menschlichen Händen waren sie zusammengefügt. Diese Urwesen bewohnen Etuis aus echtem Leder, aus ebendieser dicken Schweinerinde, die mit der Zeit immer dunkler und glatter wird, bis sie die Farbe von poliertem Mahagoniholz erreicht. Unter ihnen gab es auch eine solide *Zenit*, so eine, wie sie Herr Kotov, unser Nachbar in Kema, besessen hatte.

Die in späteren Jahren hergestellten Apparate wurden immer kleiner, leichter, zerbrechlicher, manche scheppern wie Seifenbehälter. Ich habe in der Wohnung sogar ein aus schwarz bemaltem Karton gebasteltes Gehäuse gesehen, das die Konturen eines Fotoapparates nachahmt. In einem kleinen Kasten steckte sogar ein Film drinnen, den man mithilfe eines Bleistiftes drehen konnte, ähnlich wie in einer echten Kamera.

Eine Attrappe? Spielzeug?

Kann man so nennen. Aber eigentlich heißt es Camera Obscura, erklärte mir Herr Seitz. – Kennen Sie das?

Nein.

Er setzte es mir dann ausführlich auseinander: Wie das ist mit dem dunklen Inneren, mit dem Lichtstrahl, der eindringt, mit dem umgekehrten Bild und der Projektion. Und wenn das Bild auf einen Film projiziert wird, entsteht ein Foto. Es ist eine Art Urkamera, die viele Möglichkeiten bietet, die Wirklichkeit umzudrehen oder zu verfremden.

Das hier habe ich mit meinem Sohn zusammen gebastelt. Mitte der Siebziger. Der Vater und der Sohn spielten sehr gern mit dem Licht und mit Reflexionen. Sie gingen mit kleinen Spiegeln spazieren und entwickelten sogar ihre geheime Sprache, in der sie sich über zappelnde Lichtflecken verständigten.

Als Ulf auf einer seiner Reisen in einem Museum auf eine Camera Obscura stieß, verwarfen sie ihre Spiegel und Periskope und bastelten ausschließlich an den verdunkelten Zauberkästen, mit denen sich eine auf dem Kopf stehende Wirklichkeit auf wunderbare Weise einfangen ließ. Bald lernten sie sogar, damit richtige Fotos zu machen, die in ihrer melancholischen Schönheit konventionelle Bilder weit übertrafen.

Momente entschwundener Wirklichkeit, geerntet mithilfe all dieser Mechanismen, wurden in dicken Fotoalben gelagert. Nach Jahren sortiert, füllten sie restlos den unteren Kasten des wandbreiten Bücherregals – ein Zwischenspeicher für langes Leben, im Begriff, sich in einen Haufen Sperrmüll zu verwandeln.

Dora, Ulf und der Kinderwagen. Marius als dicke Raupe im grob gestrickten Wollanzug. Unzählige Schulklassen mit Dora in der Mitte. Marius mit FDJ-Uniform, und dann alle zu dritt auf dem blassen Rügener Strand. Meine Lieblinge sind die ocker schimmernden Stadtansichten aus den Sechzigern, aus den farblosen, aber immer noch lichten Zeiten.

Eine unterbevölkerte, absterbende Stadt, die sich eigentlich im Aufbau befand. Viel Himmel, viel Luft, geköpfte Tempel, die einzeln stehenden Hauswände mit ihren ausgestochenen Fenstern und selten Menschen – eine schwindende antike Stadt, deren Metabolismus gelegentlich mit lauten karnevalesken Prozessionen angekurbelt wurde. Auf manchen Häusern in Berlins Osten kann man immer noch die drei zusammengeschweißten Metallröhren sehen, in die man während der Staatsfestlichkeiten grelle rote Fahnen steckte.

Auch Dora und Ulf, eng in eine Menschenreihe eingekettet, winkten mit kleinen Fahnen. Am Wochenende fuhren sie nach Potsdam, zu Doras Eltern, und in den Ferien nach Oberhof, Rügen oder gar Bulgarien oder Prag. Dienstlich besuchte Ulf mehrmals Westberlin – sie waren stolz darauf, weil die anderen sich all das nicht leisten konnten.

1983 ging Marius nach Leningrad, um Geschichte zu studieren. Seitzens vermissten ihren Sohn und freuten sich sehr, als sie eine verrückte Fernsprechzelle im Palast der Republik entdeckten: Man musste nur eine Münze einwerfen und konnte unendlich lange telefonieren, sogar mit dem Ausland. *Alljo, alljo,* meldete sich die Wächterin des Leningrader Studentenwohnheimes und schickte jemanden nach Marius. Dann hörten sie im Hintergrund Stimmen, klappende Türen, Lachen, ihren Marius, der Russisch sprach, bevor er den Hörer ergriff. Dieses kostenlose Hörspiel machte Ulf glücklich, Dora aber längst nicht mehr. Küss ihnen die Hände dafür!, zischte sie. – Ich würde hier den ganzen Palast gerne in die Luft sprengen, samt ihrer Almosenzelle!

Sie steuerten auf den Tag ihrer Silbernen Hochzeit zu und stritten sich immer öfter. Auch sonst änderte sich vieles in ihrem Leben – als ob die kommende Wende sich bereits mit leichten Erdstößen ankündigte. Hier und dort verschwanden Menschen aus ihrer Umgebung, *in den Westen* klang inzwischen so alltäglich und banal wie *in den Urlaub*. In der Redaktion gab es viele Turbulenzen: Ulfs Redakteur wurde gefeuert, weil seine Tochter in die BRD geflohen war und dort angeblich an einer Hetzkampagne gegen die DDR beteiligt war. Ulf übernahm seinen Posten mit einer Begeisterung, die Dora verachtend kommentierte. Sie meinte, dass dieses Land bald zugrunde gehen werde.

Na und?, fragte Ulf und fuhr sein Kinn weit nach oben, um den Krawattenknoten zu binden. – *Solange die Erde steht, soll nicht aufhören Saat und Ernte, Frost und Hitze, Sommer und Winter, Tag und Nacht.*

Deine Arbeit ist aber nicht säen und mähen.

Soll ich jetzt meine Stelle hinschmeißen, mich wie ein Käfer tot stellen?

Besser als wie ein Wurm zu kriechen.

Und was soll ich tun? Straßen fegen? Wir können nicht alle nach Westen flüchten, wir, das ganze Afrika und die Mongolei.

Wenn man unser Leben mit dem der Mongolen vergleicht, dann leben wir hier absolut schick!

Soll ich mich dafür entschuldigen, dass mir nichts fehlt?

Dir fehlt nichts, weil du mit deinen eigenen Händen deine Brötchen aus der puren Scheiße bäckst, nach der es hier überall stinkt!

Mir stinkt es nicht! Und du kannst nicht leugnen,

dass unser Leben hier trotz allem besser ist als je zuvor.

Meinst du wirklich, dass alles besser wird?

Nicht so schnell, wie es manchen lieb wäre, aber immerhin!

Unsinn, den du selbst nicht glaubst! Das wirst du aber nie eingestehen, weil du stur bist! Stur und einfältig, im Kleinen und im Großen!

Wann, zu welchem Zeitpunkt hatte sie sich in eine andere, offensive und attraktive Frau verwandelt? Hübsch war sie immer: helles leichtes Haar, im Nacken zusammengebunden, mit flauschigen dunklen Wimpern eingefasste blaue Augen; kurze, gerade Nase, eine schöne, herzförmige Oberlippe – auch noch als Dreißigjährige sah sie mädchenhaft frisch aus. Nun türmte sie ihr luftiges Haar zu einer hohen Frisur auf, kaufte sich hohe Schuhe und enge Röcke, und wenn sie schritt, gab das Reiben der Nylon-Beine aneinander ein elektrisierendes Rascheln. Sie bewegte sich königlich, trug ihre Brüste offensiv geradeaus wie eine Galionsfigur und war sichtbar bemüht, auch gesehen zu werden. Je schöner und attraktiver, umso anspruchsvoller wurde sie gegenüber sich selbst und ihrer Umwelt: Sie wollte unbedingt die Lücke zwischen den Schneidezähnen loswerden und trug zuhause eine hässliche Zahnspange, die ihr ein Star-Kieferorthopäde verschrieben hatte. Dann wollte sie die Wohnung unbedingt gründlich renovieren, in eine weiß gestrichene Neubauwohnung hoch unter den Wolken oder überhaupt in den Westen fliehen.

Lass das, Dora, sagte Ulf, es bringt nichts.

Natürlich bringt es nichts, das hätte ich schon

früher kapieren müssen!, sagte Dora zu ihm, erst ironisch, später dann mit einer fremden Stimme, die vor eingesperrter Wut tief und rau klang.

Ulf aber wollte nichts ändern, und er hätte genau so noch unendlich lange weiterleben können. Er liebte seine Wohnung, seine Stadt, den Blick aus dem Fenster seiner Redaktion in der zehnten Etage des Verlagshauses; die breite Karl-Marx-Allee mit ihren Moskauer Zuckertürmen. Das Interhotel *Stadt Berlin* mit seiner Spiegelfassade, in der sich die abendliche Stadt wie eine Glühwürmchenplage reflektierte. Aus den hinteren Fenstern der Redaktion konnte Ulf sein Haus sehen und dahinter die Muschelkolonie zusammengerückter Ockerdächer des Prenzlauer Bergs – er war fünfzig, er war Redakteur einer der wichtigsten DDR-Zeitschriften, und sein Sohn war Student, auf den eine Stelle an der Universität wartete.

Mit seiner Aufrichtigkeit, seinem Fleiß wird dein Junge eine blendende wissenschaftliche Karriere machen, glaub mir!, beteuerte Ulfs Vorgesetzter, der neue Chefredakteur. Da bin ich mir auch sicher, lächelte Ulf, geschmeichelt, wie er war.

Inzwischen hatten sie einen *Lada* gekauft und die Küche ganz in Holz gekleidet, ganz wie Dora es wollte. Sie schmückte das Ensemble mit Hirschgeweihen und sonstigem rustikalem Zeug und wirkte dabei zahm und glücklich. Kaum war die „Thüringerküche" fertig, zankten sie wieder, stürmisch, mit peinlichem Winseln und Türgeknalle. Dann lag die erschöpfte Dora auf dem Sofa und verdammte ihre verflixten Wechseljahre.

Es liegt nicht an dir!, schluchzte sie versöhnlich. –

Das klang plausibel, tief in seiner Seele jedoch glaubte Ulf, Dora vieler Freuden und Möglichkeiten im Leben beraubt zu haben. Das Schuldgefühl vermehrte seine Liebe zu ihr, und diese aufgedunsene Zärtlichkeit legte paradoxerweise seine Libido endgültig lahm. Dora zog in das Zimmer von Marius und verbrachte viel Zeit außer Haus. Wenn sie da war, stritten sie wieder heftig, wegen der Hirschgeweihe oder wegen der Solidarność. Zu Hause krachte es, draußen zitterte die Erde und sickerten Deiche. Die Ostberliner lehnten sich aus ihren Fenstern und schauten interessiert zu, wie die Wände ihres Kartenhäuschens langsam abblätterten. Ulf jedoch versiegelte seine Ohren gegen den Lärm der Zeit und tat so, als ob er auf felsenfestem Boden stünde.

Weihnachten 1988 kam Marius nicht nach Hause, sondern blieb in Leningrad bei seinen Kommilitonen. Den Heiligen Abend verbrachten die Eheleute Seitz in Potsdam bei Doras frisch verwitweter Mutter, die sie anstelle des fehlenden Marius wie Kinder beturtelte und bescherte. Und als sie ihnen aus der Bibel vorlas, saßen sie aufrecht vor ihr wie auf der Schulbank und kicherten miteinander. Sie kehrten spät nach Hause zurück, und als Ulf nach dem Lichtschalter griff, gab es Funken, und die Glühbirne explodierte über ihren Köpfen. Lange tappten sie auf der Suche nach einer neuen Sicherung und einer Glühbirne im kalten Dunkel. Dora ging mit ihren hohen Absätzen durchs Zimmer, ihr Plastikmantel raschelte. Als sie an der Wand stand und er daneben, stellte er sich vor, wie er dieser anderen, unsichtbaren

Dora den raschelnden Mantel hochschiebt und sie mit seinem Unterleib an die Wand drückt. Wie eine fremde Frau. Ihm schien, dass Dora sich auf die gleiche Frequenz eingestellt hatte, denn als sie dann die Leiter unter ihm festhielt, lehnte sie sich mit ihrem Gesicht an seine Waden.

Sag mal, wer sind diese deine Freunde?, fragte Ulf.

Dora prallte von der Leiter zurück und kniff ihre Augen gegen die plötzliche Lichtexplosion zusammen.

Warum fragst du?

Ich wurde wieder gefragt, ob ich weiß, mit wem du deine Zeit verbringst.

Ich wurde! Schönes, schlaues Passiv. Waren es die Agenten? Deine Parteikameraden? Und du sagst, dass dir nichts fehlt?

Es ist nichts passiert. Sie haben nur gefragt. Sie waren auch davor schon bei mir in der Redaktion. Kennst du einen gewissen Peter Augustin?

Warum haben sie mich nicht gefragt?

Ich weiß es nicht. Das wäre mir auch lieber, wenn sie sich an dich wenden würden.

Habe ich dir erzählt, dass ich am 28. für zwei Tage weg bin?, rief Dora aus dem anderen Zimmer, Betriebsausflug nach Sebnitz, in der Sächsischen Schweiz. Weltberühmte Kunstblumenstadt, kennst du? Alle machen Blümchen und sonst nichts.

Ob es genug Hochzeiten gibt für so viele Seidenblumen, frag ich mich nur.

Es gibt doch auch Beerdigungen und so, andere Gelegenheiten.

Am 28. verunglückte das Auto, mit dem Dora und

ihr Kieferorthopäde, Peter Augustin, unterwegs waren. Allerdings nicht in der Sächsischen Schweiz, sondern in Thüringen, wo der Arzt ein schnuckeliges Ferienhaus hatte. Er starb noch an der Unfallstelle, die schwer verletzte Dora schwebte mehrere Tage lang in Lebensgefahr. Ihre Milz war geplatzt, die Leber und die Wirbelsäule waren stark in Mitleidenschaft gezogen. Ulf kam jeden Tag zu ihr in die Charité – immer die unendliche Torstraße entlang, immer zu Fuß. Er schritt langsam, redete im Geiste zu Doras Mutter, zu Marius, zu Dora selbst, um dann schweigend an ihrem Bett zu sitzen, eine Tüte Mandarinen auf dem Schoß. Ganz am Anfang bekam er ein Bündel Kleider ausgehändigt, Kleid und Unterhemd waren mit einer Schere aufgeschlitzt. Das cremefarbene Unterhemd, Ulfs Weihnachtgeschenk, war mit Blut beschmiert, sodass die teure Spitze an der Brustpartie sich in eine dunkle steife Kruste verwandelt hatte. Nach einem Monat lag Dora querschnittsgelähmt in ihrem breiten Ehebett in der Torstraße.

Wir sitzen auf der Bettkante und schauen in Richtung Fenster. Links von uns steht der alte Schrank, in dem der schwarze Abiball-Anzug von Marius hängt. Darunter stehen die in Bereitschaftsdienst erstarrten glänzenden Schuhe, daneben hängt der karierte Wollmantel seines Vaters. In der horizontal aufgeteilten Schrankhälfte liegen heitere Stoffjahresschichten eng aufeinandergepresst. Die obere, lockere Schicht bilden die von Dora übriggebliebenen bunten, synthetischen Kleider. Als ich zum ersten Mal die Türe des alten Schranks öffnete, fielen Dutzende Packungen

Nylonstrümpfe heraus, die Dora gern auf Vorrat gekauft hatte. Unausgepackt und keusch haben sie nie die Wärme von Menschenblut erlebt, und die werden sie wohl auch nicht mehr erleben.

Herr Seitz sitzt bis zur Unterwäsche entkleidet auf der Bettkante, seine Lenden sind mit dem verknäuelten Pyjama bedeckt, und er schaut mich an. Er fürchtet sich. Ich mache einen Bogen um das Bett, setze mich neben ihn und strecke meine Hand aus zur glatten Warze auf dem Sockel der kleinen Schirmlampe, um Licht anzumachen.

Bitte nicht, sagt er, und wir schauen im Halbdunkeln zum Fenster, wo ganz nah an der Scheibe ein Baumzweig zittert. Mit seinen kleinen glänzenden Blättern ist er so vollkommen und präzise ausgeführt wie eine teure Damenbrosche. Herr Seitz hätte sich nicht ausziehen sollen. Warum gehe ich nicht weg? Kann man so etwas aus Mitleid oder Freundschaft machen?

Draußen heulen die Sirenen der Funkwagen, auf der Fensterscheibe tanzt panisch der Widerschein des Blaulichts.

Darf ich Sie umarmen?, fragt er.

Eine Sekunde. Ich schalte nur den Fernseher aus und bin gleich wieder da. – Ich gehe ins andere Zimmer, bleibe da unentschlossen stehen und kehre dennoch ins Schlafzimmer zurück.

Blasses Mondgesicht, das über mir im Dunkeln schwebt. Leicht behaarte Männerflügel in meinen Händen. Sein warmes Atmen und seine kalten Ohren. Seine Handflächen unter meinem Kopf.

Du hast mein Haar eingeklemmt, sage ich leise,

und dann noch leiser nenne ich ihn zum ersten Mal mit dem Vornamen. Dann liegen wir auf einer Bettseite, und ich dichte die Decke rund um Ulf ab und erzähle ihm zum Einschlafen Märchen und wie man meiner kleinen Freundin in Kema einmal schöne Stiefelchen gekauft hat. Ich kniete oft vor ihren Füßen, um die silbernen Hähne anzufassen, die seitlich an den Stiefelschäften angebracht waren, und das sah mein Vater einmal. Und als er das sah, trübte sich sein Gemüt. Da flog er über die Berge zum nächsten größeren Ort und kaufte mir wunderschöne, mit Pfauenschweifen geschmückte Stiefeletten, die so teuer waren, dass meine Mutter drei Abende hintereinander vor Wut weinte. Der schlafende Mann drückt sich noch fester an mich, und ich warte nur, bis er eingeschlafen ist. Dann stehe ich auf und ziehe mich an. Ulf liegt mit gekreuzten Händen auf dem Rücken, das fahle Straßenlicht vertieft die Falten und Höhlen seines Gesichts, das mich an die Masken toter Krieger im Innenhof des Zeughauses erinnert. Plötzlich kommt mir vor, dass er seinen Schlaf nur vortäuscht, und es wirkt unheimlich. Vom Glück erschöpft, vor Scham versteinert? Weg hier, schnell weg!

Als ich die Eingangstür hinter mir zuziehe, wundere ich mich, dass draußen so viel los ist. Kaum Autos, betörende Frühlingsluft und Horden junger Menschen, die ihre Bierflaschen fackelartig vor sich hertragen, und ich stoße immer wieder frontal gegen jemand, als ob ich stromabwärts ruderte. Vor der *Russendisko* schwirren Menschen, unter ihnen viele Touristen aus den deutschen Provinzen, die sich hier wie echte Russen austoben möchten, betäubt und nassgeschwitzt. Der Ort ist unter anderem als Partnerbörse für kurze, prickelnde interkulturelle Begegnungen bekannt, und die Menge, zusammengehalten durch magnetische Ströme, wirkt dicht und zäh. Mit großer Mühe dränge ich mich durch und bleibe, kaum vom elektrisierten Menschenschwarm losgelöst, wie angewurzelt stehen: Direkt vor meinen Augen, an der Kreuzung, fliegt ein Radfahrer vom Sattel hoch und stürzt mit lautem Krachen auf den Boden. Sein in die Tram-Spur geratenes Fahrrad landet ebenso auf dem Boden und liegt mit drehenden Rädern da, während der Mann daneben sich nicht bewegt. Die Mädchen kreischen, die Menge quillt auf die Fahrbahn und bildet einen Kreis um den Verunglückten, der keine sichtbaren Verletzungen hat, aber einen unheimlichen und leblosen Eindruck macht.

Hey, was steht ihr da rum! – Einer der Passanten, der sich über den Liegenden beugt, dreht sich um, und ich erkenne in ihm den Mann aus dem Schneesturm. Er hat sogar das gleiche Fischgrätsakko an, das jetzt, im warmen Mai, auf einem dünnen T-Shirt etwas zu locker sitzt. – Kann hier jemand endlich die Feuerwehr anrufen?

Mein Akku ist leer, rechtfertige ich mich, ohne gehört oder gesehen zu werden – der Mann ist zu beschäftigt, um mich wahrzunehmen und zu erkennen. Er greift dem reglosen Mann ans Handgelenk, berührt seine Wangen, schaut ihm unter die Augenlider.

Ich bin Arzt. – Mit einer autoritären Geste drängt er die anderen Helfer zur Seite, dreht den Körper sachte in die Seitenlage und betastet den Kopf. Diesmal beschließe ich, nicht vor dem Unbekannten zu fliehen. Ich bleibe stehen und halte gemeinsam mit allen anderen Ausschau nach dem Krankenwagen. Die Besucher des benachbarten Restaurants sitzen mit weichen roten Polyesterdecken da, als ob sie von einem Erdbeben aus ihren Betten gejagt worden wären. Es kommt ein Polizeiwagen, dann heulen mehrere Martinshörner, und das blaue hektische Licht verstärkt die Ähnlichkeit mit einem Katastrophenfilm. Mein Unbekannter verkehrt souverän und selbstsicher mit all den Uniformierten um ihn herum, als ob er sie alle verwalten und koordinieren würde. Nur sein bloßer Hals ragt kindlich aus dem lockeren Sakko heraus.

Ich komme erst zu ihm, als die Krankenwagen weg sind, und berühre ihn am Oberarm.

Hallo, kennen Sie mich noch?

Muss kurz überlegen. Kann sein, runzelt er die Stirn.

Wir haben uns ein paar hundert Meter von hier im Winter einmal getroffen. Sie hatten dieses Jackett an und einen grauen Schal.

Ah! Die Mütze! Der Schnee und der Trödel, ich weiß. Wie geht es Ihnen?

Gut! – Ich bin überhaupt nicht verlegen, meine Stimme ist freundlich, bloß immer noch etwas besorgt. – Wie geht es dem Fahrradfahrer?

Er ist sehr betrunken, vielleicht daher ziemlich weich gelandet, keine Brüche. Aber starke Prellungen des Kopfes. Man wird erst im Krankenhaus sagen können, was ist. Hoffentlich kommt er mit einer Gehirnerschütterung davon.

Wo müssen Sie hin? Kann ich Sie diesmal ein Stück

begleiten?, sage ich und staune wieder über meine kühne Gelassenheit.

Wir könnten irgendwo was trinken, nach all diesen Katastrophen.

Hier um die Ecke gibt es ein Deli, vielleicht holen wir uns da was und gehen ein paar Schritte spazieren? Es ist so schön draußen.

Ja, die würzige Luft, gesättigt mit all diesen Pollen und Blütendüften. Der Mann atmet tief ein. – Ich heiße Roman, und Sie?

3

Als ich am nächsten Morgen die Augen aufmache, tanzt Goldstaub in der Luft. Die Sonnenstrahlen dringen fächerartig ins Zimmer, die lichtgetränkten Holzdielen unter meinen bloßen Fußsohlen sind warm. Ich sollte meine Zehennägel lackieren. Mit Rot. Dunkelrot. Wie Marina.

Marina!, rufe ich.

Papa ist da!, antwortet sie schnell und öffnet die Tür. – Ich wollte dich nicht wecken.

Schura sitzt am Tisch und schlürft Tee. Sein Kopf ist auf die linke Hand gestützt, mit der rechten zupft er an seinen Augenbrauen – ein Zeichen höchster Konzentration oder Besorgnis.

Ihm geht es nicht gut. Er braucht Geld. Für einen Monat. Maximal einen Monat. Er braucht zweitausend. Mindestens.

Warum nicht drei? Und einen Leinensack, für den Gewinn, wie damals, weißt du noch?

Mit dem Schmuck ist alles schiefgelaufen. Ziemlich schief. Er braucht es. Ich bin einverstanden, wir können das Geld nehmen, das wir für meine Amerikareise gespart haben, seufzt Marina.

Bist du wahnsinnig?, fauche ich. – Marina schlägt das geöffnete Fenster zu (wegen der Nachbarn), und der Streit gilt damit als eröffnet. Den ganzen Morgen zanken wir in der engen Küche. Ich barfuß und mit vom Schlaf zerzaustem Haar, Schura, der sein *iPhone* wie eine Granate in der Faust hält, und Marina, die für ihren Vater, einen bodenlosen Versager, so viel Geduld, Glauben und Nachsicht parat hat.

Was hat er für sie in seinem Leben getan? Er war nie beim Arzt mit ihr, hat nie einen Elternabend in der Schule besucht, er hatte nie Zeit für sie, für uns. Abgesehen von dem Jahr, das wir im tristen Spandauer Asylheim verbrachten. Da waren wir drei immer zusammen – heimatlos, besitzlos, leicht und neugierig schwebten wir über dieser Stadt, deren Straßen wie gut gefedert schienen: Kaum den Boden berührt habend, sprangen wir wieder in die Höhe. Der Saturn braucht achtundzwanzig oder neunundzwanzig Jahre für einen Umlauf, sagt Maria Benvenista – ein Menschenalter, in dem man verstreute Steine für das Leben zusammenträgt, ankert, nestelt, sich in einem Beruf festlegt und sich behauptet. Wir beide aber, von den Ausdünstungen des Paradieses verzaubert, schwebten über der Erde, von unseren achtundzwanzig Jahren in schwärmerische achtzehn zurück versetzt.

Vom Asylheim zogen wir in eine entzückende Dreizimmer-Neubauwohnung in Marzahn. Hell, weiß, mit zwei Balkons, flauschigem Teppichboden, der unsere Füße wärmte und liebkoste wie Strandsand an einem sonnigen Tag. Diese gnadenlose Helligkeit wurde uns zum Verhängnis – bald mussten wir einsehen, dass uns bei der Verwirklichung unserer Träume nicht der Kommunismus im Weg gestanden war, sondern wir uns selbst. Jede Falte, jeder Pickel im Gesicht des Anderen war nun viel zu deutlich, deutlicher als vorher in Sankt Petersburg.

Warum sitzt du nur rum und liest? Geh zu irgendeinem Kurs, *Schreibende Hausfrauen* oder so, du wolltest doch etwas schriftstellern, oder?, ärgerte sich Schura.

Mit meinem Deutsch?, verteidigte ich mich. – Außerdem hast du ja hier eine kaufmännische Fortbildung gemacht. Und?

Du weißt, dass mein Business im Aufbau ist! Und du könntest genauso gut in Sankt Petersburg sitzen und lesen. Oder in deiner Stadt am Arsch der Welt.

Gebleicht, ausgewaschen, fast aufgelöst saßen wir in der sonnigen, terrariumähnlichen Wohnung und zankten. Marina aber wuchs in die neue Umwelt mit freudiger Bereitschaft hinein. Nach einem Jahr ging sie in die erste Klasse: mit einem voluminösen, aber leichten rosafarbenen Tornister und mit einem bunten Füllhorn von Schultüte, ganz wie ich es mir einst vorgestellt hatte (in Russland bringen Kinder am ersten Schultag einen Dahlienstrauß für die künftige Lehrerin). Marina hatte keinerlei Probleme mit der Sprache, und auch sonst fühlte sie sich in der Schule sehr wohl. Ich dagegen zitterte vor dem ersten Elterngespräch wie ein Birkenblatt. Vieles davon, was die Lehrerin mir über meine Tochter erzählte, verstand ich kaum.

Mein Wortschatz reichte aber aus, um zu erkennen, wie Marina uns, ihre Eltern, gerne sehen würde: Marina hat mir erzählt, dass Ihre journalistische Tätigkeit sehr anstrengend ist, dass Sie Reportagen aus gefährlichen Gebieten schreiben und dass Ihr Mann sehr, sehr viel arbeitet, sagte die Lehrerin, Frau Klein, und schaute mich prüfend an. Wie ein Dolch stach mir jedes ihrer Worte zwischen die Rippen und traf jedes Mal irgendeine für mich unbekannte empfindliche, weiche Stelle.

Schura war seit unserem ersten Tag in Berlin tatsächlich sehr beschäftigt. Er verkaufte russische abstrakte Malerei an die Deutschen, deutsche Mobiltelefone an die Ukrainer; er transferierte Edelsteine aus Thailand nach Österreich und Schweizer Uhren in die Mongolei. Wenn ihn eine neue Geschäftsidee ergriff, lief er mit erweiterten Pupillen durch die Wohnung wie ein aufgezogenes Blechspielzeug, ließ das Telefon nicht aus der Hand, aß kaum und verschwand dann mit den Worten *Ich bin gleich zurück!* für den ganzen Tag.

Manchmal kam er tatsächlich irgendwo in der Stadt mit großem Geld in Berührung, und wir machten prachtvolle Urlaube in Nizza oder in Karlsbad oder an anderen Orten, deren Namen für das russische Ohr nobel und reich klingen. Geschenke, die Schura uns in solchen fruchtbaren Phasen darbrachte, hatten mindestens *KaDeWe*-Format. Es konnte ein *Chanel*-Parfüm für mich sein oder rote italienische Lackschuhe für Marina. Einmal führte er uns zum *Nussknacker* in die Staatsoper aus. Der Preis für die drei Karten war dreistellig. In unserem früheren Leben hatten wir uns für *upper class* gehalten und wollten hier die Latte nicht tiefer legen. Wir interessierten uns lebhaft für das Musische: Schura als angehender Geschäftsmann und Mäzen, und ich vermutete in mir sogar eine eingesperrte künstlerische Begabung. In den goldenen Tagen tafelte bei uns die große Gesellschaft, bestehend aus irgendwelchen russischen oder GUS-Staaten-Künstlern. Es waren Menschen mit lauten Stimmen, die sich ihrer Selbstentfaltung verpflichtet fühlten, Menschen, deren Zukunft Flügel haben sollte. Von wegen! Aus der wirren Perestroika gerieten wir ins flaue Zero-Jahrzehnt, in dem wir wie die Fliegen im Honig träge mit den Beinchen zappelten.

Nach jedem seiner kaufmännischen Fiaskos sackte Schura zusammen, blieb wochenlang zuhause, aß vor dem Fernseher, viel und unschön, lief geräuschlos auf dem grauen Teppichboden wie ein eingesperrtes, aber trotzdem allen überlegenes Raubtier. Um sich zu unterhalten, spielte er mit Marina Dame oder sie schauten *Wer wird Millionär?* im Fernsehen.

Marinchen, sei ein Kumpel, schmier mir eine Stulle, sagte Schura gähnend, und das Mädchen sprang wie ein Grashüpfer zum Kühlschrank. Sie schmierte Brote, schnitt sie in schöne kleine Rauten und brachte sie auf dem Tablett mit einer Bierflasche zum Tisch. An ihren Füßen hatte sie meine Schuhe mit den hohen Absätzen, die hinter ihrer kleinen Ferse gähnten.

Stell dir vor, du wärst in einem Restaurant!, machte sie ein Angebot.

Begnügen Sie sich erst einmal damit, junge Dame?, lächelte Schura und schob Marina etwas Kleingeld in die Rocktasche. – Den Rest schreiben Sie auf meinen Namen an. Bis zu den besseren Zeiten.

Und sie kamen irgendwann, diese besseren Zeiten, nicht gleich, aber immerhin, und die beiden gingen zu zweit zum Kaufhof, wo Marina einen Hunderterschein verschwenden durfte. Mein Habitus hob sich von diesem Hintergrund unvorteilhaft ab – ich war die, die Marinas Schulmappe inspizieren, ihr die Fingernägel schneiden und sie ins Bett jagen musste. Schura war cool, und ich war langweilig.

Seit acht Jahren leben wir schon getrennt, streiten aber immer noch laut und kompromisslos wie ein Ehepaar. Diesmal aber gebe ich, unausgeschlafen und wie betäubt von der gestrigen Nacht, vorzeitig nach:

Du kriegst das Geld, sage ich zu ihm und drehe mich zu Marina: Und du bist dir bitte im Klaren, dass wir es nie zurückkriegen.

Hier merke ich, dass ein flüchtiger Schatten über Schuras Gesicht huscht. Es ist noch nicht Scham, es ist eher so etwas wie leichte Beklommenheit. Nach einer sehr kurzen Weile aber strahlt sein Gesicht vor dankbarer Wonne.

In einem Monat ist das Geld da! Und hier schau mal, der skythische Ring. Er ist sehr, sehr teuer, viel mehr wert als euer Geld! Den überlasse ich euch als Kaution.

Die unterdrückte Wut geht in mir wieder hoch, ich stoße seine Faust grob von mir weg:

Verschwinde, ich kann dich nicht mehr ertragen! Ein Versager bist du! Du warst und bleibst ein Loser!, schreie ich und versiegle mir mit der Handfläche gleich den Mund vor Schreck – zwar haben wir uns öfter beim Streiten am Kragen genommen, so weit war ich jedoch nie gegangen. Es war ein Tabu, ein Schlag unter die Gürtellinie, etwa so, wie wenn man einen Behinderten als Krüppel beschimpfen würde.

Gut, ich bin ein Versager. Aber ich habe mindestens etwas versucht! Und ich versuche es immer noch! Und was sind deine Heldentaten, Medea? Morsche Ärsche abwischen? Ein alter Waschlappen bist du! Kein Wunder, dass du immer noch allein bist!

Falsch geraten! Ich bin mit einem anderen Mann zusammen, er ist schön, er ist Arzt und wir sind glücklich zusammen!, schreie ich gegen die geschlossene Tür, die, von Schuras Hand zugeknallt, vor Zorn immer noch zittert.

Wie, du hast diesen Mann angesprochen und zu einem Spaziergang eingeladen? – Marina stemmt die Ellenbogen gegen den Tisch und schaut mich, das Gesicht mit den Handflächen umfasst, prüfend an. – Und er?

Er war einverstanden.

Einverstanden oder froh?

Ich weiß es nicht, wir waren alle etwas aufgewühlt, wegen dieses Unfalls.

Und er, dieser Roman, hat den Fahrradfahrer gerettet?

Das weiß ich nicht, jedenfalls wusste er genau, was zu tun ist, und er hat es getan.

Wie sieht er denn aus?

Nett, schön sogar, würde ich sagen. Braunes Haar, die Augen schienen mir damals im Winter grau, und nun waren sie grün, vielleicht wegen des T-Shirts. Breite Augenbrauen, weißt du, solche, die seitlich stark abnehmen, wie Keile.

Und ihr seid zwei Stunden lang durch Berlin Mitte gelaufen? Und worüber habt ihr gesprochen?

Über Berlin, er wohnt erst seit diesem Winter hier. Dann auch über seine Arbeit in der Charité. Er macht da Anästhesie.

Was hast du über dich erzählt?

Na so, wie es ist – geschieden, im Sozialsektor tätig.

Dass du Altenpflegerin bist? – Inzwischen bereitet Marina uns Frühstück, in besonders wichtigen Momenten, wie jetzt, setzt sie sich kurz zum Tisch und schaut mir in die Augen.

Aber natürlich! Ist das etwa peinlich? Roman, übrigens, ist der Meinung, es sei ein toller Beruf, der sehr viel soziale Kompetenz und Menschlichkeit braucht.

Und er ist kein Versager, kein Künstler, hat einen guten Beruf und ist nett – ist das nicht zu viel auf einmal?

Warum, er ist doch ganz normal!

Das meine ich eben, zu normal, nicht so wie alle diese Panoptikumfiguren in deiner Umgebung.

Meinst du, er wird mich nicht anrufen?

Doch, aber du sollst nicht gleich so viele Hoffnungen in ihn investieren. *Er ist ein Arzt, und wir sind zusammen glücklich*, äfft Marina mich sarkastisch nach.

Das habe ich einfach so gesagt, erfunden, um deinen Vater zu ärgern. – Meine Ohren brennen vor Peinlichkeit. Jedenfalls musst du das Ganze etwas

gelassener sehen. Vielleicht ruft er heute noch an, vielleicht auch gar nicht.
Roman ruft an, aber erst eine Woche später.

Hörst du es nicht? Telefon! Geh mal ran, ich wasche hier ab!, ruft Marina aus der Küche, meine kurzen Repliken aber veranlassen sie, erst einmal ihre Bewegungen zu verlangsamen, um nicht mit dem Geschirr zu klappern, und mir schließlich zu folgen. Als ich den Hörer auflege, steht sie mit dem nassen Schwamm in der Hand plötzlich ganz nah bei mir.

Roman?

Er war es!, flüstere ich laut.

Na siehst du, hab ich doch gesagt! – Von ihrem Sarkasmus ist nichts mehr übrig, jetzt röten sich ihre Wangen vor Enthusiasmus.

Und ihr geht zusammen essen, ja?

Nein. Tee trinken. Am Freitag, in drei Tagen also, nein, in dreieinhalb.

Na, da haben wir etwas Zeit, dein Erscheinungsbild in möglichst beste Form zu bringen!

Wir treffen uns in der tadschikischen Teestube in einem alten Palais hinter der Neuen Wache. Die Stube, ein mittelgroßes Zimmer, das mit handgeschnitzten Sandelholzsäulen umstellt und mit Bildern aus der orientalischen Märchenwelt bemalt ist, hat vor vierzig Jahren den sowjetischen Pavillon der Leipziger Messe geschmückt und wurde danach als Geschenk hierherverfrachtet. In jedem Reiseführer erwähnt, ist der Ort kein Geheimtipp mehr und immer voll, jetzt aber, wie durch ein Wunder, ist die Stube fast leer. Die Fenster sind weit geöffnet, dahinter sieht man ein Stück Zeughaus und ein Stück Himmel. Die Sonne ist gerade untergegangen, ihr rötlicher Widerschein aber trotzt dem anrückenden Dunkel, der Übergang zwischen Tag und Nacht schimmert grün und lila wie Polarlichter.

Die Teezeremonie kann man im Sitzen (ein Tisch direkt am Fenster ist frei) genießen oder auf einem niedrigen Podest liegend. Wir ziehen die zweite Variante vor und machen es uns auf den bunten Kissen vor dem kleinwüchsigen Tisch bequem. Roman kennt diesen Ort gut. Wenn er nicht arbeitet, ist er viel unterwegs, weil er neugierig auf die Stadt ist – und auf die Menschen und auf mich.

Sag mal, woher kommst du genau?

Meine Geschichte reimt sich gut auf die russische Teezeremonie, mit der wir den Abend beginnen – schwarzer Tee mit Wodka und in Rum eingelegten Rosinen.

Wladiwostok! Ich bin einige Male da vorbeigeflogen auf dem Weg nach Japan. Ansonsten war ich nie im europäischen Osten! Nur in Warschau oder in Budapest, aber auch nur kurz – ich habe nämlich früher einmal als Flugbegleiter gearbeitet.

Flugbegleiter?

Ja, in meiner Jugend, sechs Jahre unterwegs. Länder, Menschen, Sprachen – ich war damals verrückt nach der weiten Welt!

Gleich nach dem Medizinstudium beschloss Roman, den Anfang seines Erwachsenendaseins zu verzögern. Dafür machte er eine Ausbildung bei der Lufthansa und fing an, die Welt zu erkunden. In den Flugpausen allerdings arbeitete er in einer Praxis, um den Anschluss zur Medizin nicht zu verlieren.

Danach hatte er eine Stelle an einem Krankenhaus in München, parallel bastelte er an seiner Doktorarbeit. In dieser Zeit war er süchtig nach Kanufahren und Tennis, Bayern aber wurde er überdrüssig. Jetzt ist er in Berlin angekommen und fragt sich, ob er für ein sesshaftes Leben reif ist, mit allem Drum und Dran, für ein Leben von Urlaub zu Urlaub, wie seine Eltern.

Und wer sind deine Eltern? – Meine Frage ist nicht rhetorisch, ich interessiere mich tatsächlich brennend dafür, wie solche Menschen wie er zustande kommen, Menschen, die ihr Leben *machen*, und die nicht vom Leben *gemacht werden* wie ich.

Die mit Teppichen ausgelegte Halbdämmerung, die horizontale Körperlage (wenn auch ohne einen Therapeuten zu Häupten) und ein Schuss Wodka im Tee lassen seine erzählte Zeit immer tiefer in die Vergangenheit abrutschen.

Roman hat noch zwei Geschwister, und auf Urlaub sind sie alle mit dem Wohnwagen nach Italien gefahren. Seine Kindheit hat er in Köln verbracht, in einem dieser grünen Vororte, wo die Einfamilienhäuser oft diese launischen Wölbungen und Türmchen haben und wo selbst die im Schatten hoher Tannen stehenden schlichten grauen Würfelhäuser (wie bei Romans Familie) etwas Märchenhaftes an sich haben. Die Bewohner solcher Gegenden meistern ihren Alltag so geschickt und sauber, dass sie ihn gern zur Schau stellen, und ein rarer Passant kann hinter den bloßen Fenstern die beleuchteten Fragmente einer totalen abendlichen Idylle sehen. Nur morgens wickeln sich die Ereignisse etwas hastig ab, wenn die Eltern sich gestresst um die startbereiten Autos mühen, während ihre verschlafenen Kinder in süßer kinematografischer Einstellung (Daumen im Mund, Teddybär in der Hand) teilnahmslos danebenstehen – mit solchen Bildern füllt sich mein Kopf, während Roman redet.

Wir waren eine gute Familie, mir fehlte nichts.

Und deinen Eltern?

Ihnen vielleicht schon, aber das stellte sich erst im Nachhinein heraus.

Romans Vater war Zahntechniker, ein Superstar im entsprechenden Milieu. Seine Mutter hat in der Sonderschule gearbeitet. Eigentlich mochten sie ihre Arbeit, von den wilden Sechzigern aber schmerzhaft tangiert, konnten sie sich schwer mit den Banalitäten des bürgerlichen Alltags abfinden. Sie liebten Buddy Holly und Joseph Beuys, sie vergötterten alles Kreative und trieben selbst Kunst – zum Ausgleich, sagten sie, im Stillen aber träumten sie doch davon, mit ihren künstlerischen Offenbarungen der Welt etwas Ruhm abzutrotzen. Wenn die Kinder im Bett waren, schnitzte Romans Vater, und die Mutter schrieb einen Roman, dessen Protagonistin, eine mehrfache Mutter, reich und schön, sich in einen Zirkusakrobaten verliebt, von zu Hause flieht, um dann mit ihrem Geliebten und seinem Zirkus durch die Welt zu ziehen.

Und was hat dein Vater geschnitzt?

Sein Hobby waren japanische Netsuke, er sammelte sie und machte auch selber welche. Das sind diese kleinen Figuren aus Elfenbein, Wurzelholz oder Hirschhorn, mein Vater jedoch zog Nephrit oder andere Steine vor. Er war wie besessen von ihnen, hatte auch ein Händchen dafür.

Romans Vater träumte davon, irgendwann eine Pilgerreise nach Japan zu machen, zu den wenigen waschechten Netsuke-Meistern, verschob es aber immer wieder. Vielleicht traute er sich einfach nicht. Kurz vor seiner Rente aber hatte er kleinen Ruhm erlangt – seine Netsuke-Arbeiten wurden in einer Fachzeitschrift dargestellt und sehr gut besprochen. Dann fing er an, seine Japanreise zu arrangieren, und dann starb er.

Und das war in der Zeit, als du zum Flugbegleiter wurdest?

Ja, stimmt. – Roman schaut mich interessiert an. – Vielleicht essen wir hier auch was?

Kurz aus der Vergangenheit meines Gegenübers aufgetaucht, merke ich, dass inzwischen alle Tische besetzt sind. Vier Sterne, frisch geschlüpft, blass und unsicher, schmücken das kobaltblaue Stück Himmel im Fenster.

Ich bestelle mir Borschtsch, der sich dann später als sehr mittelmäßig erweist, Roman gibt sich mit einem von Pfannkuchen umwickelten Kaviar zufrieden.

Ein Netsuke meines Vaters stellte eine Krevette dar, und diese trug wie in einer Schaufel viele Eier, so einen Eierballen zwischen den vielen Beinchen. Der Stein war durchsichtig und die Eier sahen sehr echt aus. Ich spüre immer noch diesen Drang, sie zwischen meinen Fingern platzen zu lassen. – Roman versucht, die letzten Kügelchen Kaviar unverletzt mit der Gabel zu erwischen.

Ganz am Anfang hat Romans Vater nur Meisterstücke kopiert, Meerestiere, Insekten, Blüten. Mit der Zeit aber arbeitete er ohne Vorbilder und machte rundliche, freundliche Buddhas, dann grotesk verkrüppelte Menschen und viele Liebesszenen, die sehr pornographisch wirkten. Und irgendwann, als er schon krank war, schnitzte er ein Baby, das zusammengekrümmt im Mutterbauch liegt, oder besser gesagt: in einer leicht geöffneten Knospe. Die Plastik aus einem schwarzen Stein schien Roman noch unheimlicher, als er bemerkte, dass das Kind im Gesicht seinem betagten Vater ähnelte.

Diese morbide Ähnlichkeit habe ich allerdings erst nach seinem Tod bemerkt. – Roman schiebt den leeren Teller von sich weg und wartet schweigend, bis der Kellner, von unseren satten Blicken ermutigt, das schmutzige Geschirr abgeräumt hat.

Und auch sonst haben alle diese Plastiken, chronologisch gereiht, etwas Unheimliches an sich, sagt Roman, wie ein rückwärts laufender Film oder wie ein Kreislauf des Lebens, in dem dieser schwarze Embryo sowohl der Anfang als auch das Ende ist.

Ich beharre darauf, selbst zu bezahlen (wie mir Marina streng empfohlen hat). Als wir das Märchenzimmer verlassen, stürmen uns Menschen entgegen, die über den frei gewordenen Tisch erfreut sind. Vor der Türschwelle stolpern wir über abgelegte Schuhe, der breite Korridor ist leer. Irgendwo im benachbarten Zimmer klappern Messer und klirrt Geschirr, die Luft ist von schweren Küchenausdünstungen durchdrungen, nur ein großer Spiegel an der Wand erinnert uns, dass wir uns doch in einem Palast befinden.

Vor unserem Bild verlangsamen wir den Schritt, bleiben aber nicht stehen.

Ich weiß nicht, warum ich dir das alles über meine Eltern erzählt habe, sagt Roman. – Vielleicht um zu zeigen, dass auch die Villenbewohner unter ihren Tannen nicht von Sehnsucht, Verzweiflung oder Tod verschont sind.

Was hat dich am meisten gestört in deiner Kindheit?

Wie gesagt, wir waren eine gute Familie, es ging uns gut. Nur – es war fast unerträglich zu sehen, wie die Liebe zwischen meinen Eltern so langsam dahinschwand, tropfenweise, wie Wasser aus einem undichten Fass. Sie haben aber beide miteinander so geredet, als ob das Fass noch intakt wäre, und ihre Stimmen taten mir in den Ohren weh.

Inzwischen sind wir schon draußen, die Museumsinsel ist leer und romantisch. Wasser, Brücken, Stein, Klassizismus, wenig Licht, keine Werbung – das Sankt Petersburg meiner Jugend.

Und deine Mutter? – Ich muss schreien, denn auf der kleinen Brücke hinter dem Neuen Museum spielt eine alte Frau Akkordeon – buntes Kopftuch, alte dunkle Hände und ein heiteres Lächeln, das wegen fehlender Zähne sehr kindlich wirkt. Was wurde aus deiner Mutter?

Nach dem Tod meines Vaters hat sie einen kleinen, stämmigen Kapitän geheiratet, der ein kleines Touristenschiff über den Rhein fährt, und sie hilft ihm, indem sie die Gäste mit Getränken bewirtet. Und seitdem schreibt sie nicht mehr. Wir sehen uns nicht so oft, aber ich glaube, ihr geht es gut. Und deine Mutter wohnt immer noch in Russland?

Ja, und leider hat sie keinen Kapitän mehr an ihrer Seite. Sie sitzt da fast allein und wartet auf den baldigen Weltuntergang. Und dieser unheilbringende Tempel – ich zeige auf das Pergamonmuseum – mit Satans Thron wird bei der Apokalypse eine Schlüsselrolle spielen, meint sie.

So ein Unsinn! – Roman lächelt nachsichtig.

Ja, das sage ich meiner Mutter auch und ärgere mich über sie, aber … – wir stehen am Ufergelände, unten schwappt dunkles Spreewasser. – Sag mal, hast du keine Angst vor irgendeinem großen Unheil, das sich gegen uns alle zusammenbraut? Diese lähmende Angst, die einem jede Motivation raubt …

Solche Prophezeiungen sind für mich eher ein Ansporn, meine Träume schneller zu erfüllen, zu handeln, möglichst viele Erfahrungen zu machen. Und selbst wenn wir in der Tat bald untergehen müssen, was bringt es, sich jetzt darüber Sorgen zu machen und sich den kurzen Rest des Lebens zu verderben? Denk mal rational darüber nach!

Aber wenn das Rationale schläft? Träumst du nie etwas ganz Schlimmes?

Oft! Dass ich den falschen Knopf drücke, die Dosierung verwechsle oder sonst etwas tue, und der Patient stirbt. Danach versammeln sich alle um sein Totenlager und schauen mich an. Aber auch das schenkt mir im Moment des Wachwerdens die Freude: Mein Gott! Es war nur ein Traum! – Roman faltet seine Handflächen theatralisch vor dem Adamsapfel.

Mein Horror ist das schwarze Wasser, schwarz wie dieses. – Ich zeige auf die Spree, die vor dem grandiosen Pergamonmuseum wogt. – Die Idee, dass das

Wasser steigt, verfolgt mich, es leckt an meinen Fersen, und wenn mir die Puste ausgeht, werde ich wach.

Kann es sein, dass du nicht schwimmen kannst?

Stimmt.

Das ist die Erklärung. Wer Höhenangst hat, träumt von hohen Türmen, ein anderer kämpft mit der Angst vor Erdbeben oder vor der Kündigung.

Jedem seine eigene Apokalypse?

Ja. Reine Projektion subjektiver Ängste.

Das klingt sehr ermutigend und sicher. Genau das macht Roman so attraktiv für mich: diese ruhige, besonnene Stärke eines rationalen westlichen Menschen, der sich etwas traut, sich beherrscht und sich gefällt.

Und die Klimaerwärmung und diese Hochwasser überall, die knappen Ressourcen …

Es gab schon immer Klimaschwankungen, sogar in der neueren Geschichte, eine kleine Eiszeit, zum Beispiel, im 17. Jahrhundert. Mal wird es wärmer und dann wieder kälter. Und wenn alles knapp wird, essen wir Schnitzel aus der Retorte, der Mensch ist schlau, und alles wird gut.

Aber die Urwälder werden tagtäglich immer weiter kahlgeschlagen! – Ich wundere mich über die Hartnäckigkeit, mit der ich mich, ganz wie meine Mutter, an Horrorszenarien klammere, wenn ich eigentlich versuche, *ihre* Ängste zu beschwören.

Ja! Aber an anderen Orten werden zeitgleich neue Setzlinge gepflanzt, sagt Roman. Kennst du die Geschichte von Felix? Dieser Junge aus Bayern hat die Kinder in aller Welt gebeten, Bäume zu pflanzen. Daraus wurde eine Bewegung, und die Kinder haben innerhalb von ein paar Jahren fast 13 Milliarden Setzlinge in die Erde gesteckt, stell dir vor! Und auch andere Menschen tun was. Die Zahl der Bäume auf der Erde wächst sogar, wusstest du das nicht?

Nein! – Ich bin erstaunt, will aber nicht kapitulieren. – Und die Tiere, tun sie dir nicht leid?

Auch das noch! – Roman rollt seine Augenäpfel sarkastisch gen Himmel.

Dann schaut er mir direkt in die Augen und sagt, streng und ultimativ, wie ein Lehrer: Sowohl den Tieren als auch uns Menschen geht es heute viel besser als vor hundert Jahren. Oder willst du das etwa bestreiten? Hast du es schlechter als deine Eltern oder Großeltern?

Während unseres nächsten Spaziergangs aber wird mein frisch aufgepfropfter Optimismus einer Härteprobe unterzogen. Nachdem wir den Prominentenfriedhof in der Chausseestraße erkundet haben, bleiben wir vor dem Fenster einer Kunstgalerie stehen. Mitten im großen weißen Zimmer steht eine große Frauenpuppe, sie reicht fast bis unter die Decke, der breite Glockenrock des Abendkleids wirbelt um den unsichtbaren Sockel und fällt bis hinunter zum Boden. Der Rock besteht aus unzähligen Farbabbildungen, alle sind in rot-orangen Tönen gehalten: Ein Pärchen küsst sich im romantischen Sonnenuntergang am Strand. Eine Explosion. Rote Brandwunden an den Händen. Roter Sonnenuntergang am Meer. Brennender Wald. Ein erregtes männliches Geschlecht, dunkelrosa angelaufen. Pfirsichrote Flamingos, in Ballerina-Posen erstarrt. Brennende Häuser, durch den Tsunami von Land gespült, schweben auf hohen Wellen. Blutroter Schnee bei einer Robbenjagd. Die schinkenrosa Schenkel eines Pin-up-Mädchens. Rotes Wasser beim Walfang. Purpurroter Sonnenaufgang, von einer Hotelterrasse aus gesehen. Die Explosion auf einer Ölplattform. Dünnbeinige Models marschieren auf dem Laufsteg mit orangefarbenen, federgeschmückten Roben. Brennende Fackeln auf Ölfeldern – die nahtlos zusammengeklebten Bilder werden zu prachtvollem Brokat, rot wie Feuer, rot wie Fleisch, rot wie Brandwunden, rot wie Blut, rot wie die Abendsonne über dem Meer.

Ist es dir jetzt klar, dass es sich hier nicht um die Welt handelt, sondern um Optik? Ich sehe hier Mädchenbeine, du die armen Robben, und dieser Mann, der gerade vorbeigeeilt ist, hat aus dem Augenwinkel vielleicht nur einen orangefarbenen Fleck im Fenster gesehen. Denn seine ganze Aufmerksamkeit galt uns zwei Bekloppten, die ihm den Weg versperren. – Roman zieht mich leicht am Arm, weiter, weg vom Fenster.

Aber es sind immerhin Fotos, und all dieser Schrecken ist wahr. Dieses Feuer überall.

Na, du musst dich doch festlegen! Neulich hieß es, wir werden alle ertrinken, und heute geht's ums Verbrennen.

Stimmt, lache ich. – Entweder – oder. Aber eigentlich interessiert mich das jetzt gar nicht mehr.

4

Schwimmen lerne ich sowieso, das steht fest!, protze ich vor Marina. – Roman meint, dass ich auch noch andere Dinge im Leben unbedingt versuchen muss. Irgendwas. Malen, tanzen … Seine Tante zum Beispiel, eine Biologielehrerin im Ruhestand, hat Medizin studiert und arbeitet in Afrika – krass, nicht wahr?

Wie, willst du jetzt Medizin studieren? – Marina schaut kurz zu mir, ihre Sinne und Nerven aber gelten allein dem Bildschirm des Laptops.

Aber nein! Es war nur ein Beispiel dafür, dass es nie zu spät ist, das Leben vollkommen zu ändern! Ihm gefällt es sehr, wie ich über meinen Alten rede und ihm seine Geschichten nacherzähle. Ich könnte versuchen, sie aufzuschreiben. Er …

Meine Rede! Auf mich hörst du aber nie, und auf ihn schon. Pass auf, dass du ihn nicht zu sehr …

Was zu sehr?

Vergötterst oder so. – Marina taucht wieder in die digitalen Tiefen, und ihre Körperhaltung zeigt, dass sie für mich nicht mehr da ist.

Gott hin oder her, die Nähe zu Roman lässt mich die Schwächen der Sterblichen großzügig übersehen oder gar verzeihen. Den Umschlag mit dem dicken Geldstapel für Schura versehe ich mit schriftlichen Grüßen und einem enthusiastischen Ausrufezeichen. Dann kaufe ich eine kleine hübsche Torte und besuche meine Nachbarin Elisabeth, die uns nach ihrer Rückkehr aus dem Krankenhaus offensichtlich mei-

det. Nun gehe ich in die Offensive, grüße sie laut und schaue ihr dabei in die Augen, bis sie leicht den Kopf schüttelt. Mit der Torte in der Hand finde ich die richtigen Worte, um sie zum Lächeln zu bringen. Nur für Ulf Seitz finde ich erstaunlicherweise in meinem Übermenschenherz keine passenden Sätze und lege auf, kaum dass ich seine unsichere Stimme im Hörer erkannt habe. Ich habe inzwischen meine Stunden bei ihm an Heidi abgetreten, dafür aber meine halbe Stelle im Seniorenheim zu einer vollen aufgestockt.
Vorm Eingang des Seniorenheims bleibe ich stehen, von enthusiastischen Kommentaren zum heutigen sonnigen Tag überschüttet.

Wahrhaftig schön!, tschilpe ich mit verstellter Stimme in Richtung der Eheleute Krause. Diese schicken sich gerade zu ihrer täglichen Promenade an. Sie, groß und weich, sitzt im Rollstuhl mit einem langen braunen Zigarillo im Mund, er, dürr und sehnig, steht daneben, servil gebeugt hält er das Feuer für sie parat. Der Daumen von Herrn Krause, dem Nichtraucher, ist fast genauso braun wie die Zigarillos seiner Frau, die selten schon beim ersten Versuch Feuer fangen. Es klappt auch diesmal nicht gleich, und Frau Krause wird weiß vor Wut. Von der direkten Sonne für ein Moment geblendet, sehe ich vor meinem inneren Auge einen massiven Drachenschwanz, wie dieser raschelnd hinter dem Rollstuhl bebt, und ein Paar durchsichtige, zahm zusammengelegte Flügel auf dem gebeugten Rücken von Herrn Krause.

Vom hellen Tag verschärft, wird die ewige Dämmerung im hallenden Foyer zur Finsternis, trotz des rötlichen, kaum bemerkbaren Schimmerns fahler Lichter an der niedrigen Decke.

Den Arbeitstag lasse ich leicht über mich ergehen, vor Ungeduld aber verwechsle ich oft die Zimmer und Namen meiner Alten. Besonders an solchen hellen Tagen zähle ich die Minuten bis zum Feierabend oder mindestens bis zur Pause, in der ich mit Maria über Roman reden kann.

Ja, Arzt, und?, schnalzt sie mit der Zunge. – Dich hat man auch nicht auf der Müllhalde gefunden! Du bist auch eine Akademikerin, belesen, intelligent, nett – was braucht man mehr? Ärzte! Ich habe neulich auf einer Party so einen kennengelernt – wichtig wie ein Pfau! Dann zeigte sich, dass dieser Hippokrates Brüste vergrößert und Fett absaugt und dafür Geld mit der Sense erntet!

Was hat das mit Roman zu tun? – Ich bin fast beleidigt. – Er ist völlig in Ordnung und total nett!

Ja, ja! Ich wollte dich nur stärken, weil du beinahe ehrfürchtig über ihn redest! Sei locker und entspannt, dann kommt ihr euch vielleicht endlich näher.

Ich glaube, es liegt nicht an mir. – Ich zünde mir die zweite Zigarette an der ersten an. – Obwohl ich spüre, dass er mich mag.

Vielleicht ist er ein Katholik oder ein Adventist, na so etwas in die Richtung?

Spinnst du? Er ist ein großer Atheist – westlich, nüchtern, modern! Marina meint, er könnte in einer anderen Beziehung sein, die er nicht gleich kündigen kann, oder er ist gerade unentschlossen. Jedenfalls sagt sie, ich soll nichts forcieren, erst einmal abwarten.

Und mehr Selbstbewusstsein!, befiehlt mir Maria. – Er steht dir gut, dein Roman! Die Haare glänzen, die Augen strahlen – weiter so!

Kaum ist meine Schicht zu Ende, fliehe ich von

der Titanic der Sterblichen und springe in die gelbe Straßenbahn – heute ist Freitag! *Menü – Mitteilungen – Wählen – Mitteilung schreiben*: Lieber Roman, tippe ich. In der Torstraße verlangsamt die Straßenbahn plötzlich ihre Fahrt, ich schaue durchs Fenster und sehe durch die schwarz umrahmte Glasscheibe Ulf Seitz.

Vor dem Waschsalon reihen sich die runden einbeinigen Tische, Ulf sitzt in seinem Rollstuhl an der rechten Flanke und starrt in die kriechende Straßenbahn, zu mir her. Was macht er da, zwischen den Menschen, die keine eigene Waschmaschine besitzen? Was macht seine Figur so erbärmlich? Der Pappbecher *to go*, was er eigentlich hasst? Die schwarzen fingerlosen Handschuhe, die ich ihm nie zumuten würde? Zu dieser Jahreszeit? Mein Kopf wird auf einmal mit Bildern gefüllt, wie ich meinem neuen Freund Ulfs Berlin-Ecken präsentiere – peinlich, als würde ich zu Ulfs Musik mit einem anderen Mann tanzen oder flirten. Der Handy-Pieps aber verjagt die Gewissensbisse: Heute um acht?

Wir treffen uns an der Brücke, dann essen wir bei einem echten Italiener in der Auguststraße.

Wir sitzen draußen, unter dem roten Stoffvordach, und dieses flattert heftig im Wind, wie ein Segel am offenen Meer. Es ist ein winziger Familienladen, der Mann regiert hinter der Theke, die Frau händigt uns große Speisekarten aus. Roman befragt sie lange zu diesem und jenem Gericht – souverän, kennerhaft und freundlich.

Übrigens, sagt Roman, nachdem wir die Bestellung gemacht haben, es gibt bei uns auf der Station auch ausländische Privatpatienten, oft reiche Menschen aus asiatischen Ländern, auch Russen, nicht solche wie hier, wie du, sondern waschechte.

Jetzt aber mal halblang. – Ich schaue mit vorgetäuschter Strenge zu Roman hinüber. – Aus unserer Sicht beginnt Asien erst in der Mongolei oder in China.

Bei uns liegt jedenfalls jetzt eine kranke Frau aus Sibirien, und ihr Betthaupt ist mit Heiligenbildern auf Holztäfelchen umstellt. Da habe ich gleich an deine Mutter gedacht, die auch so etwas mag.

Was fehlt der Frau?

Sie hat Krebs.

Ihr reicher Ehemann hat sie nach Berlin zur Behandlung gebracht, und sie hat, so Roman, höchstens noch sechs Monate zu leben. Der Mann glaubt an Wunder und achtet darauf, dass die Ärzte und der Dolmetscher seiner Gattin die in Wahrheit traurige Gewissheit nicht verraten. Er übernachtet in der Stadt, und tagsüber sitzt er an ihrem Bett. Wenn sie sich von den Chemotherapien erholt hat, gehen sie in der Stadt spazieren und bringen große *KaDeWe*-Tüten mit, voller Geschenke für ihre Kinder und Enkelkinder in Sibirien, deren Fotos sie dem Personal gerne zeigen. Sie haben auch Bilder von ihrem Auto, dem Garten und dem Haus dabei. Es hat breite Bogentüren, innen gibt es samtene Vorhänge mit Quasten, und überall schimmert Gold. Dann packen sie die Fotoalben wieder weg und speisen Kaviar mit dem Esslöffel.

Eigentlich sind sie nett und rührend, aber – Roman schaut über meinen Kopf hinweg, um ein passendes Wort zu finden.

Was aber? – Ich fühle mich plötzlich in der Pflicht, diese mir wildfremden, aber immerhin *russischen* Menschen vor Spott zu schützen.

Ich meinte nichts Schlechtes, bloß ihre ganze Erscheinung übertrifft noch alle gängigen Klischees, statt sie zu widerlegen.

Hier fällt mir ein, dass es in der deutschen Literatur von solchen exotischen Russen nur so wimmelt, meistens treten sie als Nebenfiguren auf. Das sind oft Reisende oder Kurgäste, und sie sind immer sonderbar und immer reich. Wie im ‚Zauberberg' zum Beispiel, möchte ich sagen, da kommt aber unser Essen:

Hier ist Fisch für den Herrn, und da sind die Gnocchi mit Leber.

Habe ich dir deswegen die Geschichte über die Frau erzählt? – Roman macht große Augen.

Was meinst du?

Na, die Frau des Oligarchen hat ein Leberkarzinom.

Mitten in einer lebhaften Diskussion über die krummen und verwickelten Wege unserer Gedanken klingelt Romans Handy. Während er aufs Display schaut, erhebt er sich rasch (sein Stuhl scharrt dabei über den Boden wie ein Donner) und tritt beiseite.

Ich schaue weg von ihm in das Ladeninnere, wo die Frau an der Kasse fummelt und gelegentlich fragend zu ihrem Mann schaut. Sie ist etwa Mitte vierzig, wie ich, mit ihrer Schürze und den flachen Schuhen aber sieht sie viel älter aus, matter … Sie sind seit einer Ewigkeit verheiratet – Küche, Kasse, Konto, Kinder, die auf dem Gymnasium oder schon aus dem Haus sind. Die Eheleute sind rund um die Uhr zusammen, gehen nie aus, und die Frau beneidet mich vielleicht um meine hohen roten Pumps und die heimlich erhaschten Blicke in den kleinen runden Taschenspiegel. Roman erwischt mich doch noch mit der Puderdose in der Hand, denn ich habe nicht gehört, wie er zurückgekommen ist.

Hat es dir nicht geschmeckt?, zeigt er auf meinen fast unangetasteten Teller. – Darf ich was von deiner Leber naschen?

Dann laufen wir wieder durch Berlin Mitte mit seinen engen Gassen, und diesmal schenke ich Roman all mein Wissen über das Universum von Franz Biberkopf: Aus dem Gefängnis entlassen und in der Stadt verloren, wurde er hier, in der Sophienstraße, von einem Juden mit rotem Vollbart angesprochen, und dieser brachte den Verzweifelten in die Stube mit dem eisernen Ofen und tröstete ihn mit seinen Märchen – vielleicht passierte das in diesem Haus?

In der Rosenthaler Straße bewunderte Franz Schuhe, Hüte und Glühlampen in den Schaufenstern, stand vor den Lokalen und schaute, wie die Menschen zu zweit oder zu dritt auf ihre Schnitzel warteten, sich Bier in den Hals gossen und sich mit den Gabeln Fleischstücke in die Münder steckten.

Als wir in die Mulackstraße abbiegen, spüre ich Regentropfen im Gesicht. Sie sind noch schwach und selten, aber ein entferntes Grollen und ein kurzer Blitz am schwarzen Himmel versprechen mehr.

Ich habe einen Regenschirm dabei, soll ich dich nach Hause begleiten? Du wohnst doch hier in der Nähe? – Ich wühle in meiner großen Umhängetasche.

Gleich hier um Ecke. Wir können zu mir hochgehen und etwas trinken. Denn – er streckt die Handflächen vor sich aus – es wird gleich losgehen!

Und in der Tat – der heftige Wind, plötzlich kalt und nass, peitscht uns in den Rücken und dreht das blasse Laub um. Plötzlich schweife ich in Gedanken ab zu einem ähnlichen Abend, der sich exakt vor einem halben Leben ereignete, kurz vor dem damaligen Weltuntergang. Der tote Welpe Flaumi im Schuhkarton, der alte Friedhof und die heftigen Windzüge, wie sie die Welt kurz aus dem Tritt brachten.

Der Schirm öffnet sich über unseren Köpfen mit einem heftigen Knall, und wir rücken näher zusammen. Damit ich nicht von den Windstößen fortgetragen werde, legt Roman den Arm um meine Schulter.

Es ist ein Neubauhaus, streng, mit großen Fenstern, wie man sie eher in einem Büro vermuten würde. Roman wohnt im zweiten Stock. Aus dem Korridor, wo sich um unsere Schuhe gleich eine Pfütze bildet, gelangen wir in ein Wohnzimmer. Breite, matte Holzdielen, nackte Fenster, helle Regale an der Wand, eine dunkle, untersetzte Couch in der Mitte, wo ich auf Romans Empfehlung lande. Diese urbane, großzügig minimalistische Art des Wohnens wird noch durch die offene Kochnische betont, in deren Nähe sich auch der Esstisch befindet. Zu den anderen Zimmern führt ein kleiner Durchgang, wo Roman gleich verschwindet, um sich trockene Socken anzuziehen.

Ich beschließe, meine nassen Schuhe doch anzubehalten, und als ich einen Rundgang durch das Zimmer mache, knallen die Absätze laut gegen die Dielen. Das Fenster, durch die Balkontür zusätzlich vergrößert, schaut zum Hof. Draußen raschelt der Regen. Ein Teller voller Krümel, ein Messer mit einem Löffel (gekreuzte Klingen), eine leere Kaffeetasse – das Wappen eines einsamen Morgens auf dem hölzernen Tisch. Vor dem Bücherregal bleibe ich länger stehen: Reiseführer, Ausstellungskataloge. Medizinische Fachliteratur, Kochbücher. Ich nehme einen Band heraus, der vom Gebrauch wie aufgedunsen aussieht. ‚Emotionale Intelligenz oder die Kunst, respektiert und beliebt zu sein'.

Liest du keine Gedichte oder Romane?, sage ich laut, mein Gastgeber aber steht schon neben mir.

Selten, nur wenn ich muss. – Er fasst mich am Arm. – Komm, wir trinken was.

Zeigst du mir die Wohnung?

Gerne! Komm mit! Hier das Bad, hier mein kleines Arbeitszimmer.

Und hier? Das Gästezimmer?

Nein. Das Zimmer meiner Frau, lacht Roman.

Im Ernst?

Na klar!

Und hier?

Und hier ist das Schlafzimmer. – Roman geht hinein und macht die Stehlampe an. Um das niedrige, bodennahe Bett liegen auf dem Teppich aufgeschlagene Bücher, Küchenpapier, lang ausgerollt, ein leeres Trinkglas. Zwei Stühle sind unter Hemden und Hosen kaum sichtbar. Bunte Merkblätter sind über dem Betthaupt an die weiße Tapete genagelt. Irgendwie passt das unaufgeräumte Zimmer nicht in diese nüchterne, perfekte Wohnung.

Sieht furchtbar aus, verzeih bitte. – Roman verschiebt einen Hebel am Fuß der Stehlampe, und das Licht nimmt ab, geht aber nicht ganz aus. Es folgt eine Pause, draußen schlagen Regentropfen heftig gegen das Fensterblech. Flüssig gewordene Stadtlichter überströmen die Glasscheibe.

Diesmal schlinge ich meine Hand um Roman, und während wir uns küssen, tue ich das, wonach ich mich die letzten Stunden so innig gesehnt habe: Ich streife mir die engen Pumps ab. Neben meinen umgekippten Schuhen landen, schwer zusammengesackt, Romans Jeans, über die wir, von der aufgestauten Begierde gesteuert, mehrmals stolpern.

In diesem trügerischen, unsicheren Halbdunkel geht die Realität in Brüche, und ihre einzelnen Fragmente werden in meinem Kopf nie zu einem ganzen Bild zusammenwachsen. Romans gespreizte Handfläche, gegen das Kopfkissen gestemmt. Seine hastigen Finger, wie sie das lebendig gewordene Handy totstellen. Weiße Hautstreifen an seinen gut gebräunten Hüften. Die leichte Daunendecke, wie sie wolkenhaft neben dem Bett landet. Das leere Trinkglas, umgekippt, rollt laut auf dem Holzboden.

Die Sonne, die unerwartet durchs Fenster scheint, ist das Erste, was ich am nächsten Morgen wahrnehme. Dann sehe ich Roman an der Tür mit einem raschelnden Füllhorn, das sich mit seinen duftenden Backwaren auf den Frühstückstisch ergießt. Ich arbeite oft auch am Wochenende, aber diesen Samstag bin ich zum Glück frei. Roman allerdings muss um zwölf ins Krankenhaus. Wir reden über seine Arbeit, dann über meine, dann über unsere erste Begegnung im Winter.

Hast du übrigens damals deinen Handschuh gefunden? Den mit Schneeflocken bestickten?, fragt Roman, während er an einer merkwürdigen Kaffeemaschine herumhantiert, die aus dickbäuchigen alchemistischen Glasgefäßen und Röhren besteht. Die Maschine ist neu, und es macht ihm sichtlich Spaß, sie zu betätigen.

Welcher Handschuh, was für Schneeflocken?

Damals, vor dem Schaufenster! Du bist so schnell weggegangen, und er ist da liegen geblieben – grau, mit Schneeflocken bestickt. Ich bin dir sogar gefolgt, aber von wegen! Dann habe ich ihn beim Trödler aufs Fensterbrett gelegt.

Ich habe ihn gefunden, stell dir vor! – Ich stehe auf und inspiziere das von der Sonne überflutete Zimmer aufs Neue.

Der Innenhof ist überraschend grün und gemütlich, die weit abstehenden Balkons aus luftigen Metallgittern sind mit Pflanzenbottichen besiedelt.

So eine sachliche, schlichte Außenfassade und diese hängenden babylonischen Gärten darin! – Ich lege die Hand auf die Klinke der Balkontür.

Noch Kaffee? – Roman kommt zu mir und zieht mich sanft zurück zum Tisch. Ich habe schon drei Tassen getrunken und zwei abgelehnt – nicht wegen des Kaffees legt Roman seine Hand auf meine Taille, sondern wegen der gurrenden Menschenstimmen auf der benachbarten Terrasse. Als ich dann merke, wie Roman schon zum dritten Mal heimlich auf die Wanduhr schaut, verspüre ich plötzlich den Wunsch, unsichtbar zu sein, die Tür hinter mir laut knallen zu lassen, zu verschwinden – aber nur, um ihn zu verblüffen oder zu bestrafen – oder um ihn zu zwingen, mir hinterherzulaufen. Stattdessen wende ich meinen Blick ebenfalls zur Uhr und verkünde, dass ich los muss.

Ich bin auch schlecht in der Zeit. – Roman greift nach seinem Handy.

Na dann, sage ich mit dünner Stimme und gehe ins Schlafzimmer, um meine vom Regenwasser matt und rau gewordenen Schuhe und den Haarreifen vom Boden einzusammeln. Als ich mich aufrichte, stoße ich mit dem Kopf gegen ein Regal, und die schwere steinerne Kugel fällt mir auf den Fuß. – Netsuke: die schwarze Knospe mit einem Baby-Greis im Schoss – Anfang und Ende in einem. Roman läuft mir nach, holt mich aber erst im Korridor ein.

Es war ein schöner Abend, nicht wahr? – Er umarmt mich, dabei hält er die Eingangstür mit dem Fuß offen, und diese Geste treibt meine bodenlose Verunsicherung ins Unermessliche.

Wann hören wir voneinander?, flüstere ich sehr leise in seine Achsel, er hört mich aber doch.

Nicht in den nächsten zwei Wochen. – Ich trenne mich von Roman, um ihn besser zu sehen, und er holt laut Luft. – Ich fahre nämlich übermorgen in den Urlaub, und danach weiß ich nicht … Danach zieht meine Frau aus München hierher zu mir.

Deine Frau?, frage ich, und an dieser Stelle gelingt es mir doch, meinen Plan zu erfüllen – mit der Tür zu knallen, zu fliehen, unsichtbar zu werden.

Ich stürze die Treppe hinunter, meine harten Absätze schlagen heftig gegen die Steinstufen: Trommelwirbel. Hagel. Morseappell – Strich, Pause, Punkt, Punkt, Punkt. Und dazwischen Romans unsichere, aber laute Stimme, irgendwo über meinem Kopf hallend: Warte mal, doch, vielleicht …

Ich renne nicht, laufe aber schnell, so wie man zur ungeliebten Arbeit eilt, die Augen zu Boden gerichtet. Erst als ich den Rosa-Luxemburg Platz überquere, begegne ich dem Blick eines Menschen, des Obdachlosen mit der goldenen Filzmähne. Der Mann sitzt in der Nische vor der Kassenbude mit einem bunten TV-Programm in der Hand und raucht. Er würdigt die Passanten nie eines Blicks, jetzt aber schaut er zu mir hoch und reicht mir sogar seine zerknitterte Zigarettenpackung. Wahrscheinlich, weil das aufgeweichte Maskara meine Tränen schwarz gefärbt hat – das merke ich aber erst später, als ich mein fürchterliches Gesicht in den Scheiben gespiegelt sehe, dahinter Menschen mit teuren modischen Schuhen und Anzügen, Menschen, die zu zweit oder zu dritt auf ihre Bestellung warten.

In den nächsten Tagen kann niemand (weder die Alten noch Marina noch ich selbst) mit mir etwas anfangen. Ich bin wortkarg, langsam, aber konzentriert, als ob ich eine Granate in der Tasche tragen würde, wie Marina spöttisch sagt.

Und diese Granate explodiert, als sie mich zum dritten Mal daran erinnert, dass Herr Seitz sich gemeldet und um einen Rückruf gebeten hat.

Jetzt weiß du, wie es sich anfühlt. – Ihre Stimme enthält einen großen Schuss Schadenfreude, so scheint es mir jedenfalls.

Was!?

Was du deinem Seitz angetan hast. Ein bisschen rumgespielt und dann weggeworfen.

Dann schreie ich Marina an. Denn ausgerechnet sie hat mich früher wegen diesem alten Seitz ausgelacht, und sie war es, die den jungen dynamischen Roman bejubelt hat. Ich dagegen bin aus Marinas Sicht egoistisch wie eine verliebte Siebzehnjährige.

Geht es ihm tatsächlich so schlecht?, frage ich nach einer langen Pause.

Das musst du rauskriegen.

Als ich ihn am gleichen Abend anrufe, berichtet er, dass es ihm gut geht. Ich sage, dass es mich freut, und dass ich ihn gerne besuchen würde. Ich benutze das *Sie* und das scheint ihm recht zu sein. Wann? Sagen wir Mittwoch?

Der Mittwoch kommt, ich stehe vor seiner Tür, und diese geht auf, kaum dass ich die Klingel berühre. Er sitzt in seinem Rollstuhl, ich stehe. Wir schauen uns an. Ich reiche ihm meine Hand, beuge mich tiefer und schnelle gleich hoch, ohne ihn umarmt zu haben, der leicht muffige Geruch eines vernachlässigten Körpers steigt mir entgegen. Die roten, teilweise schuppigen Flecken an seiner Hand ähneln Brandwunden. Herr Seitz rollt zur Anrichte und greift hastig zum fingerlosen Handschuh. Dieser hat eine rosige Farbe und hebt sich kaum von der Haut ab.

Ekzeme. Altes Leiden. War lange Zeit weg, jetzt ist es wieder da.

Ich schaue zur Seite.

Die Sonne, durch die Gardinen gefiltert, wirkt matt und abgestanden. Die Tür ins Schlafzimmer ist offen, im trüben Schrankspiegel sehe ich unser Bild – er sitzt mitten im Zimmer, ich stehe daneben. Im Geiste jedoch sehe ich uns noch einmal auf seinem anachronistischen Ehebett liegen – zwei verkrüppelte Seelen mit blassen Extremitäten wie tiefgefrorenes Geflügel. Warum habe ich das getan?

Es riecht nach Tod hier, nach Untergang, nach Wehmut, nach Vergangenheit – ich möchte weg, in die Sonne, und setze mich dennoch an den Tisch. Ulf folgt mir nicht und bleibt unentschlossen mit seinem Rollstuhl mitten im Zimmer stehen.

Geht es Ihnen gut? – Seine Stimme klingt höflich, fast teilnahmslos.

Gut. Und Ihnen? Sind Sie, äh, gut versorgt?

Machen Sie sich keine Sorgen. Ich bin in guter Form, und Heidi ist ein Schatz.

Das freut mich, lächle ich artig.

Heidi hat mir unseren Lieblingstee besorgt, den japanischen, grünen. Steht da, auf dem Regal, sehen Sie? – Seine Hand, die er Richtung Küche ausstreckt, ist so schwach oder unsicher, dass sie bei den Pulsschlägen leicht zuckt.

Ich muss los. Ich wollte nur sehen, wie es Ihnen geht. Und den Tee trinken wir nächstes Mal, sage ich und schaue zu Boden.

Eine Weile sitzen wir noch schweigend am runden, weiß gedeckten Tisch, weit voneinander entfernt, wie Arktis und Antarktis. Ich bin hierhergekommen, um ihn zu trösten, bin aber zu leer, um auch nur einen Krümel Mitleid oder Zuneigung zu produzieren. Seine schnellen, schüchternen Blicke, seine unruhigen, verdrehten Hände – sein ganzes Aussehen verdoppelt die Leere in mir, multipliziert sie ins Unerträgliche.

Kommen Sie wieder?, fragt er, als ich aufstehe und zur Tür laufe.

Ja, natürlich. Dieser Tage. – Ich nehme seine Hände in meine, schüttle sie leicht und schreite entschlossen zur Tür hinaus. Meine Hand aber bleibt dann draußen zögernd auf der Klinke liegen: als ob im hellen Türspalt ein kleines Lebewesen sitzen würde, das ich jetzt mit einem Knall zerquetschen könnte. *Gnädige Frau*, hat er manchmal gut gelaunt zu mir gesagt. Ungnädige Frau, die von einem anderen Mann begnadigt sein will. Kann man sich zwingen, gnädig zu sein? Gnade erlernen? Oder sie einfach vortäuschen. Das tue ich jeden Tag bei der Arbeit. Ich kann das. Aber nicht jetzt.

Zuhause angekommen, hole ich mir eine Flasche Bier aus dem Kühlschrank und trinke sie aus. Mache die zweite auf und wähle Romans Nummer. Freilich, er hat mir hinterhergerufen, vielleicht ist er mir sogar nachgelaufen, um etwas Wichtiges zu sagen.

5

Ich höre nicht, wie Marina nach Hause kommt, und erschrecke, als sie die Küchentür aufreißt.

Was ist denn hier los?, sagt sie und macht das Licht an.

Sie sieht, wie ich heule.

Du befasst dich schon seit Wochen nur mit dir selbst und deinem Roman! Und wo bleiben wir? Ich habe ganz andere Sorgen!

Ich liebe dich doch!, sage ich und erinnere mich

plötzlich, wie meine Mutter das einmal zu mir sagte, als ich vor Eifersucht zickte. Sie wohnte mit ihrem Mann im Stadtzentrum nicht weit vom Markt, kam aber oft bei uns vorbei, wo sie sich auch wie zu Hause fühlte. Sie kochte mit uns, besserte ihre Kleider mit Omas Nähmaschine aus und vollzog an sich unappetitliche kosmetische Prozeduren: aufs Gesicht kam eine Weiße-Sahne-Maske, auf die Augenbrauen schwarze Farbe, auf dem Kopf trug sie Zwiebeltürme aus Tüchern – so trat sie vor uns auf, damit sie dann später vor ihrem Mann mit frisch gefärbtem Haar und geglätteter Haut glänzen könnte.

Ich liebe dich doch!, sagte sie dann wieder, dabei schaute sie aber nicht zu mir, sondern in die Tiefen von Omas dreiteiligem Spiegel und auf ihr von der Maske befreites Gesicht.

Deine Augenbrauen sind zu schwarz, furchterregend schwarz, wie bei einem Piraten, hässlich sieht es aus!, knallte ich damals mit den Türen, genauso wie Marina es jetzt tut.

Wann, zu welchem Zeitpunkt meines Lebens bin ich in die Spur geraten, die meine Mutter gebahnt hat? Ich bin weggegangen, um nicht wie meine Mutter zu sein. Ich ging immer weiter, dabei kam ich ihr immer näher, ohne es zu merken. Als ich am Ende des letzten Jahrtausends zum letzten Mal die Stadt meiner Kindheit besuchte, verwechselte mich unser Nachbar, der alte Onkel David, mit meiner Mutter, und das verblüffte mich, denn eigentlich hatte es früher geheißen, ich sei meinem Vater sehr ähnlich.

Onkel David saß *immer* vor seinem Haustor auf dem Hocker: weiße Haare, moosgrüne Reiterhose,

Schirmmütze und Pfeife à la Stalin – ich kannte ihn nur so. Vielleicht hatte er sich schon in der Zeit meiner Kindheit zu seiner Endfassung entwickelt. Kein Platz mehr für neue Falten, kein Grund, das Outfit und den Habitus zu revidieren – er änderte sich nicht mehr, er saß einfach da. Ich grüßte ihn laut, als ich mit der kleinen Marina an der Hand an ihm vorbeiging, er antwortete aber nicht.

Onkel David, erkennen Sie mich nicht?

O ja! Jetzt ja, ich weiß!, legte er die Handfläche an seine Stirn und nannte mich beim Namen meiner Mutter. Damals hielt ich Onkel Davids Fehler für eine Folge seiner Kurzsichtigkeit. Er hatte aber besser und weiter gesehen, als ich dachte: Aus dem Spiegel schaut mir immer öfter meine Mutter entgegen, und die Ähnlichkeit nimmt noch zu.

Ich klopfe an die Tür von Marinas Zimmer.

Marina, lass uns in aller Ruhe reden. Über uns, über dich und mich.

In aller Ruhe reden? – Marina reißt die Tür auf. – Die Oma liegt im Sterbebett, und du sitzt hier und weinst deinem Roman nach!

Welches Sterbebett? Spinnst du?

Ich habe dir heute hier einen Zettel hingelegt. Hast du ihn nicht gelesen?

Aber nein! Wo?

Verzeih. – Marina eilt in die Küche. – Klar kannst du den nicht sehen, wenn du hier betrunken im Dunkeln sitzt.

Am frühen Abend fliege ich nach Sankt Petersburg. Im Nebel schimmern die ersten Lichter der Stadt –

abgebrannte Kohlenstücke in grauer Asche. Am nächsten Morgen soll ich weiter nach Süden fliegen, diesen Abend aber will ich bei Schuras Mutter verbringen. Sie ist ergraut, und so sieht sie aus wie mit Mehl bestreut, die kalten alten Hände fühlen sich wie Vogelkrallen an. Sie hält ihre Strickjacke an der Brust zusammen, als ob sie frieren würde, oder um sich zu schützen. Sie wohnt allein mit vier Katzen. Die Wohnung ist ganz die alte, bloß alles endgültig verblasst – die Muster auf ihrer Bluse, Gardinen, Decken sind kaum zu erkennen. Im Korridor neben dem Telefontisch glänzt auf der Tapete ein dunkler, noch von Schuras Rücken eingeriebener Fleck, da er beim Telefonieren immer an die Wand angelehnt hockte. Wir trinken Tee, reden über meine Mutter, über Krankheiten und über Marinas Erfolge.

Geht es Schura gut?, fragt Irina Borisowna schon zum vierten Mal.

Gut. Ihm geht es sehr gut, sage ich und neige mich zu den Katzen, die sich mit ihren warmen, gerippten Flanken an meinen Waden reiben. Sie glaubt, ihr Sohn sei in Berlin ein erfolgreicher Unternehmer, und ich möchte sie es weiter glauben lassen.

Am nächsten Morgen fliege ich nach Süden. Zum letzten Mal habe ich die Stadt Ende der neunziger Jahre besucht. Der Flug damals verlief mit vielen Turbulenzen, dafür aber servierte man uns *Heineken*-Bier in Dosen.

Die Wende kam in den trägen Provinzen mit sehr viel Verspätung an und mutierte auf ihrem Wege nach Süden zu einer großen Korrosion. Die Stadt war damals wie ein frisch ausgegrabenes Pompeji, da der Umbau in der ersten Phase der Zertrümmerung stehengeblieben war, und für weitere Manipulationen mangelte es an Elan und an Mitteln. In den Bürgersteigen gähnten Löcher, in den Gräben sträubten sich kaputte Rohre – ein riesiges zerrissenes Wurzelwerk, die aufgeschlitzten Eingeweide der Stadt. In den Haufen frischer Erde steckten Schaufeln, die Arbeiter standen daneben mit goldglänzenden Bierdosen in den schwarzen, rissigen Händen. Es ballte sich die nächste Exodus-Welle zusammen: Juden, Griechen, Deutsche – diejenigen, die eine Ersatzheimat hatten und noch nicht ausgereist waren, packten nun doch ihre Koffer. Die Verbliebenen besorgten sich voluminöse rot-blau-weiß-karierte Plastiktaschen – hässliche Maskottchen der Transition vom senilen Sozialismus zum pubertären Kapitalismus.

Der öffentliche Verkehr war fast lahmgelegt. Anstelle schwerer dottergelber *Ikarus*-Busse flitzten verstaubte, scheppernde Transporter durch die Stadt. Die potenziellen Fahrgäste liefen in kleinen Rudeln den flinken Minibussen hinterher, da die Haltestellen zwar demokratisch bestimmt, aber kaum markiert waren. Überall feierte man den Siegeszug der Demokratie. Auch im kleinen Park neben dem Fleischkombinat: die obsoleten blauen Tannen (mit denen unsere Stadt den Roten Platz belieferte) wurden herausgerissen, und die Hauptallee wurde mit Ginko-Setzlingen bepflanzt, die der damalige Bürgermeister unter großem Aufwand irgendwo im Ausland aufgetrieben hat. Er war ein eifriger Reformer und ein eitler Hahn – die Reportage von der pompösen Zeremonie wurde sogar im überregionalen TV-Kanal ausgestrahlt, so dass ich sie von Sankt Petersburg aus verfolgen konnte: *Die Demokratie soll auch in unserem fruchtbaren kaukasischen Boden Wurzeln schlagen!*

Es war Winter. Der Schnee, der mit seinen schmutzigen Lumpen die Straßen säumte, betonte das irdische Elend noch, anstatt es zu verschleiern. Die Fabriken standen still, ihre von Geistern und Pennern besetzten Gelände verwandelten sich in furchteinflößende Landschaften wie aus Andrei Tarkowskis Film ‚Stalker'. Die Menschen ließen an ihren Häusern die Fenster vergittern. In den ebenfalls vergitterten *Sojuspresse*-Zeitungskiosken und den *Nebukadnezar*-Schusterbuden nisteten sich Wechselstuben ein. Die ausgetrockneten Blumenbeete sahen wie Strohhaufen aus, dazwischen von herrenlosen Straßenhunden angelegte Kuhlen.

Es gab sorgfältig gekleidete Männer, gegen die auch die vergitterten Fenster nicht halfen: sie klopften an die Türe und boten das ewige Leben oder andere sensationell nützliche Dinge feil. Geschickt hielt meine Großmutter die Stellung gegen die Zeugen Jehovas, blieb aber wie eine leichtsinnige Fliege in den Netzen von Verkäufern hängen. Sie erwarb einen Eierschneider, eine Wunderpfanne und eine Nachtlampe, deren Strahlen für Menschen gesund und für Mücken tödlich sein sollten. Als alles Geld weg war, liefen die Verhandlungen weiter und mündeten im Entschluss, einen kleinen Ausflug zur nächsten Sparkasse zu machen: Sie gingen zu dritt, meine Oma (rundlich und klein, schwarze Knopfaugen, Entennase, mit goldenen Fäden geschmücktes Kopftuch) zwischen zwei höflichen Männern, die ihr halfen, die Ratenzahlung für einen elektrischen Fleischwolf und einen Eierkocher zu arrangieren. Meine Mutter schimpfte damals auf die Oma: sie selbst allerdings steckte ihr ganzes Geld in *Herbalife*, ein Wunderpulver, das ewige Jugend versprach.

Das mit Wasser verdünnte Pulver ergab ein leckeres milchweißes Getränk, an dem die Großmutter auch gerne nippte. Das half aber nicht: die Oma kränkelte gemeinsam mit ihrem Zeitalter dahin, und als ich damals in die Stadt kam, wirkte sie schon sehr schwach. Wenn sie sich niederlegte, gluckerte es in ihrem Brustkorb; setzte sie sich hin, schwollen ihre blau angelaufenen Füße und Beine. Die aufgedunsene Haut ihrer Beine schied eine gelbliche Flüssigkeit aus.

Lass das! Deine Mutter kommt bald und macht mir einen Verband, sagte die Oma. Bleib nur für eine Weile hier bei mir.

Ich blieb sitzen, sie erzählte über ihre Kindheit, über ihre toten Geschwister, nannte sie alle bei Namen. Sie wischte sich gelegentlich die feuchten Augen ab, ihre kleinen Tränen galten den schrecklichen Szenen des Hungermartyriums, das sie als Kind miterlebt und dann um ihres Lebens willen verdrängt hatte; ihrem toten Ehemann, ihrer früh verstorbenen Mutter. Sie redete fast ausschließlich über Menschen, die es hier unter uns nicht mehr gab. Ihr Blick war wach, als ob sie einem aufregenden Film folgte, der nur ihr galt. Unsere Sorgen dagegen regten sie immer weniger auf, als ob es nicht mit ihr zu Ende ginge, sondern mit der Welt der Lebenden um sie herum. Ich war fast beleidigt, dass sie sich so wenig für Berlin interessierte. Mit matter Stimme fragte sie nach etwas so Unbedeutendem wie dem deutschen Wetter und den deutschen Nachbarn und bat um eine Tasse Tee – da, wo ihr inneres Auge nun verweilte, gab es anscheinend keine Staatsgrenzen, Fremdsprachen, keine Kulturen und keine Politik, sondern nur warm und kalt, hell und dunkel.

Dann trank die Oma ihren Tee, und meine Mutter umwickelte ihre Füße mit Blättern einer Kletterpflanze, um die Schwellungen zu lindern. Die Oma saß auf dem Sofa, gegen aufgetürmte Kopfkissen gestützt. Erbarmungswürdig, von Schmerzen gequält. Nur wenn unsere Blicke sich begegneten, lächelte sie brav. Ins Krankenhaus wollte sie nicht: An den Schläuchen wie ein Affe zwischen Leben und Tod baumeln? Wenn meine Zeit um ist, muss ich halt gehen, sagte sie. Die Oma starb an der Schwelle des zweiten Jahrtausends.

Nun fliege ich wieder in meine Stadt an ein Krankenbett. Im Flugzeug bietet man uns Saft, Wasser, Tee, Kaffee und dezente Kekse an. Kaum haben wir das Flugzeug verlassen, sind wir verschwitzt – es ist sehr warm hier. Der Himmel ist blau, die Sonne steht hoch. Ich rieche die Frische von den nahen, unsichtbaren Bergen. *Mit Sonnenstrahlen goldbepinselt, zeigen sich die Berge über meiner Stadt nur am sehr frühen Morgen, wenn die Luft noch klar und kühl ist. Zupft man an den Sonnensaiten, kann man ein leichtes Himmelssummen hören, ein neuer Tag wird geboren*, so schrieb ich vor einem Vierteljahrhundert in meinem Aufsatz ‚Meine Stadt im Jahr 2000'. Und dann über das gerechte neue Leben für alle, über saubere Straßen, glückliche Kinder und die Blumenuhren … Und siehe da, ich war fast richtig gelegen: Vor dem Flughafen auf der gewölbten

kurzgeschorenen Wiese ist das heutige Datum mit bunten Blumen ausgelegt: 15. Juni 2010. Meine Gegenwart, überschrittene Zukunft.
Ansonsten keine Spur von meinen futuristischen Visionen. Was ich sehe, wirkt bunter, rückständiger, östlicher als damals.

Links, auf einer Wiese, hockt eine kleine Schar junger Männer, sie haben dunkle Haare und weiße Socken – überall Kontraste, die in die Augen beißen: Burka versus Minirock, magerer streunender Hund versus dicker Mercedes, edle blaue Tannenbäume und ein Stück faule, mit Sonnenblumenschalen und Perlmuttscherben bedeckte Erde um die Mülltonne. Um die Angeflogenen kreisen gut gebügelte und glatt gekämmte Taxifahrer. Jeder von ihnen dreht einen Autoschlüssel um den Finger. Mich, *eine Fremde*, attackiert der Schwarm besonders aggressiv. Ich fahre mit dem Erstbesten zum Krankenhaus. Wieder dieses abstoßende Linoleum.

Kommen Sie mit!

Die Ärztin hat eine hohe, steife Haube. Neuerdings ist sie blau, früher trugen sie Weiß. Meine Mutter trug eine weiße Haube.

Ihre Mutter wartete auf Sie. Sie wusste, dass Sie unterwegs sind.

Präteritum.

Sie starb vor vierzig Minuten. Hier. Kommen Sie mit! Es tut mir sehr leid.

Ihre Wangen sind kalt, ihre Hände bald nass von meinen Tränen. Sie hat keine Augen mehr, nur totblau angehauchte Augenlider, wie geschminkt. Hennarotes Haar mit weißen Ansätzen, rosa Fingernägel.

Ihr Körper ist nun ein Stein unter dem weißen Laken, ihre Brust aber und ihr Bauch strahlen immer noch Wärme aus.

Sie lebt noch! Sehen Sie etwa nicht? Sie ist warm! – Ich reiße die Tür in den Korridor auf.

Brauchen Sie Hilfe?

Ich weiß es nicht …

Ich bin Waise, darüber hinaus weiß ich nichts mehr – wohin mit mir, mit ihr, mit uns. Was ich alles machen soll. Offenbar mache ich mit Hilfe von Nachbarn, Freunden, entfernten Verwandten doch alles richtig, denn am vierten Tag liegt die Mutter im Sarg, der Sarg steht auf dem Tisch im kleinen mittleren Zimmer. An dem Tag kommt auch Marina aus Berlin angeflogen, dann sind wir alle auf dem Friedhof, wo die Toten neuerdings nach Konfession getrennt begraben werden. Die Großeltern liegen zusammen unter einer silbernen Stele mit rotem Stern. Die Mutter liegt daneben unter einem Kreuz. Das Kreuz hat zwei Querbalken. Der untere ist kleiner, er ist schief angebracht, so wie es zur Orthodoxie gehört.

Mutter bleibt da liegen, und wir gehen zurück, in die leere Arche meiner Kindheit. Auf dem Tisch, wo neulich der Sarg stand, stehen Flaschen und Teller. Es gibt viele Frauen, sie laufen lautlos, haben bedeckte Köpfe, Schürzen. Es gibt auch Männer. Sogar einen Popen: Ihre Mutter ist jetzt an einem besseren Ort, trösten Sie sich, sagt er. – Er spricht mit der dünnen Stimme eines Heranwachsenden, und ich wundere mich, denn kurz zuvor, am offenen Sarg meiner Mutter, hat er noch mit sattem Bass gesungen. Warme und weiche Hände, glatte und weiße Backen über dem Bart, im Bartdickicht ein roter Mund, ja vor allem diese vitale Röte seines Mundes wirkt abstoßend. Auch Vater Michails gesunder Appetit, mit dem er in eine Hähnchenkeule beißt, provoziert mich. Als ich dann sehe, wie Marina ihm beim Abschied Geld für die rituellen Dienste gibt, hasse ich ihn regelrecht. Einige Frauen eilen zu Vater Michail, um sich zu verabschieden, und bitten um seinen Segen. Er malt über ihre Köpfe ein flüchtiges Kreuz und legt seine fleischigen Finger in ihre ausgestreckten, ineinandergelegten Handflächen. Die Frauen beugen sich und küssen ihm die Hand, die vielleicht immer noch nach Brathähnchen und Geld riecht.

Ich halte mich nicht an die Etikette und verabschiede mich von ihm mit einem nüchternen Kopfnicken. Entgegen meinen Erwartungen wirkt er nicht beleidigt oder abweisend. Eher im Gegenteil.

Trösten Sie sich. Sie hatte keine Angst, das weiß ich genau. – Er schüttelt meine Hände in seinen und beugt sich plötzlich zu meinem Ohr: Fürchten Sie sich auch nicht. Das Leben hört nicht auf, es wird nur anders.

Dann sind sie alle weg, auch Marina fliegt zurück. Ich bleibe länger, um den Papierkram zu erledigen. Ich bin ganz allein in dem Haus, das ich bald erben werde. Ab und zu besuchen mich meine Verwandten und alte Bekannte. Einige betagte Nachbarn sind immer noch da, für alle bin ich allerdings so etwas wie eine Außerirdische geworden, die die Sorgen der Leute aus der Heimat nicht mehr verstehen kann. Bei vielem ist es vielleicht wirklich so. Was, wenn ich im

Haus bliebe und wieder Wurzeln schlagen würde? Ich könnte auch als Lehrerin arbeiten, als Dolmetscherin wäre ich hier unschlagbar. Warum kann ich mir das kaum vorstellen? Weil ich dann das Stigma eines Losers tragen würde? *Sie hat sogar im Paradies versagt!* – Nichts anderes als Not hat auch den verlorenen Sohn nach Hause getrieben.

Die Abende im leeren Haus sind trist, die Mittage in der Stadt öde: bleiche, allgegenwärtige Sonne, Standesamt, Entrümpelungsfirmen, Notare. Heute muss ich einen Veterinär aufsuchen. Marina hat mir das Versprechen entrissen, Kubik, den Hund meiner Mutter, mit nach Berlin zu nehmen. Ein schlauer, zahmer, schlecht riechender Kerl auf kurzen Beinen, er hat das unsympathische, helle Fellmuster einer Hyäne oder einer schlampigen Blondine. Seine Pfoten und die Nase jedoch sind dunkel, die Augen braun, wunderbar klug und wach. Wenn Kubik die Ohren anlegt, zieht sich sein Maul auseinander – er lächelt und die Augen lächeln mit.

Kubik spielt an der Leine verrückt, ich lasse ihn los, er trabt artig neben mir her. Manchmal durfte er meine Mutter auch zur Bushaltestelle begleiten, die Strecke ist ihm bekannt. Der kleine Park, den wir durchqueren, hat sich sehr verändert. Das Kino *Wostok* ist weg – ein ulkiger blauer Palast, gebaut gleich nach dem Krieg. Die halbrunde Fassade war mit dicken weißen Säulen umstellt, die Flanken krönten zwei Frauenfiguren in keuschen kaukasischen Volkstrachten. Mit ihren ausgestreckten Händen und breiten Ärmeln ähnelten die Damen großen verzweifelten Vögeln mit kraftlosen Flügeln. Berührte man die blauen Palastwände, blieben die Staubschuppen des alten Kreidemörtels an den Fingern haften. Da, wo das Kino war, blitzen jetzt die nagelneuen Zwiebelkuppeln der Kirche Zur Heiligen Maria Magdalena. Kirchen und Moscheen sind die schicksten Bauten heute in der Stadt, nicht die Schulen oder Theater.

Trotz viel Skepsis sind die Ginkobäume auf der Allee der Demokratie prachtvoll gediehen. Allerdings entpuppten sie sich als weibliche Exemplare, die man eigentlich meiden sollte, weil sie stinkende Früchte hervorbringen. An den Setzlingen sieht man es nicht, die Berliner Gärtner haben jedoch zu den richtigen, zu den männlichen gegriffen, als sie die Knaackstraße in Prenzlauer Berg mit diesen wunderbaren Bäumen geschmückt haben. Dort gibt es diese ekelhaften mirabellenähnlichen Früchte nicht, die jetzt unseren Weg zur Bushaltestelle bedecken. Sogar Kubik, der bei Gelegenheit sogar an Fäkalien nascht, versucht nun so schnell wie möglich an den stinkenden matschigen Flecken vorbeizuhuschen. Als der Trolleybus kommt, packe ich Kubik und bleibe an der vorderen Tür stehen. Ich warte, bis die Menschen aus- und eingestiegen sind. Der Fahrer schaut aus seiner Kabine zu mir herunter: Der Hund darf nicht rein! Bist du bekloppt oder was? Es ist ohnehin voll!, keift er, und in seinem rauen, ziegelroten Gesicht bilden sich die Züge meines einstigen Geliebten aus der 5B. Das ist nicht wahr. Oder doch? Auf der Faust, die das große Lenkrad umklammert, lese ich den eintätowierten Namen meines früheren Freundes, jeweils ein Buchstabe pro Finger: *Oleg*. Tintenmeere, Warzen-Alpen, schwarze Halbmonde unter den Fingernägeln – das waren seine damaligen

Hände. Das golden schimmernde Strohhaar ist rar geworden und hat die Farbe von Staub. Die Sommersprossen haben sich im dunklen Gesicht aufgelöst, nur das Grüne, seiner Katzenaugen ist das gleiche. Er wendet sich von mir ab, von mir, irgendeinem blöden Weib, das den Einstieg mit ihrem beschissenen Hund versperrt. Erbost ziehen sich die plissierten Türen zusammen, und der Zauberkasten wackelt brummend davon. Wie lebt er? Fährt er einen alten *Lada* und träumt von einem Mercedes? Wird er ständig von der Frau gepeinigt, die sich nur einen Hasenpelz leisten kann, während die Nachbarin Nutria auf ihren dicken Schultern trägt? Und eine Nutria-Trägerin träumt dann von Nerz, Chinchilla oder Zobel … Es wird aber nicht klappen, weder mit dem Mercedes noch mit dem Zobel. Frustriert wird er, mit den Fühlern seines Trolleybusses an die Stromleitungen gekettet, bis zu seiner Pensionierung zwischen dem Fleischkombinat und dem Tuberkulose-Camp pendeln.

Es dauert, bis ich formell das Haus besitze und es verkaufen kann. Dafür muss ich nach einigen Monaten wieder in die Stadt kommen und einen nächsten Gang durch die Behörden machen. Bis dahin will ich hier nichts anrühren. Sogar die Spiegel lasse ich bedeckt, damit das Unheil sich nicht multiplizieren kann.

Die Fenster sind mit Alufolie beklebt, die die Hitze abwenden soll. Das hilft – tagsüber herrscht im Haus gemütliche, kühle Halbdämmerung, nachts aber ist mir hier, in diesem dunklen verlassenen Bienenstock, nicht gut zumute.

Kubik!, schreie ich in den Korridor. Der stolze Besitzer eines internationalen Impfpasses darf neuerdings ebenfalls das Haus betreten. Das tut Kubik aber nicht gerne – er geht nur rein, um nach der alten Wirtin Ausschau zu halten, die er sehr vermisst. Ich nehme ihn in die Arme und drücke ihn an mich, obwohl er noch nicht gewaschen und entfloht ist. Wie wird es ihm in unserer kleinen Berliner Wohnung ergehen? Es riecht streng, wenn er gähnt, und ich lasse ihn los. Er schenkt mir ein bescheidenes zahmes Lächeln und trabt zurück in den Korridor, wo er sich neben dem Zylinder des Dampfkessels eingerichtet hat.

Wenn ich die Luster ausschalte, wird es mir zu dunkel. Ich finde keine Nachtlampe, bleibe mit der Streichholzschachtel vor Mutters Lämpchen stehen. Nein, brennende Kerzen riechen nach Tod, ich mag den Geruch nicht. Die paranoide Kerzenliebe meiner deutschen Kunden, ihre parfümiert riechenden *Oasen der Gemütlichkeit* machen mich wahnsinnig. Das erloschene Lämpchen hängt vor der verglasten Anrichte voller Ikonen. Früher standen da tschechische Kristallgläser, rumänische kobaltblaue Tassen, eine DDR-Porzellan-Garnitur, mit Opas Devisen erworben. Die Großmutter liebte es, die Fotos von Verwandten zwischen die Scheiben der Vitrine zu stecken. Als meine wieder verwitwete Mutter in das Haus einzog, nahm sie die Fotos weg und bestückte die Tiefen der Anrichte mit ihren Heiligen: goldene und silberne Glorienscheine, dunkle Gesichter, grämliche Augen. Zusammengepresste, stumme Lippen, lang und schmal, fast unsichtbar, wie zugenäht.

Sie lächeln nie. Lachen tut der Teufel. Deshalb machte auch meine Mutter ein süßsäuerliches Gesicht, wenn sie zu ihnen sprach. Ich schiebe das Glas zur Seite und nehme die bemalten Holztafeln einzeln heraus. Wohin jetzt mit Mutters Göttern? Was mache ich mit den Kleidern, Schuhen, Töpfen?

Der Kopfkissenbezug ist in der Mitte dunkel – Henna, das von ihrem Haar abgegangen ist, man kann es nicht mehr auswaschen. Alles hier ist immer noch von ihrem Leben durchtränkt, so wie diese Bibel, die mürbe ist und vom Fett ihrer Finger angeschwollen. Lesezeichen, Papierfetzen zwischen den Seiten: Gottesliebe, Nächstenliebe, Feindesliebe – Zauberformeln. Der Versuch, die Angst vor dem Nichtsein zu beschwören?

Besonders wichtige Stellen schrieb sie ab und nagelte die bunten Zettel an der Wand fest. Das Blatt vor meinen Augen ist mit kindlichen Aufklebern verziert: Küken, Rosen, Kätzchen. Hier saß sie, ein vaterloses Schulmädchen, die Zunge im Mundwinkel, Tintenflecke an den fleißigen Fingern, ein Schulmädchen, das sich ganz allein mit unlösbaren Hausaufgaben abmüht. Ich schaue auf Mutters schön gewundene, bemühte Handschrift: *Wie die Ungerechtigkeit überhand nehmen wird, wird die Liebe in vielen erkalten. Matth. 24.12.*

Es fällt mir schwer, im Totenhaus einzuschlafen. Ich schalte den Fernseher ein und schlüpfe unter die Decke. Das lebendige Licht des Bildschirms macht die Öde erträglicher, ich fürchte mich nicht, die Augen zu schließen. So ein heißer Tag, und die

Nacht plötzlich so kühl. Meine Füße werden immer kälter, die Decke ist zu klein. Ich rolle mich zusammen, das hilft aber nicht. Ich stehe auf, um mir warme Socken zu holen, und meine Füße treten ins kalte Wasser, das mir schon bis zu den Knöcheln reicht. Die Wasseroberfläche reflektiert das hektische Wimmeln am Bildschirm und schimmert rot. Im Korridor steht das rote Wasser Kubik schon bis zu den Nasenlöchern, ich packe ihn unter den Beinen. Der Hof ist auch überflutet, die Straße wird zu einem Fluss. Ich krieche das steile Ufer hoch, schaue zurück und sehe die ganze Stadt auf viele Meter hohen Wellen schweben, brennende, entwurzelte Häuser färben die Fluten rot. Die schwarze Erde bröselt unter meinen Füßen ab, wird langsam zu Schlamm, der meine Füße einsaugt. Ich will nach Hause, zum Alexanderplatz, kann aber nicht mehr laufen, ich bin zu müde. Ich lasse Kubik los, der verzweifelte Hund planscht im schwarzen Wasser und kratzt an meinen Waden. Als wir dann abstürzen, bin ich, vor Angst und Schreck erschöpft, fast erleichtert. Und siehe da! Auch nach dem Ende hört unser Leben offensichtlich nicht auf. Immer noch spüre ich Kubiks Krallen an meinen Beinen. Dann kratzt er energisch an meiner Hand, und ich höre ein leises, schuldbewusstes Winseln. Er muss mal raus.

Ich schnelle aus dem Bett hoch und lasse ihn in den Hof. Der Boden im Zimmer ist kalt, wie erwartet, es ist drei Uhr morgens. Die Straßen in der Gegend sind nur spärlich beleuchtet, und die Fenster ja mit Folie zugeklebt. – Wolfsstunde in möglichst schwarzer Ausführung, ohne Mond, ohne Sterne, ohne Laternen. Wie konnte meine Mutter diese nächtliche Dunkelheit aushalten? Ließ sie das Lämpchen die ganze Nacht über brennen? Ich zünde die ölige Kerzenzunge an und schaue in die Antlitze, mit denen meine Mutter ihre Einsamkeit teilte. Nikolaus, der Wundervollbringer. Pantaleon, ein Medizinmann. Aus der Nähe betrachtet, sind sie gar nicht so streng und abweisend. Elena und Konstantin, Mutter und Sohn, zärtlich einander zugewandt. Der Heiland, das Gesicht vor Schmerzen verzogen, wird von Maria umarmt. Die Jesusgroßmutter Anna, die ihre schwangere Tochter Maria in den Armen hält, kann ich nur anhand der Bildunterschrift identifizieren. Anna ist eine viel weniger prominente Figur als ihre Nachkommen Maria und Jesus. Hier sind sie plötzlich alle zusammen wie russische Holzpuppen ineinandergeschachtelt. Der Heiland ist noch nicht zu sehen, unter blauen Stofffalten ist er im Bauch versteckt, die kleine Maria hält ihrer Mutter Anna ein weißes Glockenblümchen entgegen. Diese ist die größte. Ihre rote Robe füllt den Hintergrund der Ikone fast restlos aus. Je weiter weg, umso größer – ein naturwidriges Gesetz, nach dem unsere Erinnerung arbeitet. Nicht unbedingt detailreicher, aber größer. Wie meine zittrigen Schattenfiguren an den Wänden, die mir alle einige Köpfe zu groß sind.

Meine Mutter mit ihren hohen Schuhen und ihrem Parfüm, das immer zwischen uns schwebte, und das sich allmählich in den befremdlichen Lämpchenduft verwandelte, den ich jetzt plötzlich so sehnsüchtig einatme. Meinen Vater kleidet die Erinnerung in eine prachtvolle Uniform, die auch einem Bonaparte, einem Zaren oder Generalissimus schmeicheln würde. Und dann sehe ich meine Oma, und sie ist die größte.

Ich drücke die Augenlider fest zusammen, damit der nächste Tag schneller hereinbricht, mein letzter Tag hier. Es ist diese Ungeduld, die uns zum Ausklang einer weiten Reise, kurz vor der Heimfahrt, einholt. Eine Gier nach dem Leben *danach.* Es hört nicht auf, es wird anders. Aber wie? Wie wird mein neues Leben ohne Mutter werden?

Fünfter Teil

1

Nach dem Flug muss Kubik aus seinem Käfig ausgeladen und dann dem Flughafenveterinär vorgeführt werden, und erst dann fallen wir Marina in die Arme. Kubiks Beförderung war nicht billig, wir entscheiden, ohne Taxi auszukommen, und gehen zur S-Bahn. Nicht die Koffer, sondern Kubik macht uns zu schaffen – noch überdreht vom Flug (mit Umsteigen), muss er nun, ein Kettenhund, an der Leine laufen – zu viel verlangt! Er bellt alles an, setzt sich mitten auf den Gehweg und nagt an seinem Strick. In der S-Bahn versteckt er sich tief unter dem Sessel und blickt manchmal zu uns hoch, mit angelegten Ohren und seinem Kriecher-Lächeln: *Alles okay mit uns?*

Ich schaue aus dem Waggonfenster und kann nicht glauben, dass ich noch gestern an einem anderen Ende der Welt war. Paläste und Berge. Mit Maulbeeren bekleckste Kinder und rundliche Frauen in weiten Gewändern, manche sogar mit bis auf die Augen verschleiertem Gesicht. Blaue Tannen. Goldene Zwiebeltürme. Goldene Halsketten. Eine Kampfschwadron leerer Schuhe vor der Moschee. Grün gegen Gold, richtiger Glaube gegen den falschen, und dazwischen ruhige Koreaner mit ihren raschelnden Zwiebeln. Der wieder aufgeputzte Markt, in Grellrosa gestrichen, die einst weißen Bauernskulpturen vergoldet. Dutzende Grillkästen nebeneinander, für das längste Schaschlik aller Zeiten. *Unsere*

Stadt will ins Guinnessbuch! Ihre Stadt, nicht meine – die ohnehin schon abgewetzte Nabelschnur ist nun endlich gerissen. Ich habe kein Hinterland mehr, und der Weg vor mir ist auch freigeräumt: Ich bin nun die Älteste in meiner Sippe.

Bald steckt Marina ihre Füße in die Siebenmeilenstiefel und fliegt nach Amerika. Vielleicht wird sie da für immer bleiben und sich aus ihrem neuen Westen nach diesen Minuten hier sehnen, nach dieser Stadt, die wir jetzt durchsausen. Die S-Bahn schwebt über Berlin und schneidet es in zwei Hemisphären: Links bauschen sich cremige, rot angelaufene Wolken, rechts wird der Himmel mitten am Tag niedrig, und er ist dunkel wie eine Trauerfahne. Als wir am Alexanderplatz aussteigen, regnet es. Alles ist grau, nur aus dem Fenster meines Zimmers quillt eine orangefarbene Gardine.

Schau mal, du hast die Fenster in der Wohnung offen gelassen! Schnell nach Hause!

Verdammt, ich habe keinen Regenschirm mit, sagt Marina und breitet ihre Jacke über unseren Köpfen aus. In ein paar Sekunden sind wir alle nass. Zwei Koffer mit Rädern, eine Tasche, ein Rucksack, der Hundekäfig plus verwirrtem Kubik – langsam stolpern wir durchs Wasser zu unserem Haus, dessen graue Fassade schon dicht von dunklen Wasserspuren gescheckt ist.

Ich bin sehr froh, wieder zu Hause zu sein. In der Küche ist eine Fressecke für Kubik eingerichtet, er bleibt allerdings erst im Korridor sitzen und schaut, was los ist. Sein nasses Fell riecht nach einem Fluss, wie die Spree bei der Museumsinsel am späten Abend. Auf dem Herd wartet ein Topf Borschtsch auf uns. Ich mache den Deckel auf: vorzüglicher Anblick, herrlicher Duft. Wann hat sie das gelernt?

Er hat wieder angerufen, sagt Marina.

Wer? – Ich beuge mich tiefer über den leeren, rot angelaufenen Teller.

Nicht *er*. – Marina räumt laut schmutziges Geschirr vom Tisch. – Herr Seitz. Ich glaube, du musst ihn besuchen.

Du hast ihn aber früher nicht gemocht.

Ich meinte nur, dass er zu alt für dich ist. Mehr nicht.

Er ist aber nicht jünger geworden.

Eben das meine ich. Ihr wart immerhin Freunde.

Ich muss erst ankommen, dann rufe ich ihn an. Dieser Tage. Erst möchte ich Kubik sein Revier zeigen.

Als wir nach einer Stunde hinausgehen, kneife ich vor dem Lichtschock die Augen zusammen. Die Regenwolken sind davon, die Sonnenstrahlen wischen den Bürgersteig trocken, über dem nassen Asphalt schweben hauchdünne Dampffetzen. Neugierig wie eine Touristin blicke ich auf dieses vom Schauerregen frisch geputzte Berlin, und im Gegenzug tut es sich vor mir groß: Alexanderplatz, Rotes S-Bahn-Viadukt, Fernsehturm, die spitze Kuppel der Marienkirche. Kubik rebelliert wieder gegen die Leine, es dauert, bis wir den grauen Tempel der Volksbühne am Ende der ruhigen Rosa-Luxemburg-Straße erreichen. Mein Penner mit der Mähne aus verfilztem Haar ist immer noch da. Er steht neben seinem Strohbett vor der Theaterkassenbude und redet mit der rundlichen Kassiererin. Bald öffnet sie ihre Kasse und wird Karten für die Vorstellung verkaufen, die mit mannshohen Lettern an der Fassade angekündigt wird: ‚Fuck off, Amerika!' Das Transparent ist Hunderte Meter weit sichtbar – was würde ein Tourist über unsere Stadt denken, wenn er diesen Satz von der S-Bahn aus sähe, ohne zu wissen, dass es bloß der Titel eines Theaterstücks ist?

Ich biege in die Torstraße ein und gehe in den russischen Laden. Larissa findet unseren Kubik hässlich, weil sie viel Wert auf die Rasse legt. Trotzdem spendiert sie ihm aber ein Paar Leckerbissen, die Kubik sicher an seine Schmaustafeln bei den überfüllten Mülleimern unserer Heimat erinnern.

Am zweiten Tag schlägt die Routine ein. Allein das Aufstehen fällt mir wegen des zweistündigen Zeitunterschieds sehr schwer. Der Fernsehturm ist von dichtem Nebel umhüllt. Der Anblick der Rechnungen, Mitteilungen und Mahnungen, die sich auf dem Tisch stauen, widert mich an. Im Altersheim wird renoviert: Es riecht ätzend, und eine Foyerecke ist mit hauchdünner Folie abgeschirmt, die unheildrohend raschelt, als ich vorbeieile. Frau Gnuschke scheint meine Abwesenheit gar nicht bemerkt zu haben. Ich bringe ihr Frühstück ins Zimmer, und beim Aufschlagen des gekochten Eis fällt ihr ein, dass Denis sie *unanständig betastet* habe. Dann kommentiert sie die Konsistenz des gekochten Eis und beschwert sich über die Marmelade.

Wie meinen Sie das mit Denis?

Ich erzähle Ihnen alles. Aber nur, wenn Sie mir versprechen, dass Sie es nicht ausposaunen werden.

Ich verspreche.

Als ich nach Hause fahre, bleibt meine Straßenbahn an der Kreuzung stecken und versperrt den nachfolgenden Trams den Weg. Ich steige direkt vor Larissas Lebensmittelgeschäft aus und schaue hinein. Larissa waltet hinter dem Tresen, am runden Tisch in der Mitte sitzt Olja. Mit ihrem auftoupierten Haar und ihrer Leibesfülle auf dem hochgedrehten Barhocker sitzend, ähnelt sie einem aufgebrachten Huhn. Sie lehnt sich gegen den Tisch, vor ihrem tigergemusterten Rumpf steht eine vereiste Flasche Wodka. Auf dem Teller daneben schwitzen geräucherte, fette Fischbauchfetzen, die für den Verkauf offensichtlich etwas zu alt sind. Ich setze mich zu Olja. Sie ist betrunken.

Du musst nach Hause! Willy hat schon mehrmals angerufen und nach dir gefragt, setzt Larissa den Dialog fort, den sie offensichtlich schon länger führen.

Sag ihm, er ist … – Olja sucht nach Worten – ein Scheusal! Ein Natterngezücht!

Du musst nach Hause, sage ich und schaue über Oljas Kopf zu Larissa.

Ich gehe nur mit dir zu ihm!, greift Olja nach meiner Hand.

Larissa macht Grimassen in meine Richtung *(tu es)*, die unschönen Geschichten von Misshandlungen rechtloser Frauen schießen mir durch den Kopf, und ich tue das, was Olja will.

Kurze Zeit später fummelt sie hektisch mit dem

Schlüssel an Willys Wohnungstür, bis diese von innen geöffnet wird. Ein dürrer, lebhafter Mann Ende sechzig im blauen Trainingsanzug steht vor mir. Ich bin sprachlos: Diese faltige graue Krake hält unsere Olja in seinen Tentakeln?

Die Wohnung ist von altem Zigarettenrauch und der Atmosphäre der leichtsinnigen Siebziger durchdrungen.

Kommen Sie rein! – Der schäbige Willy schaut mich verlegen an und greift der betrunkenen Olja unter die Arme, die ihren mageren Freund mit dem Ellenbogen wegstößt. So gelangen wir ins Wohnzimmer. Den Raum dominiert ein riesiger Wandschrank, in dem ein Garten Eden aus Plastikgrün wuchert, bevölkert mit Hunden, Katzen und Hasen aus Gips.

Olja fällt in den tiefen Sessel (es hört sich furchtbar an) und streckt ihre Kegelwaden aus.

Olja, du solltest nicht trinken, es tut dir nicht gut!, sagt Willy.

Du kotzt mich an!, verkündet Olja ultimativ und deutlich wie ein amerikanischer Präsident am Pult des Weißen Hauses.

Wir haben Besuch, vielleicht sollten wir alle zusammen essen?

Und dein Geschäft läuft auch zum Kotzen! – Olja dreht sich zu mir: Er hat Farben mit unserem Geld gekauft, das ganze Haus in Potsdam gestrichen, jetzt zahlen diese bankrotten Arschlöcher nicht! Ich habe ihm tausendmal gesagt: Kauf die Farben nicht mit meinem Geld! Sie müssen es selber im Voraus bezahlen!

Dann wendet sie sich Willy zu und brüllt: Seit wann machst du schon Minus? Saftarsch! Und deine

Kinder hassen mich, ich weiß! – Sie beginnt zu weinen, ihr welliger, tigergemusterter Rumpf bebt.

In den nächsten drei Minuten bin ich über die Lebensumstände des Paares restlos aufgeklärt: Willy ist ein tüchtiger Malermeister und ein schlechter Geschäftsmann: Sein Unternehmen kommt nicht in Fahrt und macht Minus. Willy kann sich keine Krankenversicherung leisten, das tägliche Brot schafft Olja mit ihrem Putzen ran. Von diesem Geld werden auch Leckereien gekauft, die Willy wöchentlich ins Heim bringt, wo seine von Alzheimer verstörte und fast erblindete Frau wohnt. Vor dem Bett seiner Frau verbringt er den Sonntagvormittag zusammen mit seinen erwachsenen Söhnen, dann gehen die Männer zu Willy, um zu Mittag zu essen. Die nahrhaften Speisen, die ihnen Olja serviert, nehmen die Söhne gerne zu sich, reden aber mit der Russin kaum; hinter ihrem dicken Rücken machen sie derbe Witze über sie.

Weil ich ein Niemand hier bin, solange er mich nicht heiratet! Und er kann mich angeblich nicht heiraten, weil er sich angeblich von seiner Frau nicht scheiden lassen kann.

Ich kann nicht!, schreit Willy, dessen Geduld endlich platzt. – Verstehst du, blöde Hure, ich KANN es nicht!

Als Marina mich am gleichen Abend wieder fragt, ob ich Herrn Seitz angerufen habe, ziehe ich schweigend die Schultern hoch und denke dabei an Willy und an Olja. Ich will nicht so peinlich sein wie die beiden in ihrer krummen Liebe.

Diese erzwungene Zweisamkeit, diese gegenseitigen Abhängigkeiten – sie sind aneinandergekettet und so mitleiderregend, dass sie nicht zusammen das Haus verlassen – dick und dünn, alt und doof. Ihre Liebe ist so erniedrigend – wenn es überhaupt eine ist.

Du musst aus deiner Melancholie raus. Und hör auf, dich vor dem Fernseher zu betrinken. Vielleicht gehst du mal ins Theater oder ins Kino oder ins Schwimmbad. Lass uns überlegen, worauf du dich freuen könntest.

Ich freue mich für dich, sage ich und es ist wahr: Marina ist glücklich verliebt, und ich freue mich sehr für sie. Nun kämme ich ihr die Haare und schmücke sie, wenn sie zu ihrem Geliebten eilt.

Ansonsten bleibt alles beim Alten. Schura lässt sich nicht blicken mit dem Geld, ich habe meine Stelle aufgestockt. Das Hamsterrad dreht sich immer leichter, schneller, die fahlen Tage und Nächte huschen an mir vorbei. Der Herbst in diesem Jahr ist schön und bunt wie nie. Selbst trübe Stunden sind von Gelb und Rot gesegnet, als ob die Sonne sich auf die Baumkronen herabließe, um meine ganz gewöhnlichen Wege mit ihrem Gold zu bestreuen. Rote Ahornblätter wandern wie scheue, fliehende Krebse seitwärts der Straßen entlang – ich bin viel unterwegs, weil ich noch zwei Fälle zur Hausbetreuung übernommen habe. Darüber hinaus mache ich neuerdings Nachtschichten im Heim.

Heute hält mich Frau Gnuschke die ganze Nacht auf Trab. Sie glaubt an einen anrückenden Infarkt und will ins Krankenhaus. Der Notarzt war um Mitternacht hier und schrieb die Schmerzen nicht dem Herzen, sondern dem Magen zu. Das Weitere sollte am nächsten Tag in Ruhe besprochen werden.

Es ist doch das Herz, Lena, ich weiß, sie wollen mich hier umbringen, flüstert sie mir vertraulich zu.

Beruhigen Sie sich doch, Frau Gnuschke! – Und was wenn? Wenn es dieses Mal tatsächlich ihr Herz wäre? Die Uhr zeigt halb vier, die Zeit, in der laut Statistik besonders häufig gestorben wird. Ich rufe doch die Rettung an und bleibe bei Frau Gnuschke sitzen. Ich schaue mich in ihrer warmen, gemütlichen Zelle um – war es das Ziel meines Lebens, hierherzukommen?

2

Es wird nichts mit dem neuen, heiteren Leben, mich zieht es zum alten, trägen – zu meinen Landsleuten.

Wenn ich in der Nähe bin, schaue ich immer bei Larissa in ihrem Lebensmittelgeschäft vorbei. Im Laden *Rodina* bleibe ich gerne am runden Tisch sitzen und freue mich sehr, wenn sich hier spontan eine kleine Gesellschaft sammelt. Dabei denke ich daran, wie Schura und ich früher einmal davon träumten, in Berlin einen Salon zu haben. Larissa hat meinen Traum fast verwirklicht: sie führt einen kleinen Salon, in dem anstatt von Sekt und Kaviar Hering und Wodka angeboten werden, von auserlesener deutscher Gesellschaft aber keine Spur. Na und? Wir fühlen uns auch unter uns hier wohl.

Es gab Zeiten in meinem Berliner Leben, wo ich die Russen mied. Am Anfang nimmt sich jeder Ausgewanderte vor, so schnell wie möglich deutsch zu werden, zu wirken, zu ticken. Ein mit tückischen Stolpersteinen übersäter Weg: Der deutsche Humor ist unverständlich, die deutschen Heringe sind ungenießbar und die hiesigen Sitten und Feste undurchschaubar. Wer sind die Heiligen Drei Könige und was ist eine Himmelfahrt? Wer auf der Welt soll all die bemalten Herzen vertilgen? Was bedeutet Advent und was hat er mit Shopping zu tun? Natürlich gibt es sehr viele Russen, die diese Hürden genommen haben und in beiden Sprachen feiern, scherzen und fluchen können. Noch mehr aber haben es aufgegeben. Zu Weihnachten fliegen sie nach Mallorca, und den festlichen Tisch decken sie dann zu Silvester. Zum Frauentag und am 9. Mai versammeln sie sich zum Picknick im Treptow-Park, nicht weit von dem Ehrenmal.

Es sind meine alten Bekannten, mit denen ich einst die Schulbank im Deutschkurs oder bei den Elternabenden in Marzahn teilte. All die Menschen sind inzwischen noch ein Stück westwärts gezogen und wohnen in Mitte, in den von den Westberlinern gering geschätzten Hochhäusern. In diesen Wohnungen gibt es viele Kissen und viele Topfpflanzen, eine Armada von Gästepantoffeln im Flur, und im Hintergrund summt immer ein russisches Fernsehprogramm, für das die Gastgeber sich ein bisschen schämen.

Das, was ich früher als aufgeklärter Mensch westlicher Prägung mied, bringt mir neuerdings viel unerwartete Freude: die alkoholhaltigen Cocktails, deren Farben an die Versuche eines wahnsinnigen Alchemisten erinnern; nahrhafte, von Mayonnaise überflutete Salate; die polyphonen Gespräche, wo keiner dem anderen zuhört. In seiner Rede unterbrochen, folgt man nicht dem Gedanken seines Gegenübers, sondern lauert auf eine Gelegenheit, seine Partie fortsetzen zu können. Das Gespräch läuft immer schneller, die Kippen im vollen Aschenbecher auf dem Balkon werden immer länger, weil man es immer eiliger hat, sich mit seiner Wahrheit ins Tischgespräch zurückzudrängen.

Wir essen Salami auf Brot und reden über Trennkost. Wir lästern über allgegenwärtige deutsche Geschmacksverstärker, das verworrene deutsche Schulsystem, zickige deutsche Nachbarn, saure deutsche Heringe, aber da, wo die Heringe salzig sind und Halwa süß ist, wollen wir eigentlich nicht hin. Haben wir *dafür* Tausende Kilometer zurückgelegt? Um vor uns hinräuspernd in der Küche zu sitzen und von verlassenen und *vergangenen* Orten zu schwärmen? Unsere lichten Träume haben wir auf den Schultern unserer Kinder abgelegt, und mit uns kann es nur bergab gehen, langsam, aber unaufhaltsam. Und wir haben nichts, was diesen Abstieg aufhalten könnte: Die Krallen sind abgeschabt, die welken Flügelansätze baumeln hinter den Schultern, ulkig klein bei dem immer schwerer werdenden Körper. Den Schwimmkurs schiebe ich immer noch vor mir her, bis Marina, von meiner Trägheit genervt, für mich einen Termin zum Einzelunterricht in einem Bad ausmacht.

Eines Abends im trüben November, als in der Stadt schon überall neurotische Weihnachtslichter vorzeitig funkeln, ist es soweit. Ich packe die neuen Gummilatschen und den Badeanzug in die Tüte, langsam und unwillig, als ob ich in den Krieg ziehen müsste – so sehr widert mich der Gedanke an das kühle Wasser an.

Du musst dich überwinden, danach geht es dir besser, glaub mir! – Marina öffnet die Eingangstür und drückt mir den Sportbeutel in die Hand.

Draußen ist es feucht. Grelle Lichter unter dem dämmrigen Himmel, übervölkerte Straßen, grimmige Gesichter:

Das Weihnachtsgeschäft anzukurbeln ist kein leichter Job. *Stabiles Konsumklima. Demnächst wird sich ein Riesengletscher von der Antarktis lösen. Verbraucher blicken positiv in die Zukunft, ihre Kauflust liegt immer noch auf hohem Niveau,* so die *BZ.*

Der Weihnachtsmarkt am Alexanderplatz fließt fast nahtlos in einen anderen, von dem man schon den nächsten riechen kann – das ganze Stadtzentrum ist von diesen bunt funkelnden Flechten befallen. Die breiten Gehwege der Karl-Liebknecht-Straße sind voll, viele wandern in Gruppen, lose oder eingehakt. Viele tragen rote Nikolausmützen und gefallen sich dabei sehr. *Segway*-Fahrer überragen die Menge, stolz wie Streitwagenfahrer, kindisch in ihrer Gier nach Spaß. Es ist sehr eng, fest in den Menschenstrudel eingeklemmt, bekomme ich plötzlich Angst. Die Vorstellung, dass ich meinen müden Körper bald ins kalte Wasser tauchen muss, gruselt mich. Meine Beine sind schwer, ich laufe immer langsamer und bleibe schließlich am Rande eines Rummels stehen. Jede Bewegung der Augenmuskeln tut weh, also starre ich direkt vor mich hin, in die verglaste Imbissvitrine mit einer Weihnachtskrippe, die in zarten Pastelltönen ausgeführt ist. Die Scheune, in der Größe eines Puppenhauses, ist aus weißen Würstchen gebaut. Das Dach ist mit Speckscheiben belegt, der Boden mit Sauerkraut bestreut. Die Figuren sind aus rosigen Würstchen unterschiedlicher Größe gebastelt, die drei Könige haben Kronen aus Alufolie. Ihre Augen bestehen aus Pfefferkörnern, als Gewänder haben sie dünne Schinkenscheiben. In der Mitte, wie es sich gehört, steht auf vier dünnen Zahnstocherbeinen eine Kinderkrippe, in der das kleinste Würstchen ruht, mit Schinkenlappen bis auf das augenlose Gesicht umhüllt. Vom *Teufelskessel* her riecht es nach Fleisch und nach Sauerkraut, von anderswo kommt der Geruch nach angebranntem Zucker – von Übelkeit übermannt, kehre ich nach Hause zurück und krieche ins Bett.

Die Grippe, die Marina nur drei Tage hatte, nistet sich in meinem willenlosen Inneren ein, breitet sich aus, nimmt zu und verwandelt sich in eine eitrige Mandelentzündung. Es ist ein ultimatives Kränkeln, wie in der Kindheit, wenn man ganz in sich hineinstürzt und in gesegneter Einsamkeit langsam davonschwebt. In den flüchtigen Schatten, die auf den Wänden vorbeihuschen, erahne ich bekannte Profile, schaffe es aber nie, sie einzuordnen, weil meine ermüdeten Augenlider gleich wieder zusammenfallen. Und während mein Körper fiebert, freut sich meine freie Seele über diese Auszeit.

Du kränkelst irgendwie literarisch, wie ein liebeskrankes Mädchen aus einem dicken Familienroman. Die hatten aber in der Regel ein Dutzend Dienerinnen um sich. Und ich bin hier allein mit euch beiden

Pflegebedürftigen. – Marina steht an der Tür mit Kubik an der Leine. Jetzt, als es mir deutlich besser geht, darf sie endlich auch murren.

Und viele starben sogar! – Ich sitze schon am Küchentisch, rühre Honig und Zitrone in meinen Tee und schaue aus dem Fenster zum Alexanderplatz hinüber. Soll das eine Art Wiedergeburt sein, ein Präludium zu neuem Glück?

Das Leben danach fühlt sich tatsächlich anders an, heiterer. Zumindest vorerst: Ich freue mich, wieder zur Arbeit zu gehen; mir schmeichelt, wenn ich höre, dass mich alle vermisst haben – Maria, meine Kollegen und sogar Frau Gnuschke. Auch mit dem bunten Tohuwabohu in der Stadt fühle ich mich fast versöhnt, als ich mich eines Abends überwinde und mit dem Sportbeutel aus dem Haus gehe.

Nach der übervölkerten Brücke in den Schlossplatz abgebogen, gerate ich in Dunkelheit und bin auf einmal ganz allein. Die konkave Wiese, von erhöhten Gehwegen durchkreuzt, hat die Größe eines Stadions, die Holzstege unter meinen Füßen sind glitschig und nass. Das Berliner Schloss, das dem Platz seinen Namen gab, wurde nach dem Krieg gesprengt. Sein Nachfolger, der Palast der Republik, später dann auch. Jetzt erstreckt sich mitten in der Stadt eine dunkle Wüste, ein schwarzes Loch, umzingelt von grellen Rummelplätzen.

Ich kann mich noch an den Palast der Republik erinnern, wie er an der Schwelle des neuen Zeitalters hier geräumt und geplündert stand, und wie eines Tages auf seinem Dach sieben riesige Buchstaben emporstiegen: *Zweifel.* Das Wort war von fast jeder

Ecke meines Reviers zu sehen und schwebte da, wo sich jetzt ein Riesenrad dreht. Mit bunten Leuchten geschmückt, besetzt es einen halben Himmel. Seine Gondeln sind leer, es dreht sich dennoch – langsam, aber unaufhaltsam, die Geräusche des fleißigen Triebrads höre ich als Schmatzen und Rattern einer gigantischen, alles verschlingenden Maschine.

Meine schnellen Schritte auf den nassen Brettern hallen über dem dunklen, leeren Feld, im Angesicht des Riesenrads komme ich mir klein vor, verloren und allein wie in einem Märchen. Zu allem Überfluss sehe ich plötzlich einen Fuchs auf einer kleinen Kuppe stehen: der spitze Keil seines Mauls und die großen Ohren. Die archäologische Ausgrabungsstätte ist eingezäunt, und der Fuchs scheint sich hier in den offengelegten Gedärmen des ehemaligen Schlosses geborgen zu fühlen. Er schaut mir in die Augen, dann schmiegt er Pfoten und Brust an die Erde, so wie ein Hund ein ihm vertrautes Wesen zum Spielen einlädt. Ganz wie der Wüstenfuchs im ‚Kleinen Prinzen', damals im Admiralspalast. Da waren fast nur Kinder-Eltern-Grüppchen, und im Buffet verfielen wir, Herr Seitz und ich, dieser Dynamik, und er fütterte mich mit klebrigen Donuts und wischte mir den Mundwinkel mit seinem Daumen ab, und er entschuldigte sich gleich, die Hand habe sich beim Sprechen selbstständig gemacht. Es war ein Sonntag, die Friedrichstraße war leer, weil die anständigen Menschen um diese Zeit irgendwo an einem warmen Ort Kaffee oder Tee mit den „Ihren" trinken. Wir taten das Gleiche. Und vor einem Jahr schmückten wir zusammen den Tannenbaum. Dieses magische schwarze Loch mitten in der Stadt, dieser Fuchs, der mich nicht aus den Augen lässt, diese Musik irgendwo in der Ferne – die vage Vorahnung eines unvermeidlichen Verlustes überkommt mich.

Ich laufe schneller, weg vom öden Platz, dorthin, wo es Menschen gibt. Die Straßenkreuzung hinter dem Platz ist aber ebenfalls leer, da hier umgebaut wird. Die Häuser um mich sind tot, nur ein Fenster der Musikhochschule ist beleuchtet und wirft langsame Musik aus. Eine Arie. Tosca. *E lucevan le stelle.*

Ich wende mich nach rechts, dahin, wo über dem Gendarmenmarkt bunte Polarlichter schimmern – dieser Weihnachtsbasar mit seinen weißen, hügeligen Zelten gilt als der edelste in der Stadt. Er erstreckt sich über den ganzen Platz und reicht bis zum Eingang des Konzerthauses, wo ich plötzlich Heidi sehe mit einem Schild in der Hand: *Verkaufe zwei Karten.* Wir mochten uns nie, zum Schluss meines Einsatzes bei Herrn Seitz kam es sogar zu einem unangenehmen Streit – ich tue so, als ob ich sie nicht gesehen hätte, und laufe einfach weiter. Erst schnell, dann aber immer langsamer.

11. Abonnementkonzert stand auf dem Plakat. Bach. Schostakovitsch. Gubaidulina. Und Heidi? Was macht sie da mit den Karten von Herrn Seitz? Mit *unseren* Karten: Einst haben wir, Herr Seitz und *ich*, uns auf dieses Konzert so gefreut. Es ist ein Jahr her, ein ganzes Leben … Ich kehre um und laufe zurück zum Konzerthaus. Es sind keine fünfzehn Minuten vergangen, aber Heidi ist schon weg.

Es ist mir gar nicht nach Schwimmen zumute, ich verlasse die belebte Friedrichstraße, weg vom Konzerthaus, in eine leere Gasse hinein, das dunkle

Spreeufer entlang und bleibe auf der Brücke stehen. Keiner da, nur die große bronzene Gertraude, Schutzpatronin der Witwen und der Schiffbrüchigen, ragt in der Dunkelheit übers schwarze Wasser. *Ratten- und Mäusegezücht machst Du zunicht', aber den Armen im Land reichst Du die Hand* – die Inschrift auf dem Sockel ist unten mit einer Girlande flüchtender bronzener Nager geschmückt. Sie alle heben sich vom dunklen Hintergrund kaum ab, nur eine Maus, die etwas höher sitzt, wirkt wie aus Gold gegossen, glatt poliert von warmen menschlichen Händen. Die goldene Maus sitzt abseits ihres fliehenden Volkes, ganz allein, den Kopf zum Bauch geneigt, und putzt ihr Fell.

Ich streichle den glatten Mäuserücken – man sagt, dass sich dann Wünsche erfüllen. Ich wünsche mir nur, dass Herr Seitz noch lebt.

Mühlendamm, Nikolaiviertel, Rotes Rathaus, rechts hinter der Klosterruine das Restaurant *Zur Letzten Instanz*, wohin er mich einst eingeladen hat, und wo wir gefüllte Paprika gegessen haben. Meine Schote (groß und prall wie ein Boxerhandschuh) war grün und seine rot. Ich laufe schneller, am Einkaufszentrum *Alexa* vorbei. Das pompöse Gebäude sticht von den sachlich modernen Stadtbauten ab, es hat die makabre Ausstrahlung eines Tempels: seine Größe, die unruhige dunkelrosa Farbe, diese blinde Mauer, gekrönt von lotosartigem Gebälk, unheimlich wie der Pergamon-Altar. *Ninive-Tempel*, pflegte er zu sagen, wenn wir hier vorbeigingen. Warum denke ich im Präteritum an ihn?

Ich lasse den lauten und lichten Alexanderplatz zu meiner Linken und bleibe verwirrt an der großen

Kreuzung stehen: Fast alle mannshohen Buchstaben sind von der Gebäudefassade abmontiert, plötzlich, über Nacht. Der Anfang des Döblin-Zitats ist weg, und das Ende auch. Nur eine Zeile hängt hilflos in der Mitte: *igung von Damenkonfektion, Mehl und Mühlenfabrikate, Autogarage, Feuersozietät. Wiedersehen auf dem Alex* … Da fällt mir ein, dass auch die tadschikische Teestube inzwischen nicht mehr da ist, dass der Laden von Larissa fast weggeräumt ist, dass die Plattenbauten in der Linienstraße saniert und ihre Fassaden mit einem heiteren und zeitgemäßen Make-up versehen werden. Während ich den belanglosen, kupierten Text an dem Haus anstarre, kommt es mir vor, als würden die Wörter unaufhaltsam und immer weiter vor meinen Augen schwinden, als ob ich einem sachten Erdrutsch von der Gegenwart in die Vergangenheit beiwohnen würde. Aber schon an der nächsten Ecke, zu Beginn der Torstraße, wächst etwas nach – das Eckhaus, das neulich mit Gerüsten umhüllt war, ist als *Soho Club* neu geboren. An der Ecke schwärmen Taxis, vor dem Eingang kreiseln Menschen mit Sektgläsern.

Durch die Glasscheibe kann man ins Foyer blicken: die weißen Wände sind leer bis auf ein Wappen mit leuchtendem Slogan: *What the fuck is Heimat?* Es ist das Haus, das einst Ulf Seitz betreten hatte, damals noch ein Junge, um seinen Vater zu denunzieren. Ich laufe immer schneller, ich will ihn sehen, und plötzlich habe ich es damit sehr eilig.

Nicht nur der *Soho Club*, sondern alle Häuser hier sind wie von seinen Erinnerungen imprägniert: Hier, zweihundert Meter weiter, aß er aus den Fleischtöpfen der Sieger. Hier ging er (nein, hoffentlich geht er immer noch!) einkaufen. Hier, vor dem Trödlerladen, stand ich vor einem Jahr. Damals leuchteten hinter meinem Rücken seine Fenster. Jetzt sind sie dunkel.

Ich gehe zur Haustür, drücke den Knopf neben seinem Namen und bekomme keine Antwort. Aus seinem Briefkasten quillt alte Post heraus. Jetzt bin ich mir sicher, dass ihm etwas Übles passiert ist und dass auch meine Lieblosigkeit dabei mitgespielt hat.

Zu Hause finde ich Heidis Nummer in meinem alten Notizbuch, sie meldet sich prompt und fragt, woher mein plötzliches Interesse am Leben von Herrn Seitz kommt. Als ich ihre Stimme höre, stelle ich mir kleine Wutfunken in ihren braunen, fast wimpernlosen Augen vor, sehe ihr kurzes, dunkel gefärbtes Haar – mithilfe schleimigen Gels gehärtet, igelt es sich zu scharfen, spitzen Strähnen. Heidi ist kräftig und kompakt, ein Stößel. Ich mag sie nicht, mich aber mag ich jetzt noch weniger, daher höre ich ihr schweigend zu. Sie redet eilig, wie gehetzt. Diese ganze Zeit habe er auf mich gewartet, gekränkelt. Er wollte nicht ins Heim übersiedeln, saß bloß da wie ein verlassener Hund.

Er hatte einen Tumor in der Lunge und wollte sich nicht operieren lassen. Und jetzt, wo all diese Qual vorbei ist, komme ich vom Himmel herabgeschwebt: *Was ist mit ihm jetzt?*, karikiert sie meine Frage mit dünn verzerrter Stimme und legt auf.

Wenn er tot wäre, hätte sie es nicht versäumt, dich ordentlich plattzudrücken! Diese Hexe! Er lebt, und morgen erfährst du alles Weitere über ihn, beruhigt mich Marina und läuft zum Telefon, das in diesem Moment wieder klingelt.

Papa ist in der Nähe, kommt vorbei, möchte etwas sehr Wichtiges besprechen. Ich mache schnell Bratkartoffeln für ihn!, sagt Marina und eilt in die Küche. – Schade, dass wir keinen Speck haben.

Deinetwegen. Du bist ja bei uns die Vegetarierin!

Aber er mag es mit Speck. Vielleicht soll ich schnell rüberlaufen zum Supermarkt? Wenn du Kartoffeln schälst –

Unwillig nehme ich das Messer aus ihrer Hand. Als die Kartoffeln geschält und geschnitten sind, erscheinen Marina und Schura zusammen an der Türschwelle.

Marina eilt zum Ofen, Schura setzt sich an den Tisch, ich auch.

Na, pack aus, sage ich, als Schuras Teller leer ist.

Wir müssen ihm seinen Ring zurückgeben, greift Marina ungebeten den Faden auf.

Was für einen Ring?

Den vom skythischen Prinzen. Papa muss ihn zurückgeben, sonst ist er in Gefahr!

Ist das nicht die Kaution für die Zweitausend, die er uns schuldet?, sage ich zu Marina und schaue dabei Schura an.

Ihr kriegt das Geld wieder. – Schura rülpst und schaut auf sein *iPhone* neben dem leeren Teller. – Ich arbeite jetzt an einem Projekt, das mir, dir, uns allen viel Geld bescheren wird. Und diesmal wird es sicher klappen.

Die neue Sage vom weltberühmten Herrn der Ringe! – Ich schiebe meinen Teller laut von mir weg.

Gib ihm den Ring, bitte! Er braucht ihn. Und bei uns liegt er einfach so rum, sagt Marina zu mir und dreht sich zu Schura: Wenn du nicht satt bist, kann ich dir ein paar Spiegeleier machen.

Spiegeleier! Warum fragst du *mich* nicht, ob ich Hunger habe? – Vor Wut wird meine Stimme heiser.

Weil du deine Kartoffeln kaum angerührt hast, sagt Marina zu mir und nickt dabei ihrem Vater komplizenhaft zu.

Für das Haus deiner Mutter kriegst du sicher ein paar tausend Dollar. Wenn du nur die Hälfte in mein Projekt investierst, baden wir bald in Schokolade, schießt Schura endlich los.

Bist du verrückt?

Fünfzehn Jahre lang habe ich dich versorgt! – Schura steht auf und fuchtelt mir mit seinem Zeigefinger vor dem Gesicht herum. – Und jetzt, wo ich deine Hilfe brauche, bin ich plötzlich bescheuert!

Ich kann Papa meinen Teil des Erbes abtreten, sagt Marina und hustet beklommen.

Deinen Teil? Das Haus gehört noch nicht einmal *mir!* Ich habe kein Geld, um nach Russland zu fliegen, um alles mit dem Haus zu regeln, und du verlangst schon deinen Teil! Schäm dich!

Ich hole den Ring aus meinem Zimmer, werfe ihn die Treppe hinunter und zeige Schura die geöffnete Tür.

Scher dich raus mit deinem Ring und vergiss den Weg hierher, du Geier!

Schura hebt seinen Schatz auf und kehrt, wild um sich schauend, zurück. Dann holt er die Mülltüten aus der Küche, schüttelt sie über den Stufen des Treppenhauses aus und marschiert triumphierend die Treppe hinunter. Marina rennt ihm hinterher, den Schal in der Hand, den er vergessen hat.

Während ich den Müll wieder in die Tüte sammle, kommt Marina zurück, Schuras Schal in der Hand – offenbar hat sie ihn nicht eingeholt. Ich kehre die klebrigen Scherben eines zerschlagenen Marmeladenglases zusammen und folge Marina in ihr Zimmer. Sie sitzt am Tisch und versucht, einen Krümel zwischen den Laptoptasten mit einem Holzzahnstocher herauszubekommen. Diese sachliche Ordnung. Wenig Zeug, nichts Überflüssiges, alles weiß. Woher hat sie das? Wie eine Deutsche. Die Ikonen an der Wand. Ich habe sie damals mitgebracht und nicht aufgehängt, um mein Image als emanzipierte und westliche Frau nicht zu kompromittieren. Hier aber, bei einer wahrhaft modernen jungen Dame, wirkt die von Kitsch angehauchte Heiligkeit nicht deplatziert, sondern sogar passend. Vor allem die unkonventionelle Anna mit der schwangeren Maria auf dem Schoß.

Marina hört, dass ich da bin, schaut aber nicht zu mir her.

Warum verteidigst du ihn immer? Egal, was er macht?, fauche ich.

Du warst gegenüber deinem eigenen Vater auch immer sehr nachsichtig. – Sie beugt sich noch tiefer und geschäftiger über die Tastatur.

Woher willst du das wissen?

Alle wissen es.

Was?

Dass er betrunken am Steuer des Helikopters gesessen hat. Du weißt es auch, redest aber über seinen heldenhaften Tod! – Endlich schaut sie zu mir auf.

Das stimmt alles nicht so ganz!

Und alle wissen, dass er Oma betrogen hat! Nur du tust so, als ob du keine Ahnung davon hättest. So. – Sie pustet auf die gesäuberte Tastatur und klappt das Notebook zu – zart und liebevoll, als ob es ein Lebewesen wäre.

Natürlich weiß ich es. Meine Erinnerung aber will es nicht wissen, sie hat die Chronik nach ihrem Geschmack montiert, und Ausschuss ist irgendwo in einem verstaubten Winkel meiner Seele gestrandet. Manche Bilder sind hoffnungslos verschwommen und aufgelöst, manche sind scharf und deutlich genug: Meine Mutter sitzt mit einer Schere in der Hand vor einem Haufen Schwarzweißfotos und sucht nach einem geeigneten Bild für den Grabstein, einem, das in den ovalen Rahmen passen könnte. Ich weiß noch, dass dieser Rahmen nicht größer war als damals meine Handfläche. Da kommt Herr Kotov und reißt ihr die Schere aus der Hand.

Mit dem Ehepaar Kotov teilten wir die Küche, und nach dem Unfall erfuhr nun auch unser Nachbar, dass mein Vater sich in einem *unsittlichen Verhältnis* mit seiner Frau befunden hatte.

Fast alle Kema-Fotos wurden von Herrn Kotov geschossen, und auf allen Gruppenbildern standen sie nebeneinander, mein Vater und unsere Nachbarin. Herr Kotov nahm meiner Mutter die Schere aus der Hand und schnitt sowohl die Julia (wie seine Frau mit Vornamen hieß) als auch ihren Romeo aus allen Bildern heraus. Dann warf er die Schnipsel der Bilder und Kleider, Wäsche und Lippenstifte seiner

Frau in den Hof hinaus. Tags darauf stieg Frau Kotov (mit blauen Flecken im Gesicht und dem braunen Koffer in der Hand) in den Hubschrauber und verließ Kema für immer. Mehrere Tage lang lagen ihre Sachen noch im Hof, schmutzig und verstaubt. Keiner, nicht einmal wir Kinder, hat sie angefasst. Nur das Ferkel Rex, das Frau Kotov gemästet hatte, wühlte mit dem Rüssel in den geschändeten Kleidern seiner Besitzerin, die es bis zu seinem baldigen Tod unter dem Messer wie ein Hund vermisste. Dann aß Herr Kotov Rex auf. Er briet das Schwein in großen Stücken. Täglich stand er mit zusammengepressten Lippen vor der Pfanne, und sein Fressmarathon hatte etwas Frühmenschliches, Kannibalisches. Der Geruch des gebratenen Rex steigt mir wieder in die Nase, als ich die Pfanne mit den Essensresten sehe: dunkel angelaufene Kartoffelstücke im kalten weißen Schweinefett.

Die Kehrschaufel ist mit ausgelaufener Marmelade verschmiert und mit Staub, Schmutz und totem Haar bedeckt. Schuras vergessener grauer Schal auf der Stuhllehne. Marina im Mantel an der Türschwelle.

Kommst du heute wieder?

Nein.

Warum denn plötzlich nein?

Ich habe dir gesagt, dass ich heute nicht hier bin, du hast es bloß vergessen. In diesem Kampf um den Ring.

Sie geht, ich bleibe im dunklen Zimmer stehen. Der Alexanderplatz ist grell beleuchtet. In den Fenstern anderer schimmern Lichterbögen. Ich bin müde und allein, und mir steht die längste Nacht des Jahres bevor.

3

Die Nacht ist wirklich lang, der Morgen trüb und lichtlos. Eine ganze Ewigkeit stehe ich mit dem summenden Hörer am Ohr vor dem Fenster, bis ich endlich erfahre, dass er lebt. Vor zwei Wochen operiert. In der Charité.

Draußen ist es nass. Im grauen Nebel tummeln sich Menschen mit raschelnden Plastiktüten. Manche Tüten sind groß wie ein Überseekoffer. Ich fahre mit der S-Bahn, verpasse die richtige Station und muss nun durch den Campus mit den Rotbackstein-Villen laufen, am Museum vorbei, wo marinierte Nieren in Glasbechern und Augäpfel zu bewundern sind. Wie war das? ‚Schmerz', ‚Stigmata', ‚Scham', ‚Sex brennt', ‚platz.wunden'. Das eigentliche Krankenhaus ist ein Hochhaus mit trüben, gelblichen Fenstern, vor dem Eingang scharen sich Menschen um die Aschenbechersäule, fast alle im Rollstuhl, fast alle einbeinig, einer sogar ganz ohne Beine. Lange irre ich durch die Labyrinthe des Krankenhauses, Scham und Furcht vor der Begegnung verlangsamen meine Schritte, zwei Mal habe ich die nötige Etage verfehlt. Was sage ich ihm? Wie kann ich ihm erklären, dass ich es plötzlich eilig habe, ihn wiederzusehen? Auch wenn ich am Ende eines Korridors Roman davonhuschen ahne und in seinen Rücken starre, *sehe* ich ihn nicht. Viel mehr beschäftigt mich die Frage, wie ich mich auf der Station vorstellen soll, um zu Herrn Seitz vorgelassen zu werden: als seine Pflegekraft? Nachbarin? Freundin?

Die Schwester aber zeigt nur wortlos auf eine Zimmertür und eilt geschäftig davon. Ich klopfe und gehe rein. Vier Betten, auf dem letzten sitzt er – das Gesicht zum Fenster, den Kopf zur Seite, wie ein krankes Tier. Der niedrige Himmel hinterm Fenster ist trist, als ob es gleich dämmern würde.

Ich bin es, sage ich, und er dreht sich um.

Als wir uns vor sieben Jahren kennengelernt haben, schien er mir uralt zu sein. Das war er aber damals noch nicht: Wir haben die ganze Stadt zu Fuß durchmessen, Tagesausflüge nach Potsdam und Cottbus gemacht, und noch vor zwei Jahren im Restaurant *Zur Letzten Instanz* hielt er mir die Tür auf und bewirtete mich wie ein Kavalier. Danach schafften wir ihm das Gehwägelchen an für längere Strecken, dann auch für kürzere, dann einen Rollstuhl – schleichend und leise setzte sich sein Dahinschmelzen fort. Jetzt wirkt er zerbrechlich wie nie, fast durchsichtig. Die etwas vergilbte, welke Haut um den Hals sitzt truthahnlocker. In seinem Gesicht kann ich die Konturen eines Totenkopfes erkennen und auf seiner Stirn die seiner Schädelfugen.

Ich wusste, dass *du* kommst, sagt er. Ich bin froh, *dich* wiederzusehen. – Ich setze mich zu ihm und streichle seine kühle trockene Hand. Wir sitzen nebeneinander auf dem hohen Bett vor dem tiefen Fenster, wie am Rand des Abgrunds. Wir sitzen so lange, bis die Dunkelheit über der Stadt sich mit dichtem, sattem, großblättrigem Schnee entlädt.

Als ich draußen bin, ist der Boden schon weiß. An der Ecke Chausseestraße fällt mir ein, dass die Mandarinen, die ich für den Kranken gekauft habe, immer noch in meiner Tasche sind. Ich verlangsame meine Schritte, drehe mich um und sehe an der nächsten Ecke das große Schaufenster, vor dem ich vor einer Ewigkeit, im Sommer, neben Roman stand. Jetzt fehlt von der damaligen apokalyptischen Stimmung jede Spur. *Weihnachten* steht auf dem großen, nackten Fenster, geschrieben mit plumper Handschrift, so wie ein Kind mit Zahnpasta auf den Spiegel malt. Der Raum hinter dem Fenster ist jetzt weiß und leer, bis auf einen großen runden Tisch in der Mitte. Auf der schneeweißen Tischdecke liegt eine Orange, daneben eine weiße Postkarte, dachartig aufgestellt: *Wie die Liebe in vielen erkalten wird, wird die Ungerechtigkeit überhandnehmen.*

Es ist zu spät, um zu Ulf ins Krankenhaus zurückzukehren, und ich laufe weiter, die endlose Torstraße entlang. Diesen Weg musste auch Ulf mehrmals machen – damals, vor zwanzig Jahren, als er die verunglückte Dora in der Charité besuchte. Auch er trug damals die Mandarinen wieder nach Hause – die erste Zeit wurde Dora künstlich ernährt. Vielleicht wanderte er auch langsam, wie ich es jetzt tue, und schaute in die Schaufenster hinein – ermüdete, protzige, vernachlässigte oder große und blank geputzte Augen dieser Stadt.

Morgen werde ich Ulfs Wohnung für seine baldige Entlassung vorbereiten und uns einen Tannenbaum kaufen. Und dann warten wir zusammen auf Ostern, und dann wieder auf Weihnachten. Ich betaste seinen Schlüsselbund in meiner Tasche und schaue wieder zu den toten Fenstern hinauf. Die Haustür ist offen, ich gehe hinein. Es ist dunkel, meine Füße aber kennen den Weg – es sind neunundzwanzig Stufen nach oben. Das Schloss geht auf, ich greife nach dem Lichtschalter, laufe ins Wohnzimmer. Alles sieht fast unverändert aus, die Möbel sind da, aber auch dieses klägliche Echo, das sich in den verlassenen Räumen unverzüglich breitmacht.

Meine Schritte sind sehr laut – in der Leere, die sich in den Schränken und Regalen schon eingenistet hat, hallen sie wider. Das Zwischenstockregal ist auch ausgeräumt. Die Leiter mitten im Zimmer, ein triumphierender Eiffelturm. Im dritten, kaum bewohnten Zimmer weidet eine Herde grauer Kartonkisten, alle noch offen – die Krankheit hat Ulf erwischt, als er sich endlich anschickte, die Wohnung *auszumisten*, wie er sagte.

Vor allem die sterile Küche, wo es keinen Krümel Essen gibt, wirkt entsetzlich öde. Der Kühlschrank ist ausgeschaltet – leer und offen, strahlt er die Faszination eines prähistorischen Wesens aus. Ich kehre ins Zimmer zurück, lade die Mandarinen auf dem weiß bedeckten runden Tisch aus und gehe noch einmal durch die Wohnung.

Die Wände, mit blassen Vierecken des Nichtseins markiert, sehen traurig aus. Diese Wände, die ihm, einem Weichtier, Gestalt, Schutz und Halt geboten haben. Ähnlich wie ein eng anliegender Panzer die Konturen des Bewohners noch nachahmt und festhält, wenn er weg ist.

Streng genommen ist die Wohnung nicht leer: Seine Kleider und Schuhe, die durchsichtige Uhr, der Kaiser Wilhelm, alle Bücher sind da. Aber auch die übrig gebliebenen Gegenstände wirken fluchtbereit und strahlen ängstliche Unruhe aus.

Dora lese ich auf einer großen Kiste, die nicht

zugeklappt ist. Ganz oben ein rutschiger Stapel ungeöffneter Packungen mit Nylondamenstrümpfen. Darunter ein Glockenrock aus synthetischem Trikotstoff, gemustert mit beigen und braunen Kugeln und Ringen, saturnartig ineinandergeschoben. Die Bibel – vergriffene Seitenecken, Doras Mädchenname auf dem Vorsatz, rotes Lesezeichen im Seitenscheitel, rot unterstrichene Zeilen: *Die Geburt Jesu Christi geschah aber so: Als Maria, seine Mutter, dem Josef vertraut war, fand es sich, ehe er sie heimholte, dass sie schwanger war von dem Heiligen Geist. Josef aber, ihr Mann, war fromm und wollte sie nicht in Schande bringen, gedachte aber, sie heimlich zu verlassen. Als er das noch bedachte, siehe, da erschien ihm der Engel des Herrn im Traum und sprach: Josef, du Sohn Davids, fürchte dich nicht, Maria, deine Frau, zu dir zu nehmen.*

Ich wundere mich, dass ich diese Stelle nicht früher gekannt habe. Ich kannte eine andere Geschichte, mit einem malerischen Stern am dunklen Himmel, mit süßen Tieren im Stall, mit bunt gekleideten, großzügigen Königen. Jetzt kommt es mir vor, als wäre das im Stall nur noch ein Nachwort. Dass das eigentliche Weihnachtswunder sich noch vor unserer Zeitrechnung ereignete – das Wunder der Gnade, das im Herzen von Josef geschah und seine verirrte, untreue Braut vor der Steinigung und dem Pranger rettete.

Als Dora dort lag, kam Ulf jeden Tag in die Charité, saß eine kurze Weile da, wechselte ein paar Worte mit seiner Frau, redete mit ihrer Mutter und ging zur Arbeit. Genauer gesagt: er floh. Und niemand nahm es ihm übel, das spürte er. Da die Umstände des Unfalls nicht zu verheimlichen waren, galten die mitleidigen Blicke der Schwestern sogar eher ihm als Dora. Und er hatte in der Tat viel Arbeit, da er kurz vor Doras Unglück zum stellvertretenden Chefredakteur befördert worden war.

Eine wie entzündete, widersprüchliche Zeit: Der Staat fieberte, die Bürger strömten gen Westen, Dora lag querschnittgelähmt im Bett, Ulf aber fühlte sich stark wie nie.

Der plötzliche Sprung in der Karriere beflügelte ihn, obgleich er wusste, dass die Beförderung zum Bootsmann eines sinkenden Schiffs nur triste Perspektiven haben könne. Früher hatte er im Ressort ‚Stadt und Alltag' gearbeitet, jetzt musste er sich hauptsächlich mit ideologischen Fragen befassen. Die politische Lage wurde von Tag zu Tag immer verworrener, die Aufgaben immer komplizierter. Sie liefen mit geröteten Wangen durch die Redaktionsgänge und waren sich selbst nicht im Klaren, ob die Röte ihrer Wangen dem Stress oder dem andauernd sich steigernden Gefühl der Scham entsprang.

Als Dora damals in der Charité lag, arbeitete Ulf an einer Beilage, in der die negativen Erfahrungen republikflüchtiger Bürger im Westen dargestellt werden sollten. ‚Go West?' hieß das dicke Heft. Die Redaktion glich einem Krisenstab damals, alle waren sehr wichtig, oder taten sehr wichtig, wie Kinder, wenn sie versuchen, die ernsten Tätigkeiten der Erwachsenen nachzuahmen. So gesehen war es verständlich, dass Ulf nicht lange an Doras Bett sitzen bleiben konnte.

Auch als Dora nach Hause gebracht wurde, sprachen die Eheleute kaum miteinander. Nur wenn der Sohn Marius für zwei Wochen aus Leningrad kam, herrschte ein (vorgetäuschtes) Tauwetter in der Wohnung, aber nach seiner Abreise blieb alles beim Alten: Er schlief auf dem Sofa und blieb keine Minute länger als nötig zu Hause, da er *tatsächlich* viel zu tun hatte. Er verließ die Redaktion oft als Letzter und lief sehr langsam nach Hause. Seine Frau mied er so, wie er früher seine kranke Mutter gemieden hatte, oft war er damals in die dunkle Stadt geflohen. Als ob der Tod unanständig oder ansteckend wäre.

Die Pflegerinnen, die an Doras Bett die Wache hielten, waren ihm gegenüber sehr nett und respektvoll, sie sahen in ihm einen betrogenen Ehemann, der dennoch fair und großzügig zu seiner gefallenen Frau war. Und Ulf war es tatsächlich, denn wenn er mit Dora allein blieb, mühte er sich gewissenhaft mit ihrem unglücklichen Körper. Aber auch dabei redeten sie kaum miteinander. Doras Mutter, die fast jeden Tag ihre Tochter besuchte, war auch nicht gesprächig, und in der Wohnung hing eine sachliche, trockene Stille. So vergingen die ersten Wochen, und alle schienen sich mit den neuen Umständen abgefunden haben, sogar Dora, die sich bald mit dem Rollstuhl durch die Wohnung bewegen konnte. Mehrmals war sie in Begleitung draußen in der Stadt und zeigte sich froh darüber. Als aber der Frühling anrückte und das Tageslicht zunahm, wurde Dora unruhig, wollte nicht mehr hinaus, blieb immer länger mit geschlossenen Augen im Bett liegen. Eines Morgens klopfte sie sehr laut mit dem Esslöffel auf das Metalltablett, und Ulf stürzte erschrocken von seinem Schreibtisch ins Schlafzimmer.

Was ist?

Ich kann das nicht mehr hören! – Dora lag im Bett, die Ohren mit den Handflächen verschlossen.

Was ist denn?

Die Fliege! Ich kann es nicht mehr hören!

Goldig grün, ein großer Brummer, warf sich die Fliege laut gegen das Fensterglas. Lange trickste sie Ulf mit ihren Manövern aus – flink, frech und unnachgiebig in ihrer Suche nach Fluchtwegen. Er öffnete das Fenster, und sie flog mürrisch summend davon. Ulf lehnte sich weiter aus dem Fenster. Die Spatzen tschilpten schrill, aufgebracht vom näher rückenden Frühling. Das Stück Straßenleben glänzte mit neuen Nuancen von Farben und Schatten, ein frisch restauriertes Bild im abgewetzten Fensterrahmen. Die schwarzen Baumzweige mit ihren ersten grünen Knospen, die das sichtbare Stück Himmel durchkreuzten, waren wie das Craquelé auf einer edlen arabischen Emaille – wie dunkel und trist das Zimmer war, als Ulf sich zu Doras Bett umdrehte!

Soll ich das Fenster offen lassen? – Als er das sagte, stieg ihm wieder der muffige Geruch entgegen, der sich so schnell im Zimmer eines kranken Menschen einnistet.

Nein, danke. Mach lieber das Fenster zu, bitte. Und schließ die Gardinen.

Wir könnten rausgehen.

Nein. Ich will nicht.

War das alles? – Ulf machte einen Schritt zur Tür.

Ja. Stell dir vor – es war alles. Alles mit mir. So schnell.

Warum war? Du hast Glück gehabt, du lebst.

Glück gehabt, sprach sie ihm leise nach.

Ich meine, es hätte alles viel schlimmer ausgehen können.

Noch schlimmer? Ich dachte immer, so etwas geschieht nur in Frauenromanen.

Ich sage dir, Dora, es hätte schlimmer kommen können. – Als er dabei das Buch ‚Madame Bovary' bäuchlings auf dem Nachtisch liegen sah, wurde ihm sein trockener Ton peinlich. Er beugte sich zu Dora, streichelte ihren Oberarm: Wir kriegen es hin!

Jetzt, wo alles so ist, denke ich immer an die Jahre zurück, die wir gemeinsam erlebt haben, an den Zauber unseres damaligen einfachen und leichten Lebens.

Dora, ich nehme dir nichts übel. Lassen wir es.

Dann kam diese Zeit des Aufruhrs. Ich weiß nicht mehr, was das war. Diese Panik, dass ich etwas Wunderbares verpasse, ein Glück, das mir zusteht. Dieser starke Sog. – Sie redete mit ruhiger, dünner Stimme, tupfte sich dabei aber andauernd die nassen, geröteten Augen. – Ich habe gelogen, nicht aus Lieblosigkeit, sondern weil ich mich von dir nicht losreißen konnte.

Er schwieg eine Weile und schaute zum Fenster.

Und ihn?

Das ist etwas ganz anderes.

Wie anders hast du ihn denn geliebt? Mehr?

Liebe ist nicht wie eine Tüte Mehl. Wenn man da etwas ausschüttet, bleibt weniger drin.

Und wenn er noch am Leben wäre? – Ulf stand an der Tür, mit dem Rücken zu Dora.

Ich weiß es nicht.

Wie soll ich mit diesem *Ich weiß es nicht* neben dir weiterleben?

Sollst du nicht. Ich wollte sowieso zu meiner Mutter ziehen.

Im frühen Sommer, als der Sohn aus Leningrad zurückkehrte, lebte Dora schon in Potsdam, was Marius sehr überraschte. Er hatte nichts von Doras Beziehung mit dem Kieferorthopäden gewusst.

Willst du dich scheiden lassen? Wegen ihrer Behinderung?, war das Erste, was Marius fragte, als Ulf ihn am Ostbahnhof abholte.

Nein, warum gleich scheiden lassen? Sie war einsam hier. Ich muss viel arbeiten, du bald auch. Und das Wochenende können wir zusammen verbringen.

Sie packten die Koffer in Ulfs *Lada* und fuhren in die Wilhelm-Pieck-Straße.

Marius zog bei ihm ein, seine Ankunft aber feierten sie in Potsdam. Doras Mutter bekochte und bediente sie, pendelte zwischen Küche und Stube und schaute besorgt in die Gesichter der beiden Männer, die links und rechts neben ihrer querschnittgelähmten Tochter saßen.

Ein neues Zeitalter, das ganze Leningrad ist ein aufgewühlter Bienenstock. – Marius lief im Zimmer auf und ab wie ein Dorflehrer vor seinen braven Schülern. – Und hier ist alles so trist. Muffig. Vier Laternen für die ganze Wilhelm-Pieck-Straße. Dunkel und leer.

Aber auch im dunklen Berlin wurde es immer unruhiger, es brodelte im alten Aluminiumkessel, der Deckel klapperte und klirrte, in der Redaktion herrschte andauernd Ausnahmezustand – selbst am

Wochenende schaffte Ulf es nicht, nach Potsdam zu fahren – die Seitzens drifteten auseinander, als ob die unsichtbaren Tiefenströmungen die Stricke, die diese Familie zusammenhielten, strapazieren würden.

Vor allem Ulfs Beziehung zum Sohn war angespannt wie nie zuvor.

Bei Semesterbeginn stellte sich heraus, dass Marius seine Stelle nicht angetreten hatte. Stattdessen arbeitete er vorübergehend als Aushilfskraft in der Staatsbibliothek.

Warum tust du das? Eine Sackgasse für deinen Lebenslauf, miserabler Lohn, wie willst du denn leben?

Ich habe genug Geld.

Weil du keine Miete zahlen musst, keine Verpflegung.

Meinst du diese Stullen? – Marius schob den Teller vor sich weg und ließ laut das Messer aus der Hand fallen.

Du weißt genau, dass ich das nicht meinte. Lass uns in Ruhe essen.

Nach dem Abendbrot setzte sich Ulf an seinen Schreibtisch. Marius schulterte seine Tasche:

Ich fahre nach Potsdam.

Ist es nicht zu spät dafür?

Ich kann auch da übernachten. Ich fahre mit dem Auto. Darf ich?

Lieber nicht, ich brauche es morgen.

Marius, der schon angezogen vor der Tür gestanden war, kehrte ins Zimmer zurück. Er legte den Autoschlüssel vor Ulf auf den Tisch und blieb stehen.

Was gibt's?, schaute ihn Ulf über seine Lesebrille an.

Ich wollte dir nur sagen, dass ich meinen Namen auf so einem Blatt nicht haben wollen würde. – Marius zeigte auf das Heft ‚Go West?', das auf dem Regalbrett lag, und las daraus vor, das Gesicht spöttisch verzogen: *Diese Welt ist nicht leicht zu durchschauen. Zumal für jene, die glauben, Einäugigkeit verhelfe zu einem schärferen Blick. Für sie ist der Westen vor allem eine glitzernde Angelegenheit – das Werbefernsehen der BRD beweist es. Die ‚Sauber-wie-gewischt'- oder ‚Sanso-weich'-Mentalität schlägt manch einem aufs Gehirn, vor allem, wenn ihm hierzulande etliches nicht gefällt. Andere drängt die Lust auf Teneriffa, den neuesten Porsche und eine nebulöse ‚große Freiheit' dazu, dieses Land auf immer zu verlassen und auszureisen in den Westen, den goldenen. Wir interessierten uns, wie es ihnen geht, den ehemaligen DDR-Bürgern, die man drüben ‚Ost-Deutsche' oder ‚DDR-Türken' nennt. Sind sie angekommen in ihrem Paradies?*

Ulf schwieg.

Für wen schreibst du das alles? Für die Menschen, die wie du jeden Tag Westfernsehen gucken?

Was soll das, Marius! Dieser Spott? Ich habe nur meine Arbeit gemacht!

Das haben die Nazis auch gesagt!

Was erlaubst du dir?, rief Ulf zitternd und nach Luft ringend. – Deine schmutzigen Vergleiche sind hier nicht angebracht! Dein Opa war ein Kommunist und wurde von Nazis umgebracht!

Mit deiner Hilfe.

Halt den Mund!, skandierte Ulf und schlug den Takt mit der Faust gegen die Tischplatte.

Marius lief im Zimmer hin und her und

beschimpfte Ulf wegen seiner angeblichen Kollaboration mit der Gestapo, seiner kriecherischen Haltung gegenüber dem verhassten DDR-Regime, und wegen seines Verrats an der kranken Ehefrau:

Sie ist eine Heilige, sie verzeiht dir alles, sie war und ist viel zu gut für dich! – Marius wedelte so nah an Ulfs Gesicht mit dem Heft ‚Go West?', dass es beinahe auf seiner Backe landete.

Raus hier!, sagte Ulf mit schwacher Stimme. – Verschwinde aus meinem Leben!

Nach diesem Streit zog Marius zu Dora. Als am vierten November am Alex eine große Protestdemonstration stattfand, war Ulf in der sonntäglichen Redaktion fast allein. Er stand ganz oben und schaute auf den Platz hinunter: Langsam, aber beunruhigend entschlossen strömte das glühende Menschenmagma zum Alexanderplatz, aus der Karl-Liebknecht-Straße, der Rathausstraße, der Dircksenstraße, der Karl-Marx-Allee, der Hans-Beimler-Straße. Aus den U- und S-Bahn-Eingängen sickerte der Strom in Schüben, wie von einem gewaltigen Herz gepumpt. Die mit weißen Transparenten gepunktete graue Masse zog zur Kaaba der Weltuhr, und wogte – ein eingeengtes, gefährliches Gewässer.

Ulf Seitz war immer wie alle gewesen, mitten in der Mehrheit. Jetzt war die Mehrheit anderswo. Eine Naturgewalt, angesichts derer wir nach unseren Nächsten tasten, um eng zusammenzurücken. Vater, Mutter und Sohn Seitz aber waren so weit wie nie voneinander entfernt.

Abends saß er allein vor dem Fernseher, die Beiträge über die Demonstrationen waren einander in den westlichen und östlichen Nachrichten zum Verwechseln ähnlich. Als ob der Kalte Krieg auf Knopfdruck ausgeschaltet worden wäre. So leicht kann es also sein, warum dann diese Angst vor dem Ende? Die Menschen laufen, lächeln, schauen furchtlos in die Kameras. Eine Frau mit schickem Hut und braunem Mantel lacht in die Kamera, nähert sich einem Volkspolizisten, heftet ihm einen kleinen Papierzettel an die Brust und entfernt sich wieder. Der auf diese Weise ausgezeichnete Polizist schaut mit nach unten verdrehten Augen den Zettel an, als ob da eine Wespe sitzen würde. Die Frau winkt ihm noch und holt dann wieder ihre Mitstreiter ein. Sie macht große Schritte, die Flügel des braunen Mantels wehen auseinander und zeigen unter dem Rock ihre spitzen Knie. Es ist der gleiche Glockenrock mit den braunen und beigen Kugeln und Ringen, den Dora hat. Ulf erinnerte sich, wie glatt der synthetische Stoff zwischen den Fingern lag. Wenn seine Hände trocken und rau waren, konnte es geschehen, dass man beim Drüberstreichen Maschen zog. So wie bei den durchsichtigen Strümpfen, die Dora so liebte. Dieses leichte Aneinanderrascheln ihrer Beine. Ihr Spitzennachthemd quer übers Bett, dünne, schlappe Strümpfe auf der Stuhllehne, die Sohlen nach links gedreht, als ob sie gleich weglaufen würden. Ulf spürte schon damals, dass sie von einem anderen Mann bewundert wurde, stellte aber keine Fragen, um die Wahrheit nicht erfahren zu müssen. Er wollte nichts wissen, weil er sie festhalten wollte. Um jeden Preis. Nur festhalten, aber nicht bestrafen. Oder vielleicht doch?

Den Heiligen Abend des Wendejahres feierten sie gemeinsam in Potsdam. Es gab einen Tannenbaum, Geschenktürme auf dem Sofatisch. Dora im Rollstuhl. Von Doras Mutter gebratene Ente. Warmes gelbes Licht im Wohnzimmer und Tannenharzgeruch.

Dora hatte Ulf die ‚Kulturgeschichte Griechenlands. Leben und Legende der vorchristlichen Seele' geschenkt, von Egon Friedell, zwei Bände, und er hatte sich über das Geschenk gefreut und stellte sich vor, wie Doras Mutter in Westberlin überall nach dem Buch für ihn gesucht hat, obwohl sie ihn verachtet. Aber warum sollte sie ihn denn überhaupt verachten? Schließlich war sie auch nach dem Autounfall immer freundlich zu ihm gewesen, zu ihm, dem betrogenen Schwiegersohn. Vielleicht hat sie das Buch auch von ihrem Begrüßungsgeld gekauft. Friedell. Egon. Krenz. Grenz. Grenzregime. Mauertote – Ulf sah, wie sein Sohn redete. Er hatte Doras Lippen und auch den Spalt zwischen den großen Schneidezähnen – ein großer Junge, ein Mann. Neue Tribünen, neue Märtyrer. Neue Grenzen. Einigkeit und Recht und Freiheit. Freiheit, von der Dora keinen Gebrauch mehr machen konnte.

Was macht die Arbeit? *Nieder mit Ceausescu!*, oder wo seid ihr jetzt?, fiel Marius plötzlich in Ulfs Gedankenstrom ein.

Denk lieber an deine Zukunft und nicht an die von Ceausescu.

Es ist aber noch nicht lange her, dass du zu seinem Geburtstag einen schönen Essay geschrieben hast.

Frohe Weihnachten!, sagte Doras Mutter und schaute, als wollte sie jeden dafür um Einverständnis bitten, und schlug die Bibel auf.

Gegen zehn Uhr verabschiedete sich Ulf. Die anderen drei blieben da, und er fuhr zurück, in sein ödes, verlassenes Nest. Hat er seine Familie verlassen, hat sie ihn verlassen, haben sie alle sich gegenseitig fallen gelassen? Die Straße war leer. Klare, kalte Luft. Der schwarze, bestirnte Himmel, dicht über die Erde gewölbt, drückte auf seine Schultern.

4

Die Schlagzeilen der nächsten Tage beschäftigten sich mit dem Sturz Ceausescus. Ulf konnte sich nicht vom Fernsehen losreißen. Die Anziehungskraft des Grauens. Wütende Menschenmengen, Hubschrauber, das verhaftete Ehepaar. Gerichtszimmer mit niedriger Decke, dünnbeinige Stühle, Tische, aufgestellt wie in einer Schulmensa: Die aufgebrachte Schüler-Horde hat die verhassten Lehrer gefangen genommen, Ehrfurcht und Zorn zugleich in den Augen der bösen Kinder.

Der Verbrecher – dunkler Anzug, heller Hemdkragen, Krawatte – sagt, er habe keine Konten in der Schweiz, und hält das Gericht für nicht legitim. Er wolle vor der Volksversammlung antworten. Er habe keine Konten in der Schweiz! Als das Urteil verkündet wird, fasst sich seine Frau ans geblümte Kopftuch, das unter dem Kinn gebunden ist, wie bei Bäuerinnen. Sie trägt einen zart beigen Mantel mit braunem Pelzkragen. Das Urteil lautet: *Erschießen. Unverzüglich.*

Die Soldaten mit den grünen Uniformen und den

grünen Topfhelmen umstellen das Paar, mit schmutzigen Stricken binden sie beiden die Hände hinter den Rücken. Kinder, was tut ihr?, schreit die Frau.

Später eine satte Blutpfütze um Elenas Kopf. Ein Mann mit weißem Arztkittel reißt das Tuch von ihrem Gesicht, tastet an ihrem Hals nach dem Puls. Ein Uniformierter kommt dazu. Sie machen sich am Leichnam des Mannes, dessen Augen weit geöffnet sind, zu schaffen. Sie heben den Kopf hoch und lassen ihn wieder fallen, er schlägt am Steinboden auf.

Den Papierstapel mit *DPA*-Meldungen zum Tod des Diktators legte Ulf auf den Tisch seines Kollegen und ging nach Hause, weil er sich krank fühlte.

Die Verhandlungen über die Entlassungskonditionen waren fast abgeschlossen, jeden Tag hieß es, dass der Tag der Kündigung bald bekannt gegeben werde. Es gab viele neue Mitarbeiter, die morschen Bretter des Bootes wurden fast zur Hälfte ausgetauscht. Als Ulf sich wünschte, diese Übergangszeit in Krankheit zu durchdämmern, ging sein Wunsch in Erfüllung: Kaum aus dem Büro zu Hause angekommen, spürte er Hals- und Gliederschmerzen. Als er einschlief, hatte er Fieber, und die ganze Nacht kreiste sein Geist über dem Hof mit dem blutüberströmten Kopfsteinpflaster. Am nächsten Morgen war auch seine Stimme weg.

Es war eine heftige Grippe, die auch noch über Silvester anhielt. Ingrid, seine jüngere Kollegin, mit der er seit einigen Monaten eine Beziehung hatte, pflegte ihn diese ganzen drei Wochen, dann zog sie in der Wilhelm-Pieck-Straße ein. Sie konnte ihre Stelle behalten, und Ulf wurde zum Frühlingsbeginn Frührentner. An den Wochenenden fuhren sie nach Hamburg oder München, zu Ostern nach Rom.

Vor Dora verheimlichte er seine neue Beziehung nicht, sie zeigte diesbezüglich auch keinen Unmut und sagte, dass er auch die Scheidung beantragen könne, wenn er wolle. Sonst waren sie nett zueinander, wie alte Schulfreunde, ihre Gespräche waren einfach und friedlich. Zum Streit kam es nur, wenn sie über Marius redeten.

Aber warum, warum kümmert er sich nicht um eine anständige Karriere?

Es ist nicht seine Schuld, dass er das Falsche studiert hat!

Er hat seine Stelle an der Uni gar nicht angetreten!

Es ist nicht das Land, das er als Kind verlassen hat. Seine Stadt, sein Elternhaus – alles ist weg. Er muss mit allem neu anfangen, dafür braucht er Zeit und unsere Hilfe.

Wir Kriegskinder hatten es noch schwerer! Uns hat keiner geholfen, und wir sind alle anständige Menschen geworden!

Wir reden nicht über dich, Ulf!

Ich habe keinen Draht mehr zu ihm, seine Andeutungen, sein Spott – diese Respektlosigkeit –, ist das mir gegenüber gerecht?

Auch wenn du dich ungerecht behandelt fühlst, musst du als erster einen Schritt auf ihn zu machen, nach den richtigen Wörtern suchen. Liebe vor Recht! – Sie schaute zum Fenster und sagte dann sehr leise: Hast du jemals gedacht, dass es mir recht geschehen ist?

Meinst du den Unfall?, schnellte Ulf plötzlich

hoch. – Ich habe so etwas keine einzige Sekunde gedacht!

Er bemühte sich sehr, aber es klang zu pathetisch und nicht glaubwürdig genug, denn tief in seinem Herzen war er der Gerechte, und sie, die Gefallene, lag ausgestreckt ihm zu Füßen. Gerötete Augen im grauen Gesicht, die zerschlissene Bibel auf dem Nachttisch. Unter dem Leichentuch ragte ein unschöner, knochiger Fuß hervor. Ulf zog die Decke darüber. Er wusste, dass seine Frau ihren trockenen, mitleiderregenden Körper vor fremden Blicken versteckt halten wollte. Fremde Blicke. Ihre weißen Beine, die niemand mehr bewundern und streicheln wird. Dieser andere Mann. Ulfs nachträgliche Eifersucht und ihr Leiden.

Im Mai 1991 starb Dora an einer Lungenentzündung. Der Vater und der Sohn standen vor dem frisch ausgehobenen Grab – einander in ihren schwarzen Anzügen zum Verwechseln ähnlich. Über die Beerdigungsangelegenheiten hinaus redeten sie kein Wort. Bald darauf zog Marius in eine kleine Wohnung in Kreuzberg, und die beiden sahen sich noch seltener. Als Ulf zum hundertsten Mal fragte, wie Marius sich seine berufliche Zukunft vorstelle, antwortete dieser spöttisch, er wäre am liebsten ein glücklicher Frührentner wie sein Vater.

Ulfs Leben hätte nun tatsächlich glücklich sein können. Er hatte eine gute Rente, Zeit, eine nette Frau an seiner Seite und Freiheit. Am Anfang des neuen Zeitalters fuhren er und Ingrid oft in Berlins Westen, als sie aber fast alle Museen abgegrast hatten, schrumpfte ihr Lebensrevier schnell wieder auf die ursprüngliche Größe zurück: Mitte, Unter den Linden, Konzerthaus, Museumsinsel – es war wohl zu spät, die Gewohnheiten zu revolutionieren. Essen gingen sie in Restaurants im und um das Nikolai-Viertel, wo das Ostberliner Bürgertum verkehrte: artig gekleidete Berliner in Sandbeige und Elefantengrau, die sich hier, unter ihresgleichen, ihrer Schattenlosigkeit nicht zu schämen brauchten. Eine aussterbende Spezies, sie waren die Alten geblieben, während sich die Stadt rasch änderte. Eigentlich wurde sie immer schöner, vor allem in Mitte: die Hackeschen Höfe, der Senefelder-Platz. Und sind natürlich viel gereist: Inzwischen waren sie in Paris, Rom, auf Kreta und auf Sizilien gewesen; und als sie Pompeji und Jerusalem sahen, freute sich Ulf wie ein Kind. Dann aber verging ihm die Lust aufs Reisen – plötzlich.

Es passierte, als sie auf dem Weg nach Bulgarien waren. Ingrid wollte antike Ausgrabungen in Varna besuchen, in der bulgarischen Stadt, wo Seitzens vor zwanzig Jahren ihren Sommerurlaub gemacht hatten – vor zwanzig, zweihundert, zweitausend? Schon als sie die Reise buchten, empfand er keine Vorfreude, im Gegenteil. Plötzlich spürte Ulf Abscheu vor fernen Orten, die auf ihn warteten, ihn aber nicht liebten und so schnell wie möglich wieder loswerden wollten. Er schaute aus dem Flugzeugfenster, und von der unheimlichen Leere unter seinen Füßen wurde ihm plötzlich übel. Und während der Reise betrachtete er in Varna nicht die antiken Ruinen, sondern starrte auf die schwarzen Fersen kleiner Bettler oder in den zahnlosen Mund eines angeketteten Bären, in dessen Augen der ganze Weltschmerz Platz fand.

Zur Entschuldigung nannte sich Ulf dann vor Ingrid hoffnungslos alt, und auf die nächste große Reise begab sie sich allein.

Die Zeit drehte sich nun in Kreisen, aus der immer enger werdenden Laufbahn konnte man nicht abspringen. Alles vorbei und alles umsonst. Abgeschlossener Bau. Man kann versuchen, die Fassade neu zu schmücken, an der Substanz aber war nichts mehr zu ändern. Und diese Substanz war morsch. War er der Architekt oder der ahnungslose Maurer? Die Zukunft schrumpfte, die Gegenwart schlich vorsichtig an ihm vorbei, die Vergangenheit war unanständig. Unanständig und grotesk wie die Nostalgie-Läden in den Karree-Passagen am Alexanderplatz, um die Ulf einen großen Bogen machte. Bulgarisches Letscho, ungarische Paprika, tschechische Oblaten und voluminöse ärmellose, deutsche Frauenkittel, giftig blau, klein geblümt – war das alles, was von der großen Utopie der Internationale übrig geblieben ist?

Manchmal beneidete er Menschen, die wie Dora ihren Halt im Glauben gefunden haben. *Leiser, bitte*, soll sie gesagt haben, als sie im Krankenhaus ganz zum Schluss noch einmal zu sich kam: *Stört mich nicht, ich sterbe.*

Als er nach der Beerdigung wieder zu Hause war, wunderte er sich, wie viele Dinge es in der Wohnung gab, die ihn an Dora erinnerten. Noch vor ein paar Tagen waren sie still und unsichtbar, und jetzt fingen sie über die Nacht an, ihn laut anzusprechen: Ich kannte Dora! Ich auch!

Als Ulf und Ingrid bald nach Doras Beerdigung

den Korridor renovierten, beschlossen sie, den Karton mit Doras Make-up zu entsorgen, der im Zwischenstockregal im Korridor stand. Dabei glitt Ingrid ein Flakon aus der Hand und fiel zu Boden. Der Glasstöpsel sprang heraus, und das abgeschabte Parkett saugte die Flüssigkeit im Nu ein. *Poison*, damals ein eher rares, teures Parfüm, dessen Aroma Ulf nicht mochte. Lange rieb er mit einem feuchten Lappen an dem Fleck, dann versuchte er es mit Chlor, aber es blieb ein leichter Geruch im Zimmer hängen – unklar, vage, beunruhigend. Auch Marius fiel er auf, als er einige Tagen später bei Ulf war.

Das Parfüm ist zu Boden gestürzt, erklärte Ulf.

Und die Schuhe und Kleider haben Selbstmord begangen, spottete Marius und schaute sich das Zimmer genau an.

Ich habe noch *vor* der Beerdigung vieles hier aufgeräumt. Und ihre Sachen sind alle da, im Schrank, schau mal. – Ulf redete schnell, dabei machte er andauernd die Schranktür auf und zu und versuchte, Marius nicht in die Augen zu schauen, so, als ob er tatsächlich ein Übeltäter wäre. – Meinst du, dass dieser Verlust für mich nicht schwer ist? Schließlich … – an dieser Stelle kam Ingrid aus der Küche, wo aus dem Radiogerät Beethovens ‚Ode an die Freude' donnerte.

Wir haben heute Wiener Schnitzel! Bleibst du?

Nein, danke. Ich mag kein Schweinefleisch, sagte Marius.

Es ist aber Hühnerbrustfilet.

Dann hasse ich eben Wiener Schnitzel vom Hühnerbrustfilet. Und ich muss sowieso gehen.

Marius kam selten bei Ulf vorbei, er setzte sich meist kurz an den großen Tisch im Wohnzimmer und war immer in Eile, immer ungeduldig, in Ingrids Anwesenheit unerträglich widerborstig. Sie plauderten über die umbenannten Straßen, über die neuen U-Bahn-Linien, über Nelson Mandela, Boris Jelzin und den Putschversuch in Moskau – über alles, aber nicht über ihre Beziehung, ihre Vergangenheit und ihre Zukunft.

Ulf machte sich große Sorgen um die Zukunft seines Sohnes, seine eigene dagegen beschäftigte ihn kaum. Mit allen seinen Kräften versuchte er, die zähe Gegenwart zu bewältigen. Er gab Schülernachhilfe bei einer sozialen Einrichtung – das nahm viele Nachmittagsstunden in Beschlag, die sonst trist verlaufen wären. Dann räumte er den Keller auf und strich ihn weiß. Dann veranstaltete er ein großes Purgatorium in den Schränken und brachte zwei Dutzend Hosen zu *Humana*. Dann ging er an die Bücher. Als Erstes stellte er sie strikt alphabetisch in den Regalen auf, wie in einer Bibliothek: Aragon, Augustinus, Babel, Baudelaire. Er nahm jedes Buch einzeln heraus und blieb auf der Leiter oft stundenlang wie versteinert sitzen.

Brecht, Camus, Dante: *Auf halbem Weg des Menschenlebens fand ich mich in einen finstern Wald verschlagen.* Viele Bücher standen seit Jahren unberührt, und wenn Ulf sie jetzt zuklappte, spuckten sie kleine märchenhafte Staubwolken aus. Döblin, Ibsen, Johnson, Hugo, Kafka, Kavafis. Zauber des Lesens. Ausflüge in die Haut des anderen. Als er vor fünfzig Jahren ‚Anna Karenina' las, war er noch Wronskij, und jetzt war er der schroffe, beleidigte Karenin. Und Anna blieb Anna, in ihrem Recht auf Liebe. Wie auch Madame Bovary und Effi Briest, denen Ulfs Mitleid galt. All diesen Frauen, aber nicht *seiner.*

Die Fotoalben rührte er nicht an, blieb aber sehr lange vor einer verstaubten Kiste sitzen, in der ein Haufen nicht gelungener Bilder lag, die nicht in die Alben gepasst hatten. Zu hell, zu dunkel, schief, unscharf – diese Missgeburten verzauberten Ulf mit ihrer Unvollkommenheit, Zufälligkeit, Mehrdeutigkeit. Durch Sonne geblendete, gesichtslose Menschen im hellen Schein. Und hier ein scharfes, aber schiefes Bild: das goldene Mäuschen zu Füßen der bronzenen Gertraude, wie ein Eichhörnchen posierend. Spürt das Tier die fatale Nähe seiner Verfolgerin nicht, die anrückende Vertreibung oder den drohenden Tod? Wer hat das Foto geschossen, wann? Verwackelte und trübe Stadtansichten, geknipst von oben, aus der Kugel des Fernsehturms. Unsere hoch sitzenden Hosen, grelle Farben der Hemden, Spießigkeit – waren wir tatsächlich so lächerlich oder wirken wir erst nachträglich so schäbig wie unsere damaligen Kleider, Möbel, unsere Wünsche und Hoffnungen? Eine Tribüne, auf der nur herrenlose Füße und Waden zu sehen sind. Fähnchen in Fenstern, Gitarren, da und dort wird geküsst. *Weltspiele der Jugend. Sommer 1973. Ausschuss* steht auf der Rückseite der Bilder. Die verzauberte, zarte Kehrseite des Lebens. Besonders schön waren die Bilder, die Ulf und sein Sohn mit der Camera Obscura gemacht hatten: unerwartete Färbungen, unklare Gesichtsausdrücke, verschwommene Umrisse, in die man ein anderes Leben hineinträumen konnte. Ein anderes, ins Reine geschriebenes Leben.

Ulf räumte seinen Schreibtisch auf und schob ihn in das Wohnzimmer. Ein Stapel Papiere rechts in der Ecke. Der handgroße, schlanke Don Quichotte aus Gusseisen, den ihm Marius aus Russland mitgebracht hatte. Eine Handvoll vergilbter Fotos. Ein weißes Blatt. Und dazu ein Bleistift – der Schlüssel zum Notausgang in ein anderes Leben. Ulf schrieb schnell und leicht, erlaubte es sich, Daten und Namen wegzulassen und mehrere Stationen zu überspringen – so wie er einst zu Dora gesprochen hatte, als sie sich noch nahegestanden waren.

Ulf, du kannst nicht stundenlang so am Schreibtisch sitzen! Es ist nicht gesund, schüttelte Ingrid den Kopf, wenn sie von ihren langen Reisen zurückkehrte.

Ich mag das Fliegen nicht.

Wenn du nicht fliegen willst, können wir wandern. Stattdessen sitzt du hier Tage und Nächte. – Sie streichelte ihn im Vorübergehen an der Schulter. – Was schreibst du da eigentlich?

Er schrieb über den ersten Schultag, wie sie sich gemeinsam um den Buchstaben *i* bemühten und dabei im Chor sangen: *Rauf, runter, rauf – und ein Pünktchen drauf!* Über seinen ersten Kino-Besuch und wie er sich auf dem Rückweg in eine enge Gasse des Scheunenviertels verirrte, wo Vögel verkauft wurden. Schmutzige Käfige, dunkelhändige Händler in dunklen Mänteln. In der Ecke eines langen Käfigs tummelten sich graue Tauben um einen Sonderling, der nicht grau, sondern schwarz-weiß gefiedert war. Er lag auf dem Boden, sein Hals war federlos und feuerrot, und die Mittauben pickten mit ihren spitzen Schnäbeln eilig in die wunde Stelle. Sie drängelten, sie zitterten vor Eifer. Sie wirkten nicht aufgebracht oder wütend, sie wirkten fleißig, sachlich und konzentriert. Gelegentlich schauten sie von ihrer Arbeit zu Ulf hinunter. Als Ulf endlich nach Hause fand, öffnete niemand auf sein leises Klopfen, und er warf sich in Panik mehrmals gegen die Tür. Als die Mutter endlich öffnete, fiel er ihr in Arme und legte seinen Kopf in ihren Schoß. *Hingerichtet, hingerichtet,* flüsterten die Eltern, die am runden Tisch unter der tief hängenden Lampe saßen. Woher wissen sie von der hingerichteten Taube, ich habe ihnen doch gar nichts erzählt, dachte er beim Einschlafen, während sich die Angst in ihm in eine fiebrige Influenza verwandelte.

Es war ein Kranksein, das sich entweder im Tod oder in einem Wachstumsschub auflösen würde. Schmerzender Körper – Auszeit für die ermüdete Seele – ich musste gar nicht mehr an die Taube denken, an die Angst der Eltern vor den Schritten im Treppenhaus, an Mutters Tränen und Vaters lange Reisen. Die große Welt schrumpfte zusammen und wurde hell, warm und nah, wie der Nimbus um meine Bettlampe. Gelegentlich zeigten sich Mutters Hände in dem lichten Kreis, oder es huschten flüchtige Schatten an der Wand – ansonsten war ich ganz allein auf diesem kleinen, lichten Planeten. Als ich von dieser Reise zurückkehrte, war ich nicht um diese zehn Tage, sondern um ein ganzes Jahr älter geworden.

Das schrieb Ulf, und die hauchdünnen Graphitfäden waren zu einem mühelosen Muster verschlungen, gleichmäßig wie aus der Hand einer geschickten

Strickerin. Der Stapel beschrifteter Seiten wuchs unaufhaltsam, und er schämte sich dessen, vor allem vor Ingrid, die ihn scherzend *meinen lieben Graphomanen* nannte.

Zu seinem fünfundfünfzigsten Geburtstag schenkte sie ihm das ägyptische Figürchen eines sitzenden Pavians. Der Gott des Schreibens, dir zur Hilfe. Ein teures Replikat, Bronze, sagte sie und stellte es vor ihm auf den Schreibtisch. Der Pavian gefiel Ulf nicht, er hätte ihn gleich weggepackt, wären nicht Ingrids Blicke gewesen, mit denen sie ihr Geschenk bei jedem Vorbeigehen würdigte. Und sie stolzierte recht oft vorbei, weil sie ein tätiger, energischer Mensch war, wie ein Vogel in der Luft, der sich immer bewegen muss, um nicht herunterzufallen. Ihr hübsches Gesicht war schmal und lang, daher schienen ihre Augen etwas zu nah an der nobel geformten schnabelartigen Nase zu sitzen, was die Ähnlichkeit mit einem Vogel verstärkte. Früher nannte er sie manchmal zärtlich *Vöglein*, in der jüngeren Zeit aber ließen ihn Ingrids robuste Heiterkeit, ihre Neugier, ihre rastlose Betriebsamkeit und Gesprächigkeit immer öfter an ein Huhn denken.

Wenn sie neben seinem Schreibtisch auftauchte, krümmte sich sein Rücken, er nahm die Hände in den Schoß, als ob er seine Eingeweide vor einem braven, scherzhaften Stoß schützen wollte. Und er blieb so sitzen, während Ingrid, die Lesebrille auf der Nase, das dicht beschriftete Blatt vor ihr Gesicht hielt und ihre Lippen im Takt der Lektüre geräuschlos bewegte: *‚Madame Butterfly' im Admiralspalast. Ich war ohne Karte da und stand hinter der Gardine versteckt am Eingang. Ich sollte unsichtbar sein, ein Niemand, dem der* *schwere Plüsch für eine kurze Dauer Kontur verpasste. Nach der Vorstellung schlich ich heraus, in eine laute Menschenmenge, die mich in die Friedrichstraße hinauszog. Die wegen der Ruinen ohnehin enge Fahrspur war durch einen kaputten russischen Lastwagen versperrt, auf dem Tausende von Schreibmaschinen ohne Deckel lagen: Ich konnte sogar die einzelnen Tasten sehen, einen Haufen Buchstaben, die kein Wort ergaben. Der Wagen stand auf drei Rädern, am vierten hantierten zwei russische Soldaten, und ihre Kameraden tummelten sich daneben und aßen Brot aus ihren schwarzen Händen: wie Gottheiten in schlechtem Schuhwerk mit ihrem liegen gebliebenen Streitwagen. Die gestauten Autos hupten, die Fahrer schimpften, die Menge um mich herum summte in verschiedenen Sprachen. Französisch, Englisch, Russisch. Ich kämpfte mich schweigend durch den lauten, furchterregenden Sprachozean. Um nichts in der Welt wollte ich meinen Mund aufmachen – meine deutschen Wörter schienen mir zum Weinen peinlich, meine erschütterte und verstümmelte Sprache lag im Haufen auf dem kaputten russischen Lastwagen ohne Rad.*

Ulf, Liebling, mein Ratschlag: weniger Emotionen und Adjektive! Für den Leser bist du vor allem als sachlicher Augenzeuge von Interesse: Du hast zwei Diktaturen erlebt! Es ist sehr wichtig für die künftigen Generationen, zu erfahren, wie diese braunen und roten Mühlräder unsere Schicksale bestimmt haben. Die Aufarbeitung der Vergangenheit, die politischen Tatsachen sind hier angebrachter als das, was dir peinlich war, oder deine Lieben, ich weiß es nicht. – Mit einem Lappen in der Hand drehte Ingrid eine Runde durchs Zimmer und verschwand fröhlich und summend wieder in der Küche.

Ulf legte den Stift beiseite und fuhr mit der Zärtlichkeit eines Blinden über die beschrifteten Blätter. Ingrid hatte recht, aber *er* war der Herr über sein niedergeschriebenes Leben, und ausgerechnet diese *Peinlichkeiten und Lieben* machten seine zweite Existenz aus. Vieles, was im echten Leben klein und unbedeutend schien, wurde auf dem Papier groß, die Bilder ordneten sich neu und ergaben neue Muster und Wendungen. Die ersten Strecken – Kindheit und Krieg – durchraste er in einem Atemzug. Schwieriger wurde es, als Dora die Bühne betreten sollte: Die Geschichte ihrer Liebe wucherte auf dem Papier, wurde wertvoll und schön wie die von alten Meistern gemalten Alltagsszenen. Es hieß nun, er habe sie schon als Schulmädchen mit goldenem Haarzopf und großen Hasenzähnen geliebt, und vor dem Pergamonmuseum habe er seine Geliebte bloß wiedererkannt, wie in einem französischen Schwarzweißfilm. Dann gingen sie der Spree entlang spazieren, und im darauffolgenden Jahr nahm er sie zur Frau. Sie hatten ein Dach über dem Kopf, und die Töpfe auf dem Herd waren warm und voll – was braucht man mehr, um glücklich zu sein? Er erinnerte sich an Doras schwangeren Körper, den er mit seinen Armen nicht ganz umfassen konnte. Er streichelte oft ihre geschwollenen Füße (sie hatte während der Schwangerschaft satte 16 Kilo zugenommen). Ungeduldig warteten sie auf ihr Kind, zählten die Minuten, wollten die Zeit beschleunigen, trieben das Leben an: schneller, immer bergauf, zur begehrten, noch unsichtbaren Felsspitze. Und dann ging's aber bergab – nur bergab, und immer schneller. Und dieses Bergab schien kurz, unbedeutend, wertlos. An jenem Heiligen Abend, als Dora und er aus Potsdam zurückkehrten, im Dunkeln tappten und doch nicht zueinander fanden, blieb Ulfs schreibende Hand stehen.

Zu Ingrids großer Freude packte er seine Manuskripte weg, und sie fuhren für eine Woche nach Buckow. Es war Herbst, es regnete, die Ferienwohnung war feucht. Zum Heizen war es noch zu früh, sie sollten lange mit der Gutshofbesitzerin über das Heizholz verhandeln. Die Streichhölzer streikten, die feuchten Klötze schwelten, aber brannten nicht. Vergeblich bliesen sie abwechselnd in die schwache Glut. Nicht eine Flamme, sondern graue Asche stieg ihnen aus dem Ofen entgegen.

Die Nacht war still, dunkel und feucht. Sie lagen in einem kalten fremden Bett, schlaflos vom Summen der elektrischen Heizlüfter. Zwei Menschen unter einer Decke, die sich nicht lieben – in Filmen ist das dramatisch, in der Wirklichkeit peinlich.

Nachdem Ingrid aus Ulfs Wohnung ausgezogen war, ist Marius wieder öfter vorbeigekommen. Irgendwann redeten sie wieder mehr, und irgendwann nicht nur über die Nachrichten, Jelzin oder Bill Clinton, sondern auch über die Menschen aus ihrer gemeinsamen Vergangenheit. Und wenn ein rares, schüchternes Wort über Dora fiel, sagte Ulf nicht *deine Mutter*, sondern *die Mutter*, wie früher, vor der Wende. Die Marmoreule mit den leuchtenden Augen, das einst verbannte Dora-Geschenk an Ulf, stand wieder auf der Anrichte.

Marius hatte einen eigenen Schlüssel von der Wohnung, und wenn Ulf dieses Klirren im Schloss hörte, setzte sein Herz ein paar Schläge vor Glück aus.

Warum hast du nicht angerufen? Ich hätte etwas Leckeres kaufen können.

Nudeln gab es bei uns in der Küche doch immer, oder?

Marius lief in der Wohnung auf und ab, blieb vor den Bücherregalen lange stehen, vor der Anrichte.

Varna? – Er zeigte er auf ein gerahmtes Foto.

Hast du's erkannt?

Ja. Sieht völlig anders aus.

Die Promenade gleicht nun einem mittelalterlichen Jahrmarkt. Tanzende Bären an der Kette und Affen an der Leine.

Gab es damals auch.

Aber nein!, fuchtelte Ulf empört mit den Händen. – Damals war alles ordentlicher, oder ziviler.

Sah ordentlicher aus! Aber es gab da auch Bären an der Kette, sogar auf unseren alten Fotos. Ich zeige es dir gleich. – Marius beugte sich zum unteren Regalfach mit Fotoalben.

Bald vergaßen sie die Affen und schlugen das nächste Album auf, und dann noch eins. So saßen sie, Kopf neben Kopf bis Mitternacht zusammen, fast wie früher.

Nimm die Fotoalben zu dir, und auch die Bettwäsche, das Geschirr, sagte Ulf, als sie schon im Korridor standen.

Ich kann nicht. Ich habe meine Wohnung in Kreuzberg aufgelöst und fahre weg. Morgen.

Warte mal!

Marius blieb einige Minuten stehen und erzählte, die Hand auf der Türklinke, dass er eine Stelle bei *East Security Consulting* bekommen hat, einem Privatunternehmen mit Sitz in Karatschi. Dass die Firma sich in Mittelasien beim Aufbau der NATO-Militärstützpunkte engagiert, wo auch Marius' Russischkenntnisse von Nutzen sein konnten. Morgen fliege er nach London zu einer kurzen Ausbildung.

Kommst du zum Flughafen morgen? Tegel, Abflug um zwölf.

Das ist ja am Ende der Welt!

Es fährt ein Bus direkt vom Alex da hin.

Ich meine dieses Karatschi, und so.

Mich stört das nicht.

Kriegst du da viel Geld?

Das auch.

Warum machst du das?

Darum, sagte Marius heiser und zog die Tür vor Ulfs Nase zu.

5

Am Flughafen Tegel traf Ulf viel zu früh ein, und als er mehrere überflüssige Runden durch den pentagonartigen Gang drehte, glühte er vor Ungeduld: nie hatte er sich so nach seinem Sohn gesehnt wie in diesem Augenblick. Jede Bewegung des Minutenzeigers tat ihm weh, es waren Augenblicke, in denen sie über ihre Camera Obscura hätten reden können, über ihre Schlittenfahrten. Über eine bestimmte Schlittenfahrt an jenem weißen Sonntag, als die Stadt plötzlich unter einer frischen Schneedecke lag. Der Morgen war blendend hell, und Vater und Sohn wollten unbedingt im Park Friedrichshain rodeln, Dora aber wollte, dass sie an diesem Morgen gleich nach Potsdam zu den Großeltern fahren. Die Eheleute stritten sich heftig, während sich der sechsjährige Marius, in einen dicken Mantel gepackt, schweigend und schwitzend an der Türschwelle quälte. Die Reise nach Potsdam wurde um zwei Stunden verschoben, und die beiden Männer gingen doch noch mit Schlitten in den Park, wo sie gleich bei der ersten Fahrt gegen den Zaun prallten. Marius hatte eine Platzwunde an der Stirn, weinte aber nicht, und als sie ins naheliegende Krankenhaus eilten, erzählte Ulf seinem tapferen Sohn die Legende vom Jungen aus Sparta, der einen gestohlenen Fuchs unter seinem Kittel versteckt hielt, und der noch schwieg, als das Tier ihm den Bauch mit Krallen und Zähnen zerfleischte.

Weißt du noch, wie schön wir es einst miteinander hatten? Damals, als wir zu dritt – Hand in Hand, du in der Mitte, in die Stadt hinausgingen, weißt du es noch?, wollte Ulf am Flughafen zu Marius noch sagen, und hat es dann nicht getan, weil dieser nicht allein kam. Es waren noch einige junge Menschen dabei, bei Marius eingehakt stand eine junge Frau, die mit starkem Akzent, aber fließend Deutsch sprach und deren Name sich Ulf in diesem Gedränge nicht gemerkt hat. Sie redeten über das Wetter, über den Flug, über die Post und darüber, wie Marius seinen Geburtstag in Karatschi feiern soll.

An dieser Stelle fiel die Frau mit dem Akzent ein und sagte, dass Marius mit seinen neunundzwanzig Jahren am Ende eines ersten Saturn-Zyklus sei, und dass es eine sehr günstige Zeit für den prüfenden Rückblick und einen Neuanfang wäre, für eine blendende Karriere hinter den sieben Bergen. Alle waren heiter und unbekümmert, umschwärmten Marius, schlugen ihm auf die Schultern, während Ulf wie ein Knappe beklommen abseits stand und der gesprächigen Frau zuhörte.

In den ersten drei Wochen, die Marius in London verbrachte, rief er öfter kurz bei Ulf an. Danach flog er nach Karatschi, in drei Monaten kamen in Berlin drei Postkarten von ihm an: zwei aus Usbekistan und die letzte aus Pakistan. Dann rief er plötzlich an und sagte, es sei sein letzter Tag. An dieser Stelle wurde die Verbindung kurz unterbrochen.

Was redest du da?, schrie Ulf in den Hörer, als sie wieder verbunden waren.

Mein letzter Tag in Islamabad! Morgen reisen wir ab und werden in Afghanistan unterwegs sein.

Warum denn Afghanistan?

Es ist nicht gefährlich, glaub mir! Nach der Rückkehr kriege ich einen langen Urlaub und komme nach Berlin. Hast du das Paket zu deinem Geburtstag bekommen?

Nein. Ein Buch?

Früher hatten sie sich immer mit Büchern beschenkt, in den letzten Jahren aber kam Marius immer mit einer Flasche teureren roten Weines vorbei, obwohl Ulf Rotwein nie besonders mochte. Dann standen die Flaschen lange beleidigt und stumm im Regal, bis Ingrid sie weiterschenkte. Ein Buch wäre etwas anderes, ein Buch wäre wie eine Einladung zu einem Gespräch.

Fast ein Buch. Wirst du sehen.

Ulf schaute täglich in den Briefkasten, aber erst nach einer Woche fand er da zwei Abholscheine für jeweils eine Zusendung, die er persönlich abholen sollte. Es war aber kein Päckchen, sondern es waren zwei Umschläge, die er gleich vor dem Postamt öffnete. In einem Brief stand, dass er im Auswärtigen Amt zu einem Gespräch bei Herrn Harke eingeladen sei, und dieser werde ihm, Ulf Seitz, die Umstände des tragischen Vorfalls schildern, der seinem Sohn Marius Seitz zugestoßen ist. Im anderen Kuvert lag ein langes Schreiben. Hunderte Wörter in unverständlicher englischer Sprache, die Ulf nicht verstehen konnte oder wollte: *On March 26. 1995 our representative Marius Seitz was abducted in northern Kabul and his whereabouts remained unknown.* – Das alles sollte so viel wie *gekidnappt und vermisst* heißen.

Als Ulf nach Hause kam, klingelte das Telefon. Kaum legte er den Hörer auf, klingelte es wieder. Dann klingelte es an der Tür, und er bekam noch ein Papier in die Hand gedrückt – alles um ihn herum drehte sich so schnell, als ob er in einen gewaltigen Wassersog geraten wäre, der ihn mal dahin und mal dorthin schleuderte und ihn immer engere Kreise drehen ließ.

Irgendwann traf mit großer Verspätung auch das von Marius beschriftete Päckchen ein. Mit tauben Fingern holte Ulf ein dickes Buch daraus und schüttelte noch eine Weile den Umschlag – es war aber sonst nichts drinnen.

Das Buch hatte leere Seiten, sein Einband ließ sich mit einem aufwendig gestalteten Häkchen verschließen. Der zartbeige Ledereinband war mit feinem Blinddruck verziert, der auf den ersten Blick wie ein abstraktes orientalisches Ornament aussah.

Schaute man genauer hin, verwandelte es sich in ein märchenhaftes Miniatur-Universum: Auf welligen horizontalen Bögen drängten sich Hügelstädte, umsäumt von krausen Pflanzen und Gefieder mit langen Schweifen, mit Menschen und anderen Säugetieren: Mann und Frau mit den Gesichtern zueinander (er reicht ihr eine Blume), gesattelte Elefanten, eine Kuh mit einem Kalb unter dem Euter, ein Jäger und ein Tiger bewegen sich aufeinander zu, zwei Huftiere im Liebestanz; ein Hund schaut servil zu seinem Herrchen hinauf, eine Mutter ist über ihren Säugling gebeugt, Wildschweine traben hintereinander her. Und überall sonnen- und federartige Paradiespflanzen. In dieses Bild konnte Ulf stundenlang starren, nie aber öffnete er das verschlüsselte Heft mit dem handschriftlichen Vermerk auf dem Vorsatz: *Alles Beste zum Geburtstag! Anbei ein schönes, gemütliches Gehäuse für Deine Memoiren. Liebe Grüße, Marius.* Die weiteren Seiten blieben aber leer, denn ausgerechnet mit dem Wort *Memoiren* konnte Ulf nun gar nichts anfangen.

Ein Jahr lang tat er nichts als lange und empörte Briefe an die *East Security Consulting*, an das Auswärtige Amt, an das Rote Kreuz zu schreiben, und die Antworten waren mit der Zeit immer kürzer und kamen immer seltener. Als sein Briefwechsel mit den Behörden versiegte, blieb ihm nichts anderes übrig, als nun auf Marius selbst zu warten – schließlich hatte niemand seinen Leichnam gesehen.

Er hat weder seinen Vater, Konrad Seitz, noch seinen Sohn Marius tot gesehen, und er fragte sich oft, was diese Leere vor ihm und nach ihm zu bedeuten hatte? Verschollen. Zwischen Riesenschollen zu Pulver zermalmt. In einen schwarzen Trichter hineingesaugt. Verschwunden. Oder vielleicht lebte Marius immer noch? Aber auch diese Vorstellung tröstete ihn nicht und wurde mit der Zeit immer unerträglicher: Ununterbrochen lief in seinem Kopf ein Film mit der Darstellung jeglicher Qualen, denen man einen schutzlosen menschlichen Körper aussetzen konnte. Von grausigen Phantasien in die Ecke getrieben, zwang er sich, an den Tod seines Sohnes zu glauben: Weg war er, fort, nirgendwo mehr auf der Welt. Und als er sich mit dieser Einbildung abgefunden hatte, zeigten sich zum ersten Mal rosafarbene, schuppige Ekzemflecken auf seinen Händen – hässliche Blüten seelischen Schmerzes.

Sein unfertiges, atemloses Manuskript fasste er nicht mehr an, sein leergeräumter Arbeitstisch glich nun einem schweren, teuren Sarg, an dem Ulf tagelang saß.

Und als er so, den Kopf in den schlappen, schwarz behandschuhten Händen, in seinem verdunkelten Zimmer saß, thronten Schura, Marina und ich gerade auf einer Bank vor dem Kaufhaus *Hertie* am Halleschen Tor. Schura und ich nippten an Dosen mit Tuborg-Bier, und Marina versuchte, ihre alte Puppe in den neuen roten Rucksack zu zwängen. Es war ein herrlicher Tag voller wunderschöner Dinge, die es in unserem früheren Leben nicht gegeben zu haben schien: Goldregen – das blattlose Gebüsch, umsäumt von dichten gelben Blümchen. Riesige Weidenkätzchen, jedes im schimmernden Heiligenschein. Auf der Wiese spielten robuste Männer

Boule, dabei riefen sie einander etwas in irgendeiner slawischen Sprache zu. Hinter den Spielern sprangen Kaninchen, die keine Angst vor den bulligen Männern zu haben schienen – wir saßen mitten im lichtdurchfluteten Paradies, voller Erwartungen, gierig auf die Zukunft. Das ist vierzehn Jahre her.

Jetzt ist es blauer Winterabend, ich laufe durch die in anämisches Licht getauchte Wohnung, zwischen nackten Wänden wie in einem Irrgarten gefangen. Vor dem Fenster auf dem Boden türmen sich mehrere Stapel ausgeweideter Fotoalben, daneben vergilbte Zeitschriften und Magazine. ‚Go West?' liegt oben, ein Foto auf dem Cover – in Erwartung erstarrte Menschen auf dem langen Weg zu neuen, besseren Ufern. Ich halte das Bild ganz nah ans Licht und mir dann vor die Augen, als ob da zwischen den großen Koffern und den vielen Menschen auch ich irgendwo sein müsse. *Sehen – und kaufen können. Kaufen müssen? Viele Übersiedler überkommt es wie ein Rausch: Eine neue Wohnungseinrichtung, Fernseher, Kühlschrank, Recorder, Waschmaschine, Kleidung, Videogerät, ein Auto selbstverständlich. Es wäre halb so schlimm, wenn es dabei bleiben könnte. Kann es aber nicht – man muss immer mehr produzieren und kaufen, um das kapitalistische System aufrechtzuerhalten. Man kann sich ganz leicht ausrechnen, dass dieser wuchernde unorganische Tumor, „das Produkt" bald unsere Erde zugrunderichtet. Aber auch darauf waren die Novizen der Demokratie, geblendet durch die Illusionssymbole der Werbung, nicht anzusprechen. Sehen – und kaufen können. Und: Keiner der Übersiedler, die wir befragten, nahm das Wort Freiheit in den Mund. Haben sie gespürt oder geahnt, dass Freiheit auch ein hohles Wort sein kann, ein Luxus, den nur wenige mit Inhalt füllen können …?*

Wenn dieses Heft mir damals in die Hand geraten wäre, hätte ich es wie eine lästige *Zeugen-Jehova*-Broschüre in den Mülleimer getan. Jetzt tu ich das nicht. Es ist kein Propaganda-Heft mehr, sondern eine Scherbe aus einer versunkenen Zivilisation. Es ist nun der Ewigkeit geweiht und unseren Gefühlen entzogen wie ein mit Hieroglyphen beschrifteter Papyrus. Oder wie die kaum sichtbaren, fast verschwundenen Zauberformeln, wie sie immer noch durch Fassadenfarben schimmern: *Lichtbildnerei, Schutzraum für 60 Personen* oder *C. Jansen. Ankauf von Schneiderabfall.* Oder wie die hellen Schrammen auf der grauen Fassade des Bürohauses, die immer noch an die Buchstaben der Romanzitate aus Alfred Döblins Roman erinnern.

Und wir, die wir das Flüchtige der Städte bewohnen? Wie viel ist im heutigen Ulf von dem Jüngling übrig geblieben, der im vergangenen Jahrtausend zwischen den Fleischtöpfen der Sieger herumirrte, erschrocken und demütig? Ulkig dünne Wadenknochen über den zu groß wirkenden Füßen im engen Schuhwerk, ein zarter, noch knorpeliger Brustkorb, beinahe durchsichtig, wie bei einem jungen Fisch.

Behutsam lege ich das Heft ‚Go West?' zurück und binde die Stapel wieder mit dem Strick zusammen. Eine marmorne Eule mit einer winzigen durchgebrannten Glühbirne im ausgehöhlten Inneren, ein bronzener Pavian – Fossilien, Strandgut eines verebbten Lebens. Vorsichtig wische ich Staub vom runden Hut des kleinen gusseisernen Don Quichotte, der in der Ecke vom Schreibtisch steht: mager, ein Bein um das andere geschlagen, ein Buch vor den Augen, die Schwertscheide leer.

Als die Wunden an Ulfs Händen irgendwann heilten, wurde die Haut dort zart, rosa und unangenehm durchsichtig. Die Tage huschten nun immer rascher an ihm vorbei. Die Einsamkeit schmerzte nicht mehr, sie wurde ihm lediglich peinlich. Die Bemühungen, sie zu tarnen, füllten seine Tage fast restlos aus. Durch die Stadt lief er immer schneller, als es nötig war, und schaute sogar auf die Armbanduhr. Er machte Einkäufe auf Vorrat, da er bemerkt hatte, dass die einsamen Alten sehr oft in Supermärkte gehen. Aus dem gleichen Grund war er sehr zurückhaltend den Kassiererinnen, Verkäuferinnen und Nachbarn gegenüber. Auch meiner Vorgängerin, die Herrn Seitz vor mir pflegte, schien er wortkarg, trocken und sogar abweisend zu sein.

Ich habe es aber geschafft. Ich bin an ihn herangekommen, ich habe ihm das Widerspenstige genommen und ihn dann fallen lassen. Bald ist er vielleicht tot, denke ich. Ich schalte das schwache, gelbe Licht im Wohnzimmer aus, bleibe eine kurze Weile im dunklen Flur stehen. Dann gehe ich hinaus und ziehe die Tür hinter mir leise zu, wie eine Diebin.

Ich laufe schnell, der frische Schnee knirscht laut unter meinen Füßen. Es hört sich an, als ob mir mehrere Menschen hinterherlaufen würden. Ich drehe mich um – niemand da, nur meine flüchtigen Schatten. Im Licht der Straßenlaternen multipliziert, traben sie mir nach, begleiten mich seitlich oder schneiden mir sogar den Weg vorne ab.

Da leben sie alle wieder, mein Vater und meine Mutter, die ihre Tränen auf den bemehlten Teig fallen lässt – dunkle Kleckse, wie Regentropfen im Sommerstaub einer Landstraße. Mein Großvater – Ulysses, der in seine Heimat zu seiner derben Penelope zurückkehrt, wohl wissend, dass es keine Rückkehr in verlassene Orte gibt. Vera, eine Fee mit raschelnden Bücherseiten anstelle von Flügeln, und Ulf Seitz, der ebenfalls im Begriff ist, sich in eine mythische Figur zu verwandeln.

Der Schnee fällt schneller, als es die Berliner Hausmeister mit ihren Schaufeln und ihrem Streugut sind: Der Gehsteig ist an manchen Stellen glatt und gefährlich. Linienstraße, Rosa-Luxemburg-Platz, Rosa-Luxemburg-Straße. Die Fenster meiner Wohnung sind dunkel. Ich laufe weiter zum übervölkerten Alexanderplatz, mache einen langen Zug an der Zigarette und trete auf der Stelle, weil meine Füße in den durchnässten Schuhen frieren. Neben mir im stinkenden Eingangsbogen steht die große Familie des kleinen *Grill Walkers* und isst Hotdogs: in lachende Brötchen eingeklemmte Würstchen. Er, seine kleine mollige Frau mit schrägem, lila gefärbtem Pony und Piercings rund um den Mund, daneben, wie die Orgelpfeifen, die Kinder. Der Mann steht Tag für Tag hier, seine schwere Ausrüstung lässt ihn mir immer wie ein eingespanntes Pferd erscheinen. Oder wie einen Gladiator.

Jetzt aber sehe ich zum ersten Mal, wie die Frau lächelt, und ihr Lächeln erweist sich als sehr schön. Zauberhaft nett ist sie heute, ihre Bewegungen wie in Zeitlupe, sehr langsam: Sie stellt sich auf die Zehenspitzen und lässt ihren Mann, dessen Hände arbeiten müssen, von ihrem Würstchen abbeißen. Dann wischt sie ihm das Ketchup vom Mund und küsst ihn. Während die beiden Wurstmenschen sich küssen, drehen sich die Gesichter der Söhne zu ihnen wie Blumen zur Sonne. Die Kinder schauen staunend auf diesen offenbar seltenen Augenblick, er muss ihnen wie ein Beweis dafür vorkommen, dass auch sie einer Liebe entsprungen sind.

Die dicken weißen Klümpchen fallen auf den eben dunkelgeräumten Gehweg, auf die Köpfe der Menschen und auf ihre Schultern, und die gestressten Passanten mit ihren Tüten wirken plötzlich gutmütig wie die Heiligen Drei Könige mit ihren Gaben.

Ich werfe den kalten Zigarettenrest weg, schiebe die steifen, geröteten Hände in die Manteltaschen, gehe ein paar Schritte und bleibe wieder stehen, von einer gewaltigen Lichtexplosion geblendet. Es sind mächtige Scheinwerfer an der Bahnhofsfassade, die jeden Abend anspringen, um Penner und Junkies abzuschrecken. In dieser Beleuchtung sehe ich plötzlich Schura einige Meter von mir entfernt stehen. Er hat ein Heft und einen Bleistift in der Hand und wirkt sehr konzentriert. Wie habe ich nur übersehen können, wie sehr mein Ex-Ehemann in seinem Habitus dem armen Franz Biberkopf ähnelt, der im Roman an exakt der gleichen Ecke mit seinem Bauchladen voller Schnürsenkel stand? Als ich Schura am Ellbogen berühre, zuckt er leicht erschrocken zusammen.

Du? Was gibt es?

Gehen wir ein paar Schritte weg hier? – Ich lasse ihn nicht los und ziehe leicht an seiner Jacke, denn es ist in der Tat sehr ungemütlich, in diesem grellen Licht zu stehen.

Ich kann jetzt nicht, sagt er und malt geschäftig einen Strich ins Heft. – Ich zähle Würstchen. Wie viel einer dieser Deppen davon pro Stunde verkauft. Ich möchte so eine Firma in Sankt Petersburg aufmachen.

Wie denn?

Wenn du mitmachst, kann alles sehr schnell gehen: Erst kaufen wir drei Bauchläden, dann zehn, dann expandieren wir und lassen unsere *Grill Walker* durch ganz Russland laufen! – Schuras Augen leuchten, er redet schnell: Ein Würstchen pro Minute! Mal mehr, mal weniger, dreißig Stück pro Stunde, dreißig Euro also. Davon die Hälfte Reingewinn.

Aber da muss man doch vor Ort sein!

Ich fahre hin. Nach Sankt Petersburg.

Für immer?

Vielleicht. Ich will das versuchen.

Und was sagt deine Mutter?

Natürlich freut sie sich, dass ich zurückkehre. Verdammt! – Schuras Gesicht verzieht sich vor Wut: Der Liner in seiner Hand pflügt das durchnässte Heftpapier, und die braven Striche werden zu unförmigen Klecksen im Schulheft eines Taugenichtses. Seine Jacke ist oben aufgeknöpft, und ich sehe ein Stück Gänsehaut auf seinem bloßen Hals – den Schal hat er gestern bei uns vergessen. Seine ebenfalls bloßen Hände sind rot und kalt.

Vielleicht *muss* ich einfach zurückfahren, sagt er plötzlich leiser und schaut weg vom Wurstmenschen, zur Seite, nach unten. Es ist der Blick eines verlorenen Sohnes, der vor Scham und Demut nicht mehr geradeaus schauen kann: Denn nur die *gescheiterten* Söhne kehren in die Elternhäuser zurück, die sie einmal verlassen haben.

Schau mal, da ist Licht in den Fenstern, Marina ist schon zu Hause. Kommst du kurz hoch? Sie wird sich freuen. Ich würde mich auch freuen.

Schura schaut zweifelnd zu mir, dann zu den Fenstern hinauf.

Eigentlich habe ich keine Zeit. Aber wenn du unbedingt willst …

Ja, ich will.

Was ist plötzlich mit dir los?, brummt er scheinbar unwillig, dabei packt er sein Heft in die Jackentasche und folgt mir bereitwillig.

Der Fahrstuhl kommt nicht, wir gehen langsam die Treppe hoch. Eine Stunde später sitzen wir zu dritt in der engen Küche um die große Pfanne Bratkartoffeln. Schura erzählt, dass er schon mit dem Patentbesitzer für die *Grill Walker* gesprochen hat, und dass dieser bereit sei, ihm die Rechte für Russland zu verkaufen. Es sei alles geregelt, nur das nötige Geld fehle. Da schauen die beiden mich an, ich aber schweige, und die Pause wird so gewichtig, dass der dösende Kubik seinen klobigen Kopf hebt und ebenfalls erwartungsvoll zu mir starrt.

Ratet mal, woran ich jetzt denke, sage ich endlich, und Kubiks Augen scheinen vor Spannung beinahe herauszuspringen. Die anderen sind auch neugierig.

Woran?

An Goldregen.

Schura schiebt ein speckiges Kartoffelstück zaghaft in den Mund, beißt laut in die Gabel, und sein Gesicht verzieht sich:

Was meinst du damit?

Wisst ihr noch? Dieser Busch mit den gelben Blüten, in denen es von Bienen nur so wimmelte, gelbe U-Bahn-Züge auf dem hohen Viadukt, und Kaninchen und wir auf der Bank vor *Hertie*.

Ach so, damals! – Marina schiebt ihren Teller von sich weg und streckt sich auf dem Stuhl. – Mit den Bienen und so, das weiß ich nicht mehr so genau. Ich weiß aber, dass du damals auf Papas Schoß gesessen bist und dass ihr euch geküsst habt.

Wir? – Schura und ich erstarren wie beim Appell.

Doch, doch!, sagt Marina. – Und das Gebüsch heißt nicht Goldregen, sondern *Forsythia*, das weiß ich genau. Ich weiß auch, dass ihr beide mir total peinlich wart. Ich habe Papa in die Hände gezwickt, damit er seinen Griff löst und dich freilässt. Weißt du noch?, dreht sich Marina zu Schura. Er nickt und hört auf zu kauen.

Stimmt, sage ich und sehe unerwartet deutlich noch diese rötlichen Rillen in seinem Handrücken, diese vergessene geheime Keilschriftbotschaft.

Kommst du morgen zu uns?, fragt Marina Schura. – Morgen ist Heiligabend.

Ich kann nicht. Ich –

Ist schon o. k.. Dann kriegst du dein Weinachtsgeschenk heute! – Marina schnellt hoch, läuft aus der Küche und kehrt mit einer roten Tüte zurück. – Hier, Handschuhe für dich.

Epilog

Am Heiligen Abend sitzen Herr Seitz und ich im Krankenhaus vor dem tiefen Fenster und schauen auf die weiße Stadt hinunter. Die anderen Betten im Zimmer sind leer, auf dem Tisch brennt eine dicke gelbe Kerze, die auf einem Tannenzweig befestigt ist. Als es dunkel wird, räume ich die Reste von den Entenkeulen und Mandarinenschalen weg, puste die Kerze aus und wir verabschieden uns bis zum nächsten Tag.

Auf der endlosen Torstraße gibt es kaum Menschen. Als ich in die Rosa-Luxemburg-Straße abbiege, nimmt die Leere noch zu und wird unheimlich. Die Volksbühne ragt wie ein Panzerschiff ins Dunkel. Die Nische, wo der Obdachlose mit der Filzmähne haust, ist leer. Goldene Strohfetzen um die aufgeschlitzte Matratze. Eine zerknüllte Zigarettenpackung. Eine bunte Zeitung. *Rieseneisstück der Antarktis abgebrochen*, lese ich, greife zum zerknitterten Papier und lasse es wieder fallen.